U0608352

秦淮胜景

老南京

景 灏 ◎ 编

泰山出版社·济南·

图书在版编目（CIP）数据

秦淮胜景：老南京 / 景灏编 . —— 济南：泰山出版
社，2023.1
（老城趣闻系列丛书）
ISBN 978-7-5519-0752-1

Ⅰ.①秦… Ⅱ.①景… Ⅲ.①散文集—中国—当代
Ⅳ.① I267

中国版本图书馆 CIP 数据核字（2022）第 258302 号

QINHUAI SHENGJING：LAO NANJING
秦淮胜景：老南京

编　者	景灏
责任编辑	池骋
特约编辑	史俊南
装帧设计	蔡海东

出版发行　泰山出版社
　　　社　　址　济南市泺源大街 2 号　邮编　250014
　　　电　　话　综 合 部（0531）82023579　82022566
　　　　　　　　市场营销部（0531）82025510　82020455
　　　网　　址　www.tscbs.com
　　　电子信箱　tscbs@sohu.com
印　　刷　山东华立印务有限公司
成品尺寸　160 毫米 ×235 毫米　16 开
印　　张　16.75
字　　数　210 千字
版　　次　2023 年 1 月第 1 版
印　　次　2023 年 1 月第 1 次印刷
标准书号　ISBN 978-7-5519-0752-1
定　　价　66.00 元

目　录

桨声灯影里的秦淮河

朱自清

一九二三年八月的一晚，我和平伯同游秦淮河；平伯是初泛，我是重来了。我们雇了一只"七板子"，在夕阳已去，皎月方来的时候，便下了船。于是桨声汩——汩，我们开始领略那晃荡着蔷薇色的历史的秦淮河的滋味了。

秦淮河里的船，比北京万牲园、颐和园的船好，比西湖的船好，比扬州瘦西湖的船也好。这几处的船不是觉着笨，就是觉着简陋、局促；都不能引起乘客们的情韵，如秦淮河的船一样。秦淮河的船约略可分为两种：一是大船；一是小船，就是所谓"七板子"。大船舱口阔大，可容二三十人。里面陈设着字画和光洁的红木家具，桌上一律嵌着冰凉的大理石面。窗格雕镂颇细，使人起柔腻之感。窗格里映着红色蓝色的玻璃；玻璃上有精致的花纹，也颇悦人目。"七板子"规模虽不及大船，但那淡蓝色的栏杆，空敞的舱，也足系人情思。而最出色处却在它的舱前。舱前是甲板上的一部。上面有弧形的顶，两边用疏疏的栏杆支着。里面通常放着两张藤的躺椅。躺下，可以谈天，可以望远，可以顾盼两岸的河房。大船上也有这个，便在小船上更觉清隽罢了。舱前的顶下，一律悬着灯彩；灯的多少、明暗，彩苏的精粗、艳晦，是不一的。但好歹总还你一个灯彩。这灯彩实在是最能钩人的东西。夜幕垂垂地下来时，大小船上都点起灯火。从两重玻璃里映出那辐射着的黄黄的散光，反晕出一片朦胧的烟霭；透过这烟霭，在黯黯的水波里，又逗起缕缕的明漪。在这薄霭和微漪里，听着那悠然的间歇的桨声，谁能不被引入他的美梦去呢？只愁梦太多了，这些大小船儿如何载得起呀？我们这时模模糊糊的谈着明末的秦淮河的艳迹，如《桃花扇》及《板桥杂记》里所载的。我们真神往了。我们仿佛亲见那时华灯映水，画舫凌波的光景了。于是我们的船便成了历史的重载了。我们终于恍然秦淮河的船所以雅丽过于他处，而又有奇异的吸引力的，实在是许多历史的影像使然了。

秦淮河

秦淮河的水是碧阴阴的；看起来厚而不腻，或者是六朝金粉所凝么？我们初上船的时候，天色还未断黑，那漾漾的柔波是这样的恬静、委婉，使我们一面有水阔天空之想，一面又憧憬着纸醉金迷之境了。等到灯火明时，阴阴的变为沉沉了：黯淡的水光，像梦一般；那偶然闪烁着的光芒，就是梦的眼睛了。我们坐在舱前，因了那隆起的顶棚，仿佛总是昂着首向前走着似的；于是飘飘然如御风而行的我们，看着那些自在的湾泊着的船，船里走马灯般的人物，便像是下界一般，迢迢的远了，又像在雾里看花，尽朦朦胧胧的。这时我们已过了利涉桥，望见东关头了。沿路听见断续的歌声：有从沿河的妓楼飘来的，有从河上船里度来的。我们明知那些歌声，只是些因袭的言词，从生涩的歌喉里机械的发出来的；但它们经了夏夜的微风的吹漾和水波的摇拂，袅娜着到我们耳边的时候，已经不单是她们的歌声，而混着微风和河水的密语了。于是我们不得不被牵惹着，震撼着，相与浮沉于这歌声里了。从东关头转湾，不久就到大中桥。大中桥共有三个桥拱，都很阔大，俨然是三座门儿；使我们觉得我们的船和船里的我们，在桥下过去时，真是太无颜色了。桥砖是深褐色，表明它的历史的长久；但都完好无缺，令人太息于古昔工程的坚美。桥上两旁都是木壁的房子，中间应该有街路？这些房子都破旧了，多年烟熏的迹，遮没了当年的美丽。我想象秦淮河的极盛时，在这样宏阔的桥上，特地盖了房子，必然是髹漆得富富丽丽的；晚间必然是灯火通明的。现在却只剩下一片黑沉沉！但是桥上造着房子，毕竟使我们多少可以想见往日的繁华；这也慰情聊胜无了。过了大中桥，便到了灯月交辉，笙歌彻夜的秦淮河；这才是秦淮河的真面目哩。

大中桥外，顿然空阔，和桥内两岸排着密密的人家的大异了。一眼望去，疏疏的林，淡淡的月，衬着蓝蔚的天，颇像荒江野渡光景；那边呢，郁丛丛的，阴森森的，又似乎藏着无边的黑暗：令人几乎不信那是繁华的秦淮河了。但是河中眩晕着的灯光，纵横着的画舫，悠扬着的笛韵，夹着那吱吱的胡琴声，终于使我们认识绿如茵陈酒的秦淮水了。此地天裸露着的多些，故觉夜来的独迟些；从清清的水影里，我们感到的只是薄薄的夜——这正是秦淮河的夜。大中桥外，本来还有一座复成桥，是船夫口中的我们的游踪尽处，或也是秦淮河繁华的尽处了。我的脚曾踏过复成桥的脊，在十三四岁的时候。但是两次游秦淮河，却都不曾见着复成桥的面；明知总在前途的，却常觉得有些虚无缥缈似的。我想，不见倒也好。这时正是盛夏。我们下船后，借着新生的晚凉和河上的微风，暑气已渐渐销散；到了此地，豁然开朗，身子顿然轻了——习习的清风荏苒在面上、手上、衣上，这便又感到了一缕新凉了。南京的日光，大概没有杭州猛烈；西湖的夏夜老是热蓬蓬的，水像沸着一般，秦淮河的水却尽是这样冷冷地绿着。任你人影的憧憧，歌声的扰扰，总像隔着一层薄薄的绿纱面幂似的；它尽是这样静静的、冷冷的绿着。我们出了大中桥，走不上半里路，船夫便将船划到一旁，停了桨由它宕着。他以为那里正是繁华的极点，再过去就是荒凉了；所以让我们多多赏鉴一会儿。他自己却静静的蹲着。他是看惯这光景的了，大约只是一个无可无不可。这无可无不可，无论是升的沉的，总之，都比我们高了。

那时河里闹热极了；船大半泊着，小半在水上穿梭似的来往。停泊着的都在近市的那一边，我们的船自然也夹在其中。因为这边略略的挤，便觉得那边十分的疏了。在每一只船从那边过去时，我们能画出它的轻轻的影和曲曲的波，在我们的心上；这显着是空，且显着是静了。那时处处都是歌声和凄厉的胡琴声，圆润的喉咙，确乎是很少的。但那生涩的、尖脆的调子能使人有少年的、粗率不拘的感觉，也正可快我们的意。况且多少隔开些儿听着，因为想象与渴慕的作美，总觉更有滋味；而竞发的喧嚣，抑扬的不齐，远近的杂沓，和乐器的嘈嘈切切，合成另一意味的谐音，也使我们无所适从，如随着大风而走。这实在因为我们的心枯涩久了，变为脆弱；故偶然润泽一下，便疯狂似的不能自主了。但秦淮河确也腻人。即如船里的人面，无论是和我们一堆儿泊着的，无论是从我们眼前过去的，总是模模糊糊的，甚至渺渺茫茫的；任你张圆了眼睛，揩净了眦垢，也是枉然。这真够人想呢。在我们停泊的地方，灯光原是纷然的；不过这些灯光都是黄而有晕的。黄已经不能明了，再加上了晕，便更不成了。灯愈多，晕就愈甚；在繁星般的黄的交错里，秦淮河仿佛笼上了一团光雾。光芒与雾气腾腾的晕着，什么都只剩了轮廓了；所以人面的详细的曲线，便消失于我们的眼底了。但灯光究竟夺不了那边的月色；灯光是浑的，月色是清的，在浑沌的灯光里，渗入了一派清辉，却真是奇迹！那晚月儿已瘦削了两三分。她晚妆才罢，盈盈的上了柳梢头。天是蓝得可爱，仿佛一汪水似的；月儿便更出落得精神了。岸上原有三株两株的垂杨树，淡淡的影子，在水里摇曳着。它们那柔细的枝条浴着月光，就像一只只美人的臂膊，交互的缠着，挽着；又像是月儿披着的发。而月儿偶然也从它们的交叉处偷偷窥看我们，大有小姑娘怕羞的样子。岸上另有几株不知名的老树，光光的立着；在月光里照起来，却又俨然是精神矍铄的老人。远处——快到天际线了，才有一两片白云，亮得现出异彩，像美丽的贝壳一般。白云下便是黑黑的一带轮廓；是一条随意画的不规则的曲线。这一段光景，和河中的风味大异了。但灯与月竟能并存着，交融着，使月成了缠绵的月，灯射着渺渺的灵辉；这正是天之所以厚秦淮河，也正是天之所以厚我们了。

这时却遇着了难解的纠纷。秦淮河上原有一种歌妓，是以歌为业的。从前都在茶舫上，唱些大曲之类。每日午后一时起；什么时候止，却忘记了。晚上照样也有一回。也在黄晕的灯光里。我从前过南京时，曾随着朋友去听过两次。因为茶舫里的人脸太多了，觉得不大适意，终于听不出所以然。前年听说歌妓被取缔了，不知怎的，颇涉想了几次——却想不出什么。这次到南京，先到茶舫上去看看，觉得颇是寂寥，令我无端的怅怅了。不料她们却仍在秦淮河里挣扎着，不料她们竟会纠缠到我们，我于是很张皇了。她们也乘着"七板子"，她们总是坐在舱前的。舱前点着石油汽灯，光亮眩人眼目：坐在下面的，自然是纤毫毕见了——引诱客人们的力量，也便在此了。舱里躲着乐工等人，映着汽灯的余辉蠕动着；他们是永远不被注意的。每船的歌妓大约都是二人；天色一黑，她们的船就在大中桥外往来不息的兜生意。无论行着的船，泊着的船，都要来兜揽的。这都是我后来推想出来的。那晚不知怎样，忽然轮着我们的船了。我们的船好好的停着，一只歌舫划向我们来的；渐渐和我们的船并着了。铄铄的灯光逼得我们皱起了眉头；我们的风尘色全给它托出来了，这使我踟蹰不安了。那时一个伙计跨过船来，拿着摊开的歌折，就近塞向我的手里，说，"点几出吧！"他跨过来的时候，我们船上似乎有许多眼光跟着。同时相近的别的船上也似乎有许多眼睛炯炯的向我们船上看着。我真窘了！我也装出大方的样子，向歌妓们瞥了一眼，但究竟是不成的！我勉强将那歌折翻了一翻，却不曾看清了几个字；便赶紧递还那伙计，一面不好意思地说，"不要，我们……不要。"他便塞给平伯。平伯掉转头去，摇手说，"不要！"那人还腻着不走。平伯又回过脸来，摇着头道，"不要！"于是那人重到我处。我窘着再拒绝了他。他这才有所不屑似的走了。我的心立刻放下，如释了重负一般。我们就开始自白了。

我说我受了道德律的压迫，拒绝了她们；心里似乎很抱歉的。这所谓抱歉，一面对于她们，一面对于我自己。她们于我们虽然没有很奢的希望；但总有些希望的。我们拒绝了她们，无论理由如何充足，却使她们的希望受了伤；这总有几分不做美了。这是我觉得很怅怅的。至于我自己，更有一种不足之感。我这时被四面的歌声诱惑了，降服了；但是远远的，远远的歌声总仿佛隔着重衣搔痒似的，越搔越搔不着痒处。我于是憧憬着贴耳的妙音了。在歌舫划来时，我的憧憬，变为盼望；我固执的盼望着，有如饥渴。虽然从浅薄的经验里，也能够推知，那贴耳的歌声，将剥去了一切的美妙；但一个平常的人像我的，谁愿凭了理性之力去丑化未来呢？我宁愿自己骗着了。不过我的社会感性是很敏锐的；我的思力能拆穿道德律的西洋镜，而我的感情却终于被它压服着，我于是有所顾忌了，尤其是在众目昭彰的时候。道德律的力，本来是民众赋予的；在民众的面前，自然更显出它的威严了。我这时一面盼望，一面却感到了两重的禁制：一，在通俗的意义上，接近妓者总算一种不正当的行为；二，妓是一种不健全的职业，我们对于她们，应有哀矜勿喜之心，不应赏玩的去听她们的歌。在众目睽睽之下，这两种思想在我心里最为旺盛。她们暂时压倒了我的听歌的盼望，这便成就了我的灰色的拒绝。那时的心实在异常状态中，觉得颇是昏乱。歌舫去了，暂时宁靖之后，我的思绪又如潮涌了。两个相反的意思在我心头往复：卖歌和卖淫不同，听歌和狎妓不同，又干道德甚事？——但是，但是，她们既被逼的以歌为业，她们的歌必无艺术味的；况她们的身世，我们究竟该同情的。所以拒绝倒也是正办。但这些意思终于不曾撇开我的听歌的盼望。它力量异常坚强；它总想将别的思绪踏在脚下。从这重重的争斗里，我感到了浓厚的不足之感。这不足之感使我的心盘旋不安，起坐都不安宁了。唉！我承认我是一个自私的人！平伯呢，却与我不同。他引周启明先生的诗，"因为我有妻子，所以我爱一切的女人，因为我有子女，所以我爱一切的孩子。"他的意思可以见了。他因为推及的同情，爱着那些歌妓，并且尊重着她们，所以拒绝了她们。在这种情形下，他自然以为听歌是对于她们的一种侮辱。但他也是想听歌的，虽然不和我一样，所以在他的心中，当然也有一番小小的争斗；争斗的结果，是同情胜了。至于道德律，在他是没有什么的；因为他很有蔑视一切的倾向，民众的力量在他是不大觉着的。这时他的心意的活动比较简单，又比较松弱，故事后还怡然自若；我却不能了。这里平伯又比我高了。

在我们谈话中间，又来了两只歌舫。伙计照前一样的请我们点戏，我们照前一样的拒绝了。我受了三次窘，心里的不安更甚了。清艳的夜景也为之减色。船夫大约因为要赶第二趟生意，催着我们回去；我们无可无不可的答应了。我们渐渐和那些晕黄的灯光远了，只有些月色冷清清的随着我们的归舟。我们的船竟没个伴儿，秦淮河的夜正长哩！到大中桥近处，才遇着一只来船。这是一只载妓的板船，黑漆漆的没有一点光。船头上坐着一个妓女；暗里看出，白地小花的衫子，黑的下衣。她手里拉着胡琴，口里唱着青衫的调子。她唱得响亮而圆转；当她的船箭一般驶过去时，余音还袅袅的在我们耳际，使我们倾听而向往。想不到在弩末的游踪里，还能领略到这样的清歌！这时船过大中桥了，森森的水影，如黑暗张着巨口，要将我们的船吞了下去，我们回顾那渺渺的黄光，不胜依恋之情；我们感到了寂寞了！这一段地方夜色甚浓，又有两头的灯火招邀着；桥外的灯火不用说了，过了桥另有东关头疏疏的灯火。我们忽然仰头看见依人的素月，不觉深悔归来之早了！走过东关头，有一两只大船湾泊着，又有几只船向我们来着。嚣嚣的一阵歌声人语，仿佛笑我们无伴的孤舟哩。东关头转湾，河上的夜色更浓了；临水的妓楼上，时时从帘缝里射出一线一线的灯光；仿佛黑暗从酣睡里眨了一眨眼。我们默然的对着，静听那汨——汨的桨声，几乎要入睡了；朦胧里却温寻着适才的繁华的余味。我那不安的心在静里愈显活跃了！这时我们都有了不足之感，而我的更其浓厚。我们却只不愿回去，于是只能由懊悔而怅惘了。船里便满载着怅惘了。直到利涉桥下，微微嘈杂的人声，才使我豁然一惊；那光景却又不同。右岸的河房里，都大开了窗户，里面亮着晃晃的电灯，电灯的光射到水上，蜿蜒曲折，闪闪不息，正如跳舞着的仙女的臂膊。我们的船已在她的臂膊里了；如睡在摇篮里一样，倦了的我们便又入梦了。那电灯下的人物，只觉像蚂蚁一般，更不去萦念。这是最后的梦；可惜是最短的梦！黑暗重复落在我们面前，我们看见傍岸的空船上一星两星的，枯燥无力又摇摇不定的灯光。我们的梦醒了，我们知道就要上岸了；我们心里充满了幻灭的情思。

1923年10月11日作完，于温州

原载1924年1月25日《东方杂志》第21卷第2号20周年纪念号下

南 京

朱自清

　　南京是值得留连的地方，虽然我只是来来去去，而且又都在夏天。也想夸说夸说，可惜知道的太少；现在所写的，只是一个旅行人的印象罢了。

　　逛南京像逛古董铺子，到处都有些时代侵蚀的遗痕。你可以摩挲，可以凭吊，可以悠然遐想；想到六朝的兴废，王谢的风流，秦淮的艳迹。这些也许只是老调子，不过经过自家一番体贴，便不同了。所以我劝你上鸡鸣寺去，最好选一个微雨天或月夜。在朦胧里，才酝酿着那一缕幽幽的古味。你坐在一排明窗的豁蒙楼上，吃一碗茶，看面前苍然蜿蜒着的台城。台城外明净荒寒的玄武湖就像大涤子的画。豁蒙楼一排窗子安排得最有心思，让你看的一点不多，一点不少。寺后有一口灌园的井，可不是那陈后主和张丽华躲在一堆儿的"胭脂井"。那口胭脂井不在路边，得破费点工夫寻觅。井栏也不在井上；要看，得老远地上明故宫遗址的古物保存所去。

　　从寺后的园地，拣着路上台城；没有垛子，真像平台一样。踏在茸茸的草上，说不出的静。夏天白昼有成群的黑蝴蝶，在微风里飞；这些黑蝴蝶上下旋转地飞，远看像一根粗的圆柱子。城上可以望南京的每一角。这时候若有个熟悉历代形势的人，给你指点，隋兵是从这角进来的，湘军是从那角进来的，你可以想象异样装束的队伍，打着异样的旗帜，拿着异样的武器，汹汹涌涌地进来，远远仿佛还有哭喊之声。假如你记得一些金陵怀古的诗词，趁这时候暗诵几回，也可印证印证，许更能领略作者当日的情思。

从前可以从台城爬出去，在玄武湖边；若是月夜，两三个人，两三个零落的影子，歪歪斜斜地挪移下去，够多好。现在可不成了，得出寺，下山，绕着大弯儿出城。七八年前，湖里几乎长满了苇子，一味地荒寒，虽有好月光，也不大能照到水上；船又窄，又小，又漏，教人逛着愁着。这几年大不同了，一出城，看见湖，就有烟水苍茫之意；船也大多了，有藤椅子可以躺着。水中岸上都光光的；亏得湖里有五个洲子点缀着，不然便一览无余了。这里的水是白的，又有波澜，俨然长江大河的气势，与西湖的静绿不同，最宜于看月，一片空蒙，无边无界。若在微醺之后，迎着小风，似睡非睡地躺在藤椅上，听着船底汩汩的波响与不知何方来的箫声，真会教你忘却身在哪里。五个洲子似乎都局促无可看，但长堤宛转相通，却值得走走。湖上的樱桃最出名。据说樱桃熟时，游人在树下现买，现摘，现吃，谈着笑着，多热闹的。

清凉山在一个角落里，似乎人迹不多。扫叶楼的安排与豁蒙楼相仿佛，但窗外的景象不同。这里是滴绿的山环抱着，山下一片滴绿的树；那绿色真是扑到人眉宇上来。若许我再用画来比，这怕像王石谷的手笔了。在豁蒙楼上不容易坐得久，你至少要上台城去看看。在扫叶楼上却不想走；窗外的光景好像满为这座楼而设，一上楼便什么都有了。夏天去确有一股"清凉"味。这里与豁蒙楼全有素面吃，又可口，又贱。

　　莫愁湖在华严庵里。湖不大，又不能泛舟，夏天却有荷花荷叶，临湖一带屋子，凭栏眺望，也颇有远情。莫愁小像，在胜棋楼下，不知谁画的，大约不很古吧；但脸子开得秀逸之至，衣褶也柔活之至，大有“挥袖凌虚翔”的意思；若让我题，我将毫不踌躇地写上“仙乎仙乎”四字。另有石刻的画像，也在这里，想来许是那一幅画所从出；但生气反而差得多。这里虽也临湖，因为屋子深，显得阴暗些；可是古色古香，阴暗得好。诗文联语当然多，只记得王湘绮的半联云：“莫轻他北地胭脂，看艇子初来，江南儿女无颜色。”气概很不错。所谓胜棋楼，相传是明太祖与徐达下棋，徐达胜了，太祖便赐给他这一所屋子。太祖那样人，居然也会做出这种雅事来了。左手临湖的小阁却敞亮得多，也敞亮得好。有曾国藩画像，忘记是谁横题着“江天小阁坐人豪”一句。我喜欢这个题句，“江天”与“坐人豪”，景象阔大，使得这屋子更加开朗起来。

　　秦淮河我已另有记。但那文里所说的情形，现在已大变了。从前读《桃花扇》《板桥杂记》一类书，颇有沧桑之感；现在想到自己十多年前身历的情形，怕也会有沧桑之感了。前年看见夫子庙前旧日的画舫，那样狼狈的样子，又在老万全酒栈看秦淮河水，差不多全黑了，加上巴掌大，透不出气的所谓秦淮小公园，简直有些厌恶，再别提做什么梦了。贡院原也在秦淮河上，现在早拆得只剩一点儿了。民国五年父亲带我去看过，已经荒凉不堪，号舍里草都长满了。父亲曾经办过江南闱差，熟悉考场的情形，说来头头是道。他说考生入场时，都有送场的，人很多，门口闹嚷嚷的。天不亮就点名，搜夹带。大家都归号。似乎直到晚上，头场题才出来，写在灯牌上，由号军扛着在各号里走。所谓"号"，就是一条狭长的胡同，两旁排列着号舍，口儿上写着什么天字号、地字号等等的。每一号舍之大，恰好容一个人坐着；从前人说是像轿子，真不错。几天里吃饭、睡觉、做文章，都在这轿子里；坐的伏的各有一块硬板，如是而已。官号稍好一些，是给达官贵人的子弟预备的，但得补褂朝珠地入场，那时是夏秋之交，天还热，也够受的。父亲又说，乡试时场外有兵巡逻，防备通关节。场内也竖起黑幡，叫鬼魂们有冤报冤，有仇报仇；我听到这里，有点毛骨悚然。现在贡院已变成碎石路；在路上走的人，怕很少想起这些事情的了吧？

秦淮河的画舫及夫子庙

　　明故宫只是一片瓦砾场，在斜阳里看，只感到李太白《忆秦娥》的"西风残照，汉家陵阙"二语的妙。午门还残存着，遥遥直对洪武门的城楼，有万千气象。古物保存所便在这里，可惜规模太小，陈列得也无甚次序。明孝陵道上的石人石马，虽然残缺零乱，还可见泱泱大风；享殿并不巍峨，只陵下的隧道，阴森袭人，夏天在里面待着，凉风沁人肌骨。这陵大概是开国时草创的规模，所以简朴得很；比起长陵，差得真太远了。然而简朴得好。

明故宫五龙桥

雨花台的石子，人人皆知；但现在怕也捡不着什么了。那地方毫无可看。记得刘后村的诗云："昔年讲师何处在，高台犹以'雨花'名。有时宝向泥寻得，一片山无草敢生。"我所感的至多也只如此。还有，前些年南京枪决囚人都在雨花台下，所以洋车夫遇见别的车夫和他争先时，常说，"忙什么！赶雨花台去！"这和从前北京车夫说"赶菜市口儿"一样。现在时移势异，这种话渐渐听不见了。

燕子矶在长江里看，一片绝壁，危亭翼然，的确惊心动魄。但到了上边，逼窄污秽，毫无可以盘桓之处。燕山十二洞，去过三个。只三台洞层层折折，由幽入明，别有匠心，可是也年久失修了。

南京的新名胜，不用说，首推中山陵。中山陵全用青白两色，以象征青天白日，与帝王陵寝用红墙黄瓦的不同。假如红墙黄瓦有富贵气，那青琉璃瓦的享堂，青琉璃瓦的碑亭却有名贵也。

从陵门上享堂，白石台阶不知多少级，但爬得够累的；然而你远看，决想不到会有这么多的台阶儿。这是设计的妙处。德国波慈达姆无愁宫前的石阶，也同此妙。享堂进去也不小；可是远处看，简直小得可以，和那白石的飞阶不相称，一点儿压不住，仿佛高个儿戴着小尖帽。近处山角里一座阵亡将士纪念塔，粗粗的，矮矮的，正当着一个青青的小山峰，让两边儿的山紧紧抱着，静极，稳极。——谭墓（即谭延闿墓）没去过，听说颇有点丘壑。中央运动场也在中山陵近处，全仿外洋的样子。全国运动会时，也不知有多少照相与描写登在报上；现在是时髦的游泳的地方。

若要看旧书，可以上江苏省立图书馆去。这在汉西门龙蟠里，也是一个角落里。这原是江南图书馆，以丁丙的善本书室藏书为底子；词曲的书特别多。此外中央大学图书馆近年来也颇有不少书。中央大学是个散步的好地方。宽大，干净，有树木；黄昏时去兜一个或大或小的圈儿，最有意思。后面有个梅庵，是那会写字的清道人的遗迹。这里只是随宜地用树枝搭成的小小的屋子。庵前有一株六朝松，但据说实在是六朝桧；桧荫遮住了小院子，真是不染一尘。

南京茶馆里干丝很为人所称道。但这些人必没有到过镇江、扬州，那儿的干丝比南京细得多，又从来不那么甜。我倒是觉得芝麻烧饼好，一种长圆的，刚出炉，既香，且酥，又白，大概各茶馆都有。咸板鸭才是南京的名产，要热吃，也是香得好；肉要肥要厚，才有咬嚼。但南京人都说盐水鸭更好，大约取其嫩，其鲜；那是冷吃的，我可不知怎样，老觉得不大得劲儿。

1934年8月13日作

原载1934年10月1日《中学生》第48号

南京的几个学校

石评梅

一　东南大学

三十一号的清晨八点钟，我们乘着车去东大，不想走错了路，后来又绕回来才找到。东大和南高早已合并，校舍亦在一起；所以我们参观实在分不出何为大学，何为高师。地址很辽阔，建筑尚有未竣工的，据云校款下有五万七千的建筑费。我们先到体育馆去参观。规模很大，分三层，第一层楼下，为器械贮蓄室、洗澡室、换衣室、体育研究室等处，里边尚未竣工。第二层楼上，即体育房，装着十二个篮子；中间有帆布一卷悬梁上，如女生上体操时可放下，隔为两间，毫不妨碍。地板系以七分宽七寸长的木板砌成，清洁，而且不易滑倒。时适普通科练习队球，参观约三十分钟始至馆前草地，看体育科垒球，系麦克乐先生教授。孟芳图书馆尚未竣工，我们参观的阅书室比较他处已很大，分中西两部，每一部有管理一人；迨孟芳图书馆竣工后，即将此阅书室迁入而加添书籍，稍事扩充，其规模当可与清华颉颃。

农业试验场在校外，由后门可达；约有十顷余，建费共需六千；分畜牧、园林两部，树木荫森，畦田青碧，大有农家风。中有菊厅一所，内有中西餐及各种水果、冰淇淋等食物，专为学生消遣宴客。管账系一女子，此事殊觉有趣而且清闲。旁有小公园，草花遍植，荷香迎人，有小山，有清溪，有荷亭，有极短之小桥；应有尽有，精小别致，结构佳妙之处尤多。由草径过去约百步，有兽医院，有农具陈列所，有牛舍鸡舍猪舍；因时间匆匆，故未能尽行参观。

东大每月经费五十万，学生共六百余人，女生四十四人，特别生二十九人。校务纯属公开，由学校评议会、组织行政委员会负责。学制为选科制，规定学分最多每学期二十一—二十二，其中自由可以增减，够一百六十分为毕业，不计年限。学校中考试注重平时自修和笔记。学生自治会，皆关于学生生活方面的事情。集会有英文、国文、文艺、图画、体育、音乐研究会。

东大以学系作主体，暂设下列各系：——

（1）国文系，（2）英文系，（3）哲学系，（4）历史系，（5）地学系，（6）法政经济系，（7）数学系（附天文），（8）物理系，（9）化学系，（10）生物系，（11）心理系，（12）教育系，（13）体育系，（14）农业系，（15）园艺系，（16）畜牧系，（17）病虫系，（18）农业化学系，（19）机械工程系，（20）会计系，（21）银行系，（22）工商管理系。每系有研究室。

以有关系的学系，分别性质，先行组成下列各科：——

（一）文理科，（二）教育科，（三）农科，（四）工科。（五）商科（在上海）。另外有推广部如下：——

（一）校内特别生，（二）通信教授，（三）暑期学校。

走马观花，其大略情形如上述；至其内容组织详则和学生校内生活，不是在几个钟头里所能看到的。

二 南京高师的附中和附小

参观完了东大遂到附中，经过了许多（室）：化学室、研究室、会议室、出版室、生物标本用品预备室和附中银行，就到初级中学二年级去参观。这一点钟是公民；功课也不引人的兴趣，而且又是饭后第一时，所以我们一组人进去，倒惊了不少学生的睡！教室内光线充足，窗外风景，有青山草田，很能引起学生一种自然美的诱导。初级三年级国文，见在板壁上写着"鲁有秋胡……"的一段故事，教师在讲台上口讲手画地津津有味，所以学生在下面，都欣然听着，课堂中的空气，当时能引起人的精神。我们约参观了有十几分钟。图画教室，装置异常合适，用途亦很大；满壁画图，可惜无暇细看。图书室很普通，有各种杂志和报纸。

高级中学二班，初级有三级，一，二，三，共六班，此外尚有两班四年级生。经费每月四千，学生三百六十人。学生精神比武高附中活泼，设备亦比武高稍为完全。这是极显明容易看到的。

附小离高师很近，所以我们就走过去；这个学校，我在北京常听说是小学中最好最新的一处。我今天来，比较的兴味很浓厚；不但我一人，我们同学心理都是这样。大门是一个旧式的黑漆门，到门房，艾一情先生拿了一张学校的片子给他，让他传去；这个门房很骄傲的样子，把我们打量一下才进去，这一进去，准有十几分钟才出来，说："等一等。"我们这时光站都站累了，就坐在檐下待着，猛抬头见中门上有一大匾，上边有八个红字："随地涕吐，罚倒痰盂"。待了又有十分钟，才出来一位先生，很不高兴的样子——或是我们扰了他的午眠？走出来勉强地招呼了一下，我们才进去，这时光我们的兴趣，已打消在那二十分钟的等候里边了。

中门里有学生名牌，白色在校，黑色不在校。右边挂着的是"薛容七郇馨"。这是有别人见薛容有错处不守规则的时候，可以找七级的教师郇馨教训他。中间放着一个竹屏，上头有白纸条"此屏已坏，如有人动，请其赔偿"。罚倒痰盂，赔偿竹屏，都是铁面严厉的布告！

藤工场有各种精巧之小筐小篮，皆为学生的成绩；我们参观的时候，他们正在上课。有极小的图书馆博物馆。壁有木板，写着国内要闻数则。

维城院（昔日女高教务长所捐），中有清洁处（为儿童洗面擦面处）、议事厅、新图书馆等；院中有白兔两只，旁边蹲着两个小朋友，在那里抚它们的毛。院中分级，现已下课，故不克参观教授。

杜威院（为杜威博士所捐修），院中有游戏室、音乐室、作业室。地板异常光彩，儿童进去，都要换鞋；所以我们只可在外边瞻望。出了杜威院，那位领导的先生说："重要的地方都完了，还要看就请自便吧！"说完扬长而去。我们对于这学校的内容组织，既无从打听，除了仅知道学生有五百人外，一概都茫然！只好自己找路出来，我们同学都觉着可笑！这学校招待参观的规则我们莫看见，不知道这种先等二十分失陪二十分，是该校的招待定例呢，还是参观的太多厌烦了呢，还是那位先生莫有睡醒呢？这几个问题，在我脑中，现在还萦绕着。那位先生的官僚气概那样足，如果要是该校的重要人物，岂不是把教育官僚化了吗？

三 江苏省立第四师范及其附小

六月一号的九时，我们乘着车去四师参观，一路所经的街市，据云在南京为最热闹，如吉祥街等。到了四师，在门上有"英灵蔚起""正谊明道"的匾，写得异常挺秀，此外尚有横额为"十年树木长风烟"，此校舍为从前的钟山画院改建，故尚有旧址存在。我们先到应接室，图画满壁，美丽耀目，玻璃橱内有竹工和国文成绩等陈列。

课务为选科制，分三科，选科范围较大，分国文、英文、技能。学校组织分教育、事务、训育，每年训育考察，有训育会议。学级编制，师范五班，预科一班，学生二百四十人，教员五十人。每月经费四万九千。薪俸重要者一元半，次要者一元。

一年级文字学，系南京文字学家王栋培先生教授。二年级数学教员为余先生，系国会议员，讲解明了，磊落有名士风，无官僚气。理化器械尚敷用，博物教室、标本室、研究室皆在一起，甚方便。标本多系学生自己采集。

校舍中有湖甚清。湖前有话雨轩，极苍老有古风。此校校舍环境既多古风，故学生精神，比较为不活泼，而对于研究功课比较苦学。

出了师范的门，就是小学的校舍，距离很近；校地很大，而且遍植花草，清气宜人；院中有滑下台，小朋友们都活泼泼地在那上边滑下，顽憨可爱！

参观教授，都是教生学习，态度一望就能看出；高级二年上博物，教生的年龄，和学生差不多，活泼一堂，每个儿童的脸上，都映着红霞，现出微微的笑容！高三上国文，教生的态度极不自然，看见我们进去，更觉不安，在板壁上写字都写不来。我们都觉着抱歉，即刻就退出去。初级二年级，教生实习国文，态度异常诚恳，把自己的精神完全注在学生身上。启发儿童的心理和识见，常如一朵花一样的在心里展开。他在一问一答之中，都含着几分诚意，而在面孔上现出笑容，使学生的心神，也完全贯注在教师的精神内，发出一种特别的彩色。他们所作的功课，是给慎级的同级写信，教师问学生一句，就写到板壁上，成了一封很简单的信。

初级三年级算术，教生同学生的精神很统一，他们共同的作业在极静的空气里；我们进去未免有点惊破他们的空气。总之在这小学里，完全是参观教授，而且很令人满意。小学除武昌高师附小，此比较为最好，学生比武昌活泼；而训育上比较稍逊武高附小。

四　江苏第一女师范及其附小

女学校里特别有一种色彩，是优美的表现，一进门就感到种和暖幽美的空气！我们在应接室里稍待了一会，出来位图书馆管理员（女）带着我们参观。

学级分九班，中学三班，本科四班，预科一班，幼稚师范一班，学生约有四百余人，每年经费五万余。参观中三的体操、垒球，教师系体育师范毕业，精神活泼，姿态优美；故学生极有规律而姿势正确。

参观成绩室，书画甚佳，笔势挺秀，有绣屏数幅，远山含翠，绿树荫浓，手工很精巧。有一对绣花枕头，亦极尽巧工。标本器械室，设备在初级师范尚属敷用；特别有烹饪室，结构甚完美、简单。国画教室极优美，清雅之气，扑人眉宇。娱乐室有各种中西乐具陈列。此外尚有家事实习室，结构精美，布置井然，有桌椅床铺、镜台围屏。我们去参观的时光，有几位女同学在那里看书，桌上的鲜花，娇艳解语，作为读书的伴侣，极有趣。学校布置点缀既尽幽美，学生态度又极其活泼，由竹篱花间，偶闻歌声抑扬，纱幕低垂，琴声嘹亮，拨动了我游子的心弦！适在午餐，未得参观教授殊憾！

附小距离师范甚近，幼稚师范和蒙养园因时间匆促，未能去参观，可惜！小学一进门就看见许多牌子，上边写着"上海路""吴淞区"，一月以后，变换一次，凡一路中各区颜色皆相同，同他路是异色的；每区内再分某某级。学生共三百四十人，经费每年一万。有作业室、游戏室、读书室，教室内有儿童用书橱。高级学生去参观试验飞机，初级因该校将开游艺会，去讲演厅表演。我们因来得非时，送返华洋旅馆。晚，陶知行妹妹请我们去赴茶话会。

五　金陵大学

校舍建筑规模略同协和医学。分农、商（上海）、文、理、蚕、林、医、师范等科；学生，大学约三百余人，小学、幼稚合计将千人；每年经费四十万。参观理化用品标本及研究室之多，约有七八处，分高级同低级。有气压机可供全校之用。有炉，利用木屑，烧至六百度，将木屑中的汁泄出，由汽变水，分析后遂成酒精同油，以此可以研究木屑中的含有物。化学教员预备室中之药品，已可抵平学校一校之用；化学教室中，有雨水管、井水管、煤气管，每二人用一桌，每桌必有此三管。学生如借用东西，即一玻璃管必记账，每学期结算一次。此外参观的，有工业化验室、棉花研究室、电汽化验室、化学分析肥料豆科室、生物公共卫生科。有一个英国人，给我们讲昆虫学与病理学的关系，蚊同飞虫的害人。

图书馆的墙，都砌的是明太祖的城墙上的砖，有洪武二十五年的碑文和大秦景教流行中国碑，关壮缪的神像。所藏中西书籍很富。大礼堂比协和大，为镜框式的舞台形，可容一千人。

已散课，故未能参观教授；天阴欲雨，未能尽兴，匆匆返旅舍。

作于一九二三年九月三日

原载《晨报·副刊》

金陵的古迹

石评梅

一　鸡鸣寺

　　由东大参观后，步行游鸡鸣寺，沿途张绿树作幕，铺苍苔作毡，慢慢地上台山（即鸡鸣山），幸而有两旁的杨槐遮赤日，山间的清风拂去炎热。到了半山已望见鸡鸣寺，隐约现于浓荫中。惠和拉着我坐在路旁的一块石上稍息。望下去，只见弯曲的成了一道翠幕张满的道。赤日由树叶的缝里露出，印在地下成了种种的花纹。在那倾斜的浓绿山下，时时能听到小鸟啁啾，和着她们娇脆的笑声，在山里回音，特别觉着响亮！我同惠和宝珍并着肩连谈带笑地上山去，约没十分钟的时间，已到了鸡鸣寺前，一抬头就看见对面壁上，画着一幅水淹金山寺的图。寺门上有四个大红字是"皆大欢喜"。进去转了有一二个弯就到了正殿，钟声嘹亮，香烟萦绕，八大罗汉里边，只有二三个穿着新衣服——金装，其余都破衣烂裳，愁眉苦眼，有种很伤心的样子！罗汉中也同时有幸与不幸啊！

　　临窗为玄武湖，碧水荡漾，平静如镜，苍苔绿茵，一望皆青。远山含烟，氤氲云间，我问庙里的道士，说是"幕府山"。窗下一望，可摸着杨柳的顶头，惠风颤荡着，婀娜飘舞，像对着我们鞠躬一样！湖山青碧，景致潇洒，俯仰之间，只觉心神怡然，融化在宇宙自然之中。我们六七个人聚在一桌吃茶，卧薪伏在窗上慢慢地已睡去，我们同芗蕖谈到北京东岳庙里的鬼，说着津津有味的时候，艾一情先生说："天晚了走吧！"我们遂出了正殿。我临走的时候，向窗下一望，已披了一层烟云的雾，把湖山风景遮了起来。一路瑟瑟树声，哀婉鸟语，深黑的林内，蕴蓄着无穷的神秘和阴森。台城的左右，都是革命志士的坟墓，白杨萧森，英魂赫濯，一腔未洒完的热血，将永埋在黄土深处。

二 明陵

六月二号的清晨，我们由华洋旅馆出发，坐着马车去游明陵，一路乱石满道，破垣颓壁倾斜路旁，烬余碑瓦堆成小屋，土人聊避风雨。一种凄凉荒芜景象，令人不觉发生一种说不出的悲哀！行了有三里路，就到了朱洪武的故宫，现在改为古物陈列室。里边的东西很多，但莫有什么很珍贵的，有宋本业寺嘉定经幢，冶山明八卦石的说明：

> 朝天宫宋为天庆观之玄妙观，又改永寿宫；明洪武十七年，赐令百额朝贺习仪于此，自杨溥以来即为宫观，此石传有四世。又传冶山之清殿下，为明太祖真葬处，石为青石所刻，在美正学堂在东北角治操场，掘得此石。

方氏荔青轩石刻残石，凤凰台诗碣残石，六朝宫内的禁石础。凤凰台碑记，节录如下：

金陵凤凰台在聚宝门内花盝冈，南朝宋元嘉中有
神爵至，乃置凤凰里，起台于山中……台极壮丽，凭
临大江，明初江流徙去，凤去台在，此碑始出土。

报恩寺遗迹

此外尚有多种，不暇细看。有明隆庆井床，旧在聚宝门
内五贵桥上。鸡鸣寺甘露井石，铜殿遗迹，系粤匪毁殿时所
余，重十八斤，佛十七座。明报恩寺塔砖（第八层），高一尺
四寸，宽一尺，为苏泥制，上镌佛像多尊。大明通行宝钞铜
板。六朝法云寺铜观音像，清瑞云寺古藤狮像，此系神奇如活
现，上坐佛极庄严活泼，刻工非常精细，高约四尺余。此外尚
有宋朝刀剑数种，梁光宅寺铸名臣铜像。最令人注意的，就是
中间所立的方孝孺血迹碑，据云天阴时血迹鲜赤晶莹，有左宗
棠书《明靖难忠臣血迹碑记》。在此逗留仅二十分钟，故所得
甚少。上述皆当时连看连写，惜未能多留，此团体中旅行之不
便处。我出了陈列所的门，她们已都上车，芟蘅仍在车旁等着
我。一路青草遍径，田畦皆碧，快到明陵的时候，已看见石人

石马倒倾在荒草间，绿树中已能隐约地望着红墙。我们下车走了进去，青石铺地，苍苔满径，两旁苍松古柏，奇特万状。有冶隆唐宋大碑，尚有美英日俄法意六国保存明陵碑，中国古迹而让外人保存，亦历史怪事。正殿内有明太祖高皇帝像，下颚突出，两耳垂肩，貌极奇怪，或即所谓帝王像，应如此。人深洞，青石已剥消粉碎，洞尽处，一片倾斜山坡，遍植柏槐。登其上，风声瑟瑟，草虫唧唧，小鸟依然在碧茫中，为数百年的英魂，作哀悼之歌！

三　紫霞洞

循着孝陵的红围墙下，绕至紫金山前，我一个人离了她们，随着个引路的牧童走去。在崎岖的山石里，浓绿的树荫下，我常发生一种最神妙幽美的感觉。那草径里时有黄白蝴蝶翩跹其中，我在野草的叶上捉了一个，放在我的笔记本里夹着。我正走着山石的崎岖，厌烦极了，觉着非常干燥，忽然淙淙的流水由山涧中冲出，汇为小溪，清可见底，映着五色的小石，异常美丽。我遂在一块石头上洗我的手绢，包了一手绢的小石头。我正要往前走，肖严在后边说"等等我"，她来了，我们俩遂随着牧童去。路经石榴院，遍植榴花，其红如染，落英满地，为此山特别装点，美丽无比。

牧童说："看，快到了！"只见一片青翠山峰，岩如玉屏，晶莹可爱！过石桥，拾级而上，至半山已可望见寺院。犬闻足音，狂吠不已。牧童叱之，遂嘿然去。至紫霞道院，逢一疯道人，是由四川峨嵋山游行至此，其言语有令人懂的，有令人百思不解的，其疯与否不能辨，但据牧童说："是不可理，说起话来莫有完。"紫霞道院中有紫云洞，其深邃阴凉，令人神清，有瀑布倒挂，宛然白练，纤尘不染，其清华朗润，沁人心脾！忽有钟声，敲破山中的寂寞，搏动着游子的心弦。飘渺着的白云，也停在青峦，高山流水，兴尽于此。寻旧径，披草莱，回首一望，只见霞光万道随着暮云慢慢地沉下去了。

四　莫愁湖

　　进了华岩庵，已现着一种清雅风姿，游人甚多，且富雅士。楼阁虽平列无奇，但英雄事业，美人香草，在湖中图画，莲池风景内，常映着此种秀媚雄伟，令人感慨靡已！

　　登胜棋楼，有徐中山王的像，两旁的对联好的很多：

　　英雄有将相才，浩气钟两朝，可泣可歌，此身合书凌云阁；
　　美人无脂粉态，湖光鉴千顷，绘声绘影，斯楼不减郁金香。

　　风景宛当年，淮月同流商女恨；
　　英雄淘不尽，湖云长为美人留。

　　六代莺华，并作王侯清净地；
　　一湖烟水，荡开儿女古今愁。

　　同惠和又进到西院，四围楼阁，中凿莲池，但已非琼楼绮阁，状极荒凉，有亭额曰"荷花生日"。两旁的对联是：

　　时局类残棋，羡他草昧英雄，大地山河赢一著；
　　佳名传轶乘，对此荷花秋水，美人心迹更双清。

　　对面有楼不高而敞，额曰"月到风来"，惜隔莲池，对联未能看清楚。再上为曾公阁，横额为"江天小阁坐人豪"，中悬曾文正公遗像一幅，对联为：

　　玳梁燕空，玉座苔移，千古永留凭吊处；
　　天际遥青，城头浓翠，一樽来坐画图间。

　　凭窗一望，镜水平铺，荷花映日，远山含翠，荫木如森，真的古往今来，英雄美人能有几何？而更能香迹遗千古，事业安天下，则英雄美人今虽泥灭躯壳，但苟有足令人回忆的，仍然可以在宇宙中永存。余友纫秋常羡慕英雄美人，但未知英雄常困草昧，美人罕遇知音，同为天涯憾事！质之纫秋，以为如何？
　　壁间有联，如：

　　红藕花开，打桨人犹夸粉黛；
　　朱门草没，登楼我自吊英雄。

　　憾江上石头，抵不住迁流尘梦，柳枝何处，桃叶无踪，转羡他名将美人，燕息能留千古；
　　问湖边月色，照过了多少年华，玉树歌余，金莲舞后，收拾这残山剩水，莺花犹是六朝春。

　　江山再动，收拾残局，好凭湖影花光，净洗余氛见休憩；

　　楼阁周遮，低徊灵迹，中有美人名将，平分片席到烟波。

　　莫愁小像，悬徐中山王像后凭湖的楼上，轻盈妙年，俨然国色，眉黛间隐有余恨，旁有联为：

　　　　湖水纵无秋，狂客未妨浇竹叶；
　　　　美人不知处，化身犹自现莲花。

　　因尚有雨花台未游，故未能细睹湖光花影，殊为长恨。莫愁俗人，或以为楼阁平淡，荷池无奇，湖光山色，亦不能独擅胜概。但仁者见仁，智者见智，胸有怀抱的人登临，则大可作毕生逗留！湖光花影，血泪染江山半片；琼楼绮阁，又何莫非昙花空梦！据古证今，则此雪泥鸿爪草草游踪，安知不为后人所凭吊云。

　　未游秦淮河，未登清凉山。雨花台草厅数间，沙土小石，堆集成丘，除带回几粒晶洁美颜的石子外，其余金田战绩，本同胞相残，无甚可叙，省着点笔墨，去奉敬我渴望如醉的西湖罢！

　　　　　　　　　　　　　　　　　一九二三年九月三日

　　原载《晨报·副刊》，选自《涛语》，上海神州国光社1929年版

秦淮暮雨

倪贻德

途　中

　　无论在故乡或在异乡，只要是住上几个月之后，对于那个地方，多少总有些依恋的感情，一旦不幸而别离他去，也就不免要生起一种无限的惆怅呢！

　　无论是道近或是道远，只要是一个人孤零零走上了旅路的时候，多少总要觉得寂寞无聊，而感到一种生世漂泊的悲哀呢！

　　但在这两种情形之下，要是正值风和日丽，山川明媚的时候，使一个怨离惜别的征人，看看大自然光明灿烂的表现，听听候鸟时虫嘹亮的清歌，也可以减去几分黯然销魂之感，而使各种无谓的愁思忘怀了呢！反之，倘若在细雨潇潇之下，在残年暮冬之季，天宇暗淡，草木凋零，所有接触到我们眼中来的，都是催人泪下的资料；况又是西风频来的吹打，远郊的哀声时起，你想一个飘零多感的旅客，遭到这样凄惨的情景，他脑里的愁思，他心中的悲怀，是怎样难以形容得出来的哟！

　　然而以我个人而论，那苍天好像故意要和我的生活调和似的，每逢在旅途之中，所遇到的天气，总是后者多于前者，不是刮着风雪，就是洒着雨丝，这正像我灰色生活的一幅写照，这也是我一生命运偃蹇的象征吧！

啊！今朝！正北国严风，吹过江南的时候。正潇潇暮雨，打在秦淮河上的时候，可怜一乘车儿，一肩行李。又送到孤寂的旅路上来了。想金陵一去，他年难再重来！从此白鹭洲前，乌衣巷口，又不能容我低回踯躅了！车过桃叶渡头，我看见两岸的楼台水榭，酒旗垂杨，以及秦淮河中停泊的游艇画舫，笼罩在烟雨之中的那种情调，又想起半年来在外作客，被人嘲笑，被人辱骂，甚至被人视为洪水猛兽而遭驱逐的那种委屈，我的眼泪竟禁不住一颗一颗地流了出来。自秦淮以至于下关，约有十多里车行的长途，所以尽够我在那里把往事苦苦地来思量，也尽够我自己制造出许多悲乐的空气来自己享受呢。

乡　愁

想我初到这秦淮河畔来的时候，正当秋蝉声苦，月桂香清。这秋色的故都，自不免有一番萧条落寞的景象；何况是生世漂泊，抑郁多愁的我，逢到这样的时节，处在这样的异乡，这客中的苦况，更要比别人加倍难受呢！所以我整日地伏处在斗室之中，只是想到故乡，想到久居的黄浦江滨。想到我朝夕相处的几个朋友，觉得今昔相较，哀乐殊异，而自悔不该谬然远走他方。

那是一天的午后，同事的万君，看我寂寞得可怜，他就过来邀我说：

——这样闷坐着岂不苦恼，我们还是出去跑跑罢。

——好，好，我们一同去跑跑罢——我当然是欣喜地对他表我的同情。

弯弯曲曲地行过了几条狭长的街道，行过了古罗马城堡似的城门洞，城市一步步地远离，山乡一步步地展开，奇形古怪的驴背客可以看见了，兜卖石子的江北小囝也可以看见了，哦，我们已经到了方孝孺葬身埋骨之地，自古兵家必争的雨花台畔了。

雨花台上，还剩有前朝战血的痕迹，深深的壕沟，高高的堡垒，令人犹想见当年横刀跃马，金鼓喧天时豪壮的气概；而今衰黄的枯草，和颓败的瓦砾，默然躺在午后秋光之下的那种情景，则又令人想到沙场白骨，战士头颅的惨状。我更放眼四望，只见一座雄厚崔巍的石头城，包住了几万人家；卧龙似的连山，绵亘不断地在四处起伏着，现出了许多远近高低的岗陵丘壑；一线的长江，隐然粘在天地交界处，而这日又值黄沙天气，澹薄的阳光，从昏蒙蒙的天幕中射下来，更觉得这荒凉的古战场上，有一种浩荡荡的，莽苍苍的气概，直逼人来，好像有百万雄师，潜伏在那里，正要预备作战的样子。

我正在这样呆呆地四望的时候，旁边站着的万君，忽而指着一处山上白色的小点对我说：

——哦哦，那就是天保城！

——哦哦，那就是明孝陵——他又指着一处山脚下的几块红墙。

——那就是钟鼓楼——他又指着一处庞然雄镇的大建筑物。

他又指着许多远近的名胜古迹，一一地告诉我，面上露出很得意的神色，大概他是故意想在我面前夸示他们本乡风土的佳胜罢！但是。他何曾晓得我——我是曾经沧海难为水的！这些干燥无味的景色，哪里及得来我故乡的百一呢？故乡有杜鹃花开遍的春山，故乡有黄莺鸣彻的柳堤，故乡有六桥三竺中缥缈的云烟，故乡有绿水中柔波清丽的人影，故乡有……啊啊！我可爱的故乡哟！你终竟是我儿时青梅竹马的伴侣，你那明媚的容颜，你那纤纤的清影，你那婉曼的歌声，是早已深深地印在我的心目之中了，虽有异乡的花草，时来引诱我，但是我无论如何不会把你忘记了的哟！可不知何日里，我能够飘然归来，投在你的怀中，把我的相思苦痛来和你从头细数呢？

月 下

不久中秋也就到了。这一天的晚上，天气虽然不好，然而也没有雨，朦胧的淡月，时时从薄薄的浮云里钻出来窥人。八九点钟的光景，我刚从一家酒楼里微醉出来的时候，遇到了几个新交的朋友，他们一定要拖我到秀山公园里去赏月，我也因着客中多闲，岂忍负此良宵，所以也就乐得跟了他们走去。

对月怀人，乃是人之常情，我又何能免此？所以当我缓缓地步在复成桥畔，看见那岸边轻围住晚烟的垂柳中间漏出来的淡白的圆月的时候，竟使我不知不觉地想起了我故乡湖畔的那人儿了。

那人儿是蒲柳一般的芳姿，兰蕙一般的丽质，我爱她那温软轻松的华发，我爱她那乌黑多情的大眼，我爱她那柔嫩苍白的颊儿，我尤其爱她说话时那种细腻怯弱的表情。和见人时嫣然一笑的媚态。

她曾经告诉我说过，她是一个世界的零余者，人群的失败者，她受了种种不幸的刺激，所以对于什么也心灰意懒了。她又同我说，她只愿和我以友谊相始，亦以友谊相终，永远做一个纯洁的朋友。她又同我说，她是曾经在半规的凉月下，立在湖边上，一个人暗暗私泣过的……

可怜我因着她这几句话，也无端地下过许多眼泪，可我在一首诗里，也曾经为她这样地哀吟过。

> 银河淡淡的凉夜，
> 秋水盈盈的湖面，
> 湖底里倒映着一个
> 纤纤的身影，
> 湖边上有一个少女
> 在低低诉她的幽怨。
>
> 湖边的少女，
> 你泣着，你呜咽着，
> 你泣着为的是什么？
> 可是受了他人的欺凌？
> 或是有如许故来的哀怨，
> 故来的饮恨，
> ——那说不出来的哀情。
>
> 啊，说不出来的哀情哟！
> 你终于是说不出吗？
> 你为甚深深隐瞒了？
> 你为甚不肯告你远方的恋人？
> 啊，你将永远永远地，
> 葬她在灵魂的深处，
> 与永劫而同存……

啊！今夕月光如此清幽。不知道她对了这多情的凉月，又将如何的回肠千转，幽思百结呢？不知道她可曾想到千余里外还有这样一个可怜的人在对月怀念她呢？啊，我心目中所翘盼的人。我欲爱而不得爱的少女，你也知道那漂泊的孤独者的烦恼吗？

这一天的晚上，我看见月色下淡泊素静的秀山公园，园中的许多赏月的少年男女，和在草地上跳舞的几个年轻的女学生，我的心里感到了分外的愉快和温热。

白鹭洲

此后我对于这秦淮河畔的感情就一天一天地浓厚起来了。这其中有两层原因在着：其一，是不多几日之后。我在所住的学校后面，发现了一个可爱的地方——是足以使我无聊时闲游的地方。那儿是一片优秀的水乡，有清可鉴人的溪流，也有纡回曲折的堤岸，有风来潇潇的芦荻，也有朦朦含烟的白杨，有临水的小阁精椽，也有隔岸的农家草屋……然而我起初也不过淡然置之而已。

后来我和人家谈起，他们告诉我说：

——这就是白鹭洲哟！

——噢噢！那就是二水中分的白鹭洲吗？

——那正是一处前朝诗歌中的遗留物呢！

这样一来，我更觉得这地方的亲密可爱了。真的。我每到下午四五点钟的光景，总要邀住一二个朋友，慢慢地踱到那边去闲逛的，而恰恰在那时候，四方的景色，最是变化得复杂。在落日这一边呢，好的是深暗昏蒙的林木和晚烟蒙住的远景，衬在橙红的天空上的那种黄昏情调，但是倘若再回过头去一看，则又是别一种样的风光，那正是因为受着对面落日返照的原故，所以一切的景物，都在灼灼地闪烁，都在耀耀地发光，那背景的天空，更觉得昏暗下来了。这两者所呈的色调既如此不同，然而他所给我们的诗意，却是一样地能使我们低徊咏叹，徘徊而不忍遽去的。当那个时候，我快乐得把一切都忘怀了，一个人不知不觉地哼起郑板桥的几首道情来，自己也好像变了一个樵夫渔父，在山林烟水之间逍遥的一般。

其二，是在我学校前面，也发现了一个足以使我无聊时闲逛的地方，不过这地方的情调、趣味，和前者恰恰绝对相反。原来这就是娼妓游民行乐之地，三教九流聚会之场，所谓夫子庙者是也！那儿的规模、格局、观瞻，虽然没有上海那么繁华绮丽，虽然没有北京那么伟大雄壮，但是一到了晚间，那些六街灯火的辉煌，楼头的清歌曼舞，妖艳的肉体的倾轧，以及隔江一声声的檀板丝弦，街心夜游者欢狂的嘈音，都足以使人心荡目迷，而陶醉在醇酒一般的境地里的。

在灯火黄昏之时，在一弯凉月之下，我是常常牵拉着三五年少，漫步地踱到一家茶社的楼上，踞坐在一张板桌的旁边，烟雾迷漫的中间，惨绿的瓦丝灯底下，看看那同透加所绘的跳舞里面一样的病弱的可怜虫，听听她们从竹棍藤鞭之下逼迫出来的哀音，和四周浸淫着的那种靡靡的空气，我又好像变了一个群集在咖啡馆里度浪漫生活的青年艺术家了。

——哦哦，你们看！这不是一种极好的画材吗？我们倘若把这惨白窈窕的歌女当作了画面上的主体，那么这灰黄憔悴的乌师不是一个极好的背景？这缭绕的烟丝又不是一种极美妙的衬托吗？……

——你们看！这瓦丝灯光下的色彩是多么闪烁而活跃！这歌妓的红唇是多么硗薄而可爱！她颊上的肌肉……她胸部的曲线……

红　叶

　　重阳节前后的那几天，可说是秋天的精神发挥得最充分的时候。倘若不相信这句话，你不妨到野外去走一趟看看，最好是到那丘陵起伏的高旷之地，又还须骑一匹蹄声嘚嘚的驴子，那末你就可以在驴背上看见缓缓地从你两旁经过的秋山野景。知道大自然是如何地在那里表现着庄严灿烂的精神，又如何地在那里发挥着崇高悠远的诗意了。

　　如今佳节又近了重阳，寥廓的天空，只是那般蔚蓝一碧；灿烂的骄阳，想已把青青的郊原，晒成一片锦绣的华毯；葱郁的林木，染为几丛灼嫩的红叶了罢。紫金山麓，灵谷寺前，正是秋色方酣的时候。当这样的佳景，这样的令节，我们应当怎样地去遨游寻乐，才不致辜负这大自然赐给我们的幸福呢！

　　于是我们又踏过断碣残垣的明故宫，走出了午朝门，在城脚下一个驴夫那里雇了几匹驴子，踽踽地直向前面山道中进行。山道是迂回曲折，高低起伏，驴儿也跟了它一蹬一颠地缓步，或左或右地前进。

　　在驴背上一路地贪看着荒山野景，饱尝了许多以前所未曾接触过的清新的美点来，这美点倘若要精细地描写出来，抽象的文字恐怕还嫌不足，最好是用具象的绘画，或者可以更直接更真确些。哦哦，这秋阳中倾斜的山坡，山坡上铺满着的不知名的野花——那五色斑斓的野花，远远的一角城墙，城墙上的天空，天空中流荡着的白云，这不是一幅极好的风景画的题材吗？哦哦，这几间古旧的茅舍，茅舍旁有垂着苍黄头颅的向日葵，茅舍前有半开半掩的年久的柴扉，柴扉前立着一个孩子，他抱了一束薪，在那里对我们呆看的神情，那又好像在什么地方的一张名画里看见过的样子。哦哦，这一带疏林枫叶，枫叶经了秋阳的熏染，经了秋风的吹拂，也有红的了，红得如玛瑙般的鲜明；也有黄的了，黄得如油菜花般的娇艳；也还有绿的，那仿佛还在长夏时一般的滴翠；后面有红墙古屋的衬托，上面有蓝天的掩映！……这又好像是我的一个好友曾经在那里表现过的一幅画境……

我这样地在驴背上默默地看着想着，其余的几个朋友也都默默。这空山之中，除开嘚嘚的蹄声，也没有鸟唱，也没有虫鸣，也没有人语，大概这时候，大家受了大自然的引诱，都不知不觉地为它伟大的力量所慑服了。总之，我们好像已经不是现世的人，而变成了中古世纪浪漫时代的人了；我们已经不是现实的人，而变成了山水画中点缀的人物了。

游兴还是很浓的，太阳却缓缓地打斜了，影子也渐渐地修长起来，一切的景物自然更增长了她们的华丽灿烂。然而这无限好的黄昏，偏又在催游人归去。归途，随处拾着红叶，摘着野花，笑看那斜阳中的樵牧，那种快乐的遭遇，真使我有终老是乡，不愿再返尘世的感想了。

玄武湖之秋

不多几日之后，学校里有结队作玄武湖游的举行。这玄武湖上，原是桃李争艳之地，荷花柳丝之乡，所以她的华年，是在烂漫的芳春，是在蓬勃的长夏。一到了深秋，年华近了，游人也激了，所遗留下来的，只有一些寂寞与悲调。然而倘若由诗人的眼光来看，那么，这些衰柳，残荷，败芦，枯叶，以及冷落的孤棹，苍茫的远山是如何的含着高超的诗意！又如何的现着低徊的情调呢？这正所谓：

"碧云天，黄叶地，秋色连波，波上寒烟翠。山映斜阳天接水，芳草无情，更在斜阳外。"

这又好像是一个美貌的女子，到了中年以后，她娇嫩的容颜慢慢的憔悴了，她浓黑的华鬓渐渐的稀少了，她往日的恋人也弃她而去了，到这样的时候，她一方面既感慨那似水的流年，一方面又还时时在眷念着她那如花的青春，然而青春是一去不可复回，年华又一年一年的流向东去，她无可奈何，可是暗暗的背人流泪的样子，一般的具有美妙而悲凉的诗的情味。

这是使人见了何等的可怜而又可爱的！所以我在这秋的玄武湖上，昏昏蒙蒙度了几个朝暮，也不知道昼和夜，也不知道晴和雨，又忘却了一切世上的荣名禄利，我只愿在这一片荒凉如死的湖边上，结一间小小的孤屋，把我几年来飘泊的生涯，收拾起来，归宿在那里，一等到我死了之后，也把我的枯骨，埋葬在那里，那末我在这一生，也就心满意足的了……

"一间小小的孤屋，但是建筑倒很精雅，从外边看来，虽好像是农家的田舍，里面却有的是湖绿的粉墙，明净的玻窗；有的是小巧的台椅，温软的床褥；屋顶虽不高，但好在于这不高，低小了才觉得团结而紧凑呢！屋外更围了一排矮矮的竹篱，竹篱外便只有芦荻和湖水了。住在这屋里面的是一个可怜的老人，他既没有妇人，当然也没有儿孙，每天伴着他的，只有几本破书和几张旧画。他从来没有踏到外边去看一个人，人家也从来没有一个人进来看他。每到了西风飒飒的晚秋，或夕阳蜿晚的黄昏时分，他总是默默的靠在窗口，看了窗外一片单调的景色，听了远处吹来几声孤雁的哀号，他的心就不知不觉的浮沉在一种美妙的追想里面，那就是他青年时代所经过的一段可歌可泣的浪漫史。这是他唯一安慰寂寞的方法，他每想到这个时候，自己就好像已经回复了他那黄金时代的生活一样，同时他的甜蜜而可爱的老泪，也禁不住滔滔的流了出来……"

我对玄武湖爱慕之余，本来原想将这样一段幻想，来做一篇小说。描写一个再过几十年之后的我的暮年生活，是如何的孤寂，如何的幽静，又如何的时时在一种幻影的追想里面生活着，但是到了后来，不料我求悲哀的诗意之心终竟敌不住我求欢乐的陶醉之心的强盛；我灵的爱之企慕也终竟敌不住我肉的爱之企慕的迫切，于是我那篇《玄武湖之秋》的内容，和前面那一种幻想里的情节就绝对的相反了。

那篇小说是写我正当在年青时候，同了三个美貌的女学生，在那玄武湖上，如何的相亲相爱，后来分别之后，又如何的思暮她们的一段想象。这样放浪的情节，这样大胆的描写，在这礼教观念极深，文艺知识极浅的中国社会里，原是应该把它及早焚烧了毁灭了的好。但是，我青年的血气终竟没有消灭到全无，我修养的工夫终竟没有磨练到十足，我的求隐隐的心终竟没有我求表现的心的热切。于是我就在某某文艺周报上竟大胆的把它出而问世了。

寒　冬

寒冬的日子一天一天的拉近了，秋天的幻景已经隐灭了去，所剩下来的只有一些可怕的悲哀，虽然秋天也是悲哀的，但那种悲哀却时常给人以喜悦；独有这冬天的悲哀，是失望的，现实的，无可奈何的，别的不必说起，就只要抬起头来一看，那密布着的冻云，昏蒙蒙的黄尘，西北风在高处的盘旋，灰调的色彩，号吼般的声音，已经够使人愁惨终朝了。所以我每到了冬季，就和各种昆虫一般，慑缩起来，一动也不敢动，只是等待着运命来支配罢了。而正当那个时候，各方面对我的攻击，也接着如野火般的四起，使我更陷于悲愁绝望之境里，这正是祸不单行啊！

原来自从我那篇《玄武湖之秋》发表以后，凡是稍与我有些关系的人，对于这篇小说都非常注意，也有当面来责难我的，也有写信来批评我的，他们有的说我没有真实的感情，没有纯洁的恋爱。以女子为儿戏，污辱了女性的人格！有的说我没有修养和沉静的工夫，太是赤裸裸的描写，使人看了心神不安，有失了美的价值；有的说我只有肉的爱而没有灵的爱，是礼教的教徒，色情的狂奴……这些他们本来不负责任的说，然而神经过敏的我，怎样能够当得起这种毁辱呢！我的食量就因此逐渐的减少了，睡梦中也时常惊醒了，每个人的眼睛好像都在盯住我，每个人的言语好像都在痛骂我，我为着躲避这些可怕的刺激，每天只是缩在房里，一步也不敢踏出去，像这样接病似的挨了几天之后，学校当局，竟因着这一篇小说，把我的职务像快刀斩麻似的辞退，他惟一的理由是：

"先生所作之小说，今已激动公愤，倘再牵留不去，将引起极大之风潮！……"

事已至此，我还有什么话可讲？想我当初写这篇小说的动机，原是不满于现实的苦痛，要想在艺术的世界中，建起空中的楼阁，求我理想中的人，来安慰我的寂寞，减轻我的欲求。现实的社会，纵使是一座不容人飞翔的牢笼，纵使是一处监禁思想的魔窟，然而在艺术的天国里，却是绝对客人以自由，凡是宇宙的市民，谁都可到这里来尽情地翱翔，尽情地欢唱的。而不料一到了万恶的中国社会里，竟连这一点点的自由也要被束缚！竟连这一点点的享乐也要被摧残！这还有什么话可讲呢？

暮　雨

　　尖长而响亮的汽笛声，把我的意识回复了转来，探头向车篷外去一望，荒凉的野景已经渐渐在转变为嘈杂的市廛了、两旁的行人也觉得渐渐的拥挤起来，距车站的路想巴不远了。只是潇潇的暮雨，比刚才更加落得起劲，大概它是故意在那里助长飘流者心内的悲调罢！

　　原载1924年3月9日、16日《创造周报》第43、44号

我们的太平洋

鲁　彦

　　倘若我问你："你喜欢西湖吗？"你一定回答说："是的，我非常喜欢！"

　　但是，倘若我问你说："你喜欢后湖吗？"你一定摇一摇头说："哪里比得上西湖！"或者，你竟露着奇异的眼光，反问我说："哪一个后湖呀？"

　　哦，我所说的是南京的后湖，它又叫作玄武湖。

　　倘若你以前到过南京，你一定知道这个又叫作玄武湖的后湖。倘若你近来住在南京或到过南京，你一定知道它又改了名字了。它现在叫作五洲公园了，是不是？

　　但是，说你喜欢，我不能够代你确定地答复。如其说你喜欢后湖比喜欢西湖更甚，那我简直想也不敢这样想了。自然，你一定更喜欢西湖的。

　　然而，我自己却和你相反。我更喜欢后湖。你要用西湖的山水名胜来和我所喜欢的后湖比较，你是徒然的。我并不注意这些。我可以给你满意的答复："后湖并不像西湖那样的秀丽。"而且我还会对你说："你更喜欢西湖是完全对的。"但我这样的说法，可并不取消我自己的喜欢。我自己还是更喜欢后湖的。

　　后湖的一边有一座紫金山，你一定知道。它很高。它没有生长什么树木。它只是一座裸秃的山，一座没有春夏的山。没有什么山洞，也没有什么蹊径。它这里的云雾没有像在西湖的那么神秘奇妙，不能引起你的甜美的幻梦。它能给你的常是寂寞与悲凉，浩歌与哀悼。但是，这样也已很好了，我觉得。它虽没有西湖的秀丽，它可有它的雄壮。

后湖的又一边有一座城墙，你也一定知道。这是西湖所没有的。可是在游人的眼睛里，常常拿它跟西湖的苏堤相比。但是它没有妩媚的红桃绿柳的映衬。它是一座废堞残垣的古城。它不能给青年男女黄金一般的迷梦。你到了那里，就好像热情之神Apollo到了雅典的卫城上，发觉了潜伏在幸福背后的悲哀。我觉得这样更好。它能使你味彻到人生的真谛。

但是我喜欢后湖，还不在这里。我对它的喜欢的开始，还不是在最近。那已是十年以前的事了。

十年以前，我曾在南京住了将近半年。如同我喜欢吃多量的醋——你可不要取笑我——拌干丝一样。我几乎是天天到后湖去的。我很少独自去的时候，常有很多的同伴。有时，一只船容不下，便分开在两只船里。

第一个使我喜欢后湖的原因，是在同伴。他们都和我一样年轻，活泼得有点类于疯狂的放荡。大家还不曾肩上生活的重担，只知道快乐。只有其中的一位广东朋友，常去拜访爱人而被取笑作"割草"的，和我这已经负上了人的生活的担子的，比较有点忧郁，但是实际上还是非常的轻微，它像是浮云一样，最容易被微风吹开。这几个有着十足的天真的青年凑在一起，有说有笑，有叫有唱，常常到后湖去，于是后湖便被我喜欢了。

第二个原因，是在船。它是一种平常的朴素的小渔船，没有修饰，老老实实地破着，漏的漏着。船中偶然放着一两个乡人用的小竹椅或破板凳，我们须分坐在船头和船栏上。没有篷，使我们容易接受阳光或风雨。船里有了四支桨，一支篙。船夫并不拘束我们，不需要他时，他可以留岸上。我是从小在故乡的河里，瞒着母亲弄惯了船的，我当然非常高兴，拿着一支桨坐在船尾，替代了船夫。船既由我们自己弄，于是要纵要横，要搁浅要抛锚，要靠岸要随风飘荡，一切都可以随便了。这样，船既朴素得可爱，又玩得自由，后湖便更被我喜欢了。

第三个原因是湖中的茭儿菜与荷花。当它们最茂盛的时候，很多地方几乎只有一线狭窄的船路。船从中间驶去，沙沙地挤动着两边的枝叶，闻到清鲜的香气，时时受到叶上的水滴的袭击。它们高高地遮住了我们的视线，迷住了我们的方向，柳暗花明地常常觉得前面是绝径了，又豁然开朗地展开一条路来。当它们枯萎到水面水下的时候，我们的船常常遇到搁浅，经过一番努力，又荡漾在无阻碍的所在。有时，四五个人合着力，故意往搁浅的所在驶了去，你撑篙，我扯草根，想探出一条路来。我们的精力正是最充足的时候，我们并不惋惜几小时的徒然的探险。这样，湖中有了茭儿菜与荷花，使我们趣味横生，我自然愈加喜欢后湖了。

第四，是后湖的水闸。靠了船，爬到城墙根，水闸的上面有一个可怕的阴暗的深洞。从另一条路走到水闸边，看见了迸发的瀑布。我们在这里大声唱了起来，宛如音乐家对着海的洪涛练习喉音一样。洁白的瀑布诱惑着我们脱鞋袜，走去受洗礼，随后还逼我们到湖中去洗浴游泳，倘若天气暖热的话。在这里，我们的精力完全随着喜欢消耗尽了。这又是我更喜欢后湖的一个原因。

第五，最后而又最大的使我喜欢后湖的原因，那就是我们的太平洋。太平洋，原来被我们发现在后湖里了。这是被我们中间的一个同伴，一个诗人兼哲学家的同伴所首先发现，所提议而加衔的。它的区域就在离开水闸不远起，到对面的洲的末尾的近处止。这里是一个最宽广的所在，也是湖水最深的所在。后湖里几乎到处都有荞儿菜与荷花或水草，只有这里是一年四季露着汪洋的一片的。这里的太阳显得特别强烈，风也显得特别大。显然的，这里的气候也俨然不同了。我们中间没有一个人反对这"太平洋"新名字。我们都的确觉得到了真正的太平洋了。梦呵！我们已经占据了半个地球了！我们已经很疲乏，我们现在要在太平洋里休息了。任你把我们飘到地球的哪一角去吧，太平洋上的风！我们丢了桨，躺在船上，仰望着空间的浮云，不复注意到时间的流动。我们把脚伸到太平洋里，听着默默的波声，呼吸着最清新的空气。我们暂时地静默了。我们已经和大自然融合在一起。还有什么比太平洋更可爱、更伟大呢？而我们是，每次每次在那里漂漾着，在那里梦想着未来，在那里观望着宇宙间的变幻，在那里倾听着地球的转动，在那里消磨它幸福的青春。我们完全占有了太平洋了……

够了，我不再说到洲上的樱桃，也不再说到翻船的朋友那些事，是怎样怎样的有趣，我只举出了上面的五点。你说西湖比后湖好，你可能说后湖所有的这几点，西湖也有？尤其是，我们的太平洋？

或者你要说，几十年以前，西湖的船，西湖的水草，西湖的水，都和我说的相仿佛，和我所喜欢的后湖一样朴素，一样自然。但是，我告诉你，我没有亲自看见过。当我离开南京后两年光景，当我看见西湖的时候，西湖已经是粉饰华丽得不像一个处女似的西子了。

"就是后湖，也已经大大地改变，不像你所说的十年前的可爱了。"你一定会这样地说的，是不是？

那是我承认的。几年前我已经看见它改变了许多了。

后湖的船已经变得十分的华丽，水闸已经不通，马路已经展开在洲上。它的名字也已经换作五洲公园了。

尤其是，我的同伴已经散失了：我们中间最有天才的画家已经睡在地下，诗人兼哲学家流落在极远的边疆，拖木屐的朋友在南海入了赘，"割草"的工人和在后湖里栽筋斗的莽汉等等都已不晓得行踪和存亡了。我呢，在生活的重担下磨炼着，已经将要老了。倘若我的年轻时代的同伴再能集合起来，我相信每个人的额上已经刻下了很深的创痕，而天真和快乐，也一定不复存在了。

然而，只要我活着，即使我们的太平洋填成了大陆，甚至整个的后湖变成了大陆，我还是喜欢后湖的。因为我活着的时候，我不会忘记我们的太平洋的。

你说你更喜欢西湖。

我说我更喜欢后湖。

你喜欢你的西湖，我喜欢我的后湖就是。

你说西湖最好。

我说后湖最好。

你说你的，我说我的。

天下事，原来有人喜欢的都是好的，好的却不一定使人人喜欢。

你说是吗？

原载1934年《现代》第4卷第7期

从南京路说到南京城

陶行知

前列是二十部摩托车领路，随着便是市政府的军乐队，工部局的军乐队，最后是数不完（听说是四百部）的汽车，装着花圈，插着郭府的旗子，一部一部比手车还慢地在大马路上走过，马路两边是人山人海的挤在那儿看！看郭标出殡！

"郭标盖过黄楚九了。""远不及盛宣怀！盛宣怀那次出丧，哄动了几百万人，在上海总算是空前绝后。"街上的人你一句他一句的在那儿闲谈。

我走不过街。我有要紧事，被郭标挡住了。死郭标竟有这么大的力量阻我去路！

路走不通便站在那儿呆想：市政府的军乐队为什么不鼓舞国人抗敌，却在这里为一个公司老板送殡？四百部汽车和汽车用的油，如果归马占山指挥，该要发生多大影响？旧式出殡虽然不好，倒给了穷人们一些机会赚口饭吃。摩登出殡却空费煤油，徒损国力，连叫化子也得不着一些好处。这是谁的罪过？郭标是已经死了，总不是郭标有遗嘱一定要这样干吧？有人说，出殡纯粹是给人看的，卖弄一家的财富威风。我要问：如果没有看戏的人，哪有做戏的人？这不是我们大家的罪过吗？

我从"死人当路"慢慢的联想到"病人当国"。政府是一部机器。机器上有一个螺丝钉上锈了，就得立刻换一个，否则难免全部崩溃之危险。中央政治会议常务委员三人中就有两位是害病。汪先生因病辞职，如果是真的生病，却是政治家应有之态度。害病而不辞职，勉强病人就职，都是绝大的错误（又不生病，又不就职，又不辞职，当然也是一种错误）。允许这种错误之存在是中国人民公共之错误。前数日国府委员多数出京，使重要公事堆积不能处理的有九十余件之多，便是勉强病人负责一念之差所使。

我在大马路等了一个多钟头，最后吟得一首四言小诗：

死人当路，
病人当国。
路走不通，
国将不国？

我写这首小诗，不咎既往，区区之意，只希望国人从此不再允许"死人当路"，不再勉强"病人当国"。

原载1932年1月18日《申报·自由谈〈不除庭草斋夫谈荟〉》

金陵一周记

张梅安

　　吾于史见司马子长之文，沛然荡然而有奇气。于书得孟氏之言曰：吾善养吾浩然之气。顾一则足迹遍天下，一则只身走齐鲁间凡数十年。于焉知沛然浩然者，盖有得乎游焉。顾氏亭林，晚近之大儒也。而西攀巴蜀，南浮湘沅，北走龙门，东穷吴楚。得以悟后海先河，为山覆篑，退而著书。天下之利病，有如指掌。然则士之欲穷搜博览，得山川之助，亦岂埋首白屋，呀唔咕哗，执一经一卷斤斤然所可求者耶？余性嗜游。每友人自外归者，辄穷诘其地之风土胜迹以为乐。若夫名区仙境，得文人之歌咏，入丹青之描绘者，尤神往意夺，形诸梦寐。甲寅秋，金陵举行省立学校联合运动会。我校赴会者，除参观团外共四十人。余亦附骥尾以行。金陵，六朝帝皇之州也。所谓石头虎踞，钟阜龙蟠，白下秋风，秦淮夜月者，亦曾于诗中闻之，于画中见之，于梦寐中魂往而神游之矣。今乃溯江以上，一瞻福地，揖名山大湖以诉十年渴望相思之苦。湖山有灵，亦默然诏我以六代之遗踪，示我以天府之秘蕴。兹游之乐，其有极耶！往返凡七日，其接于目而印诸脑，触乎外而感乎心者，辄记之以留鸿爪，名曰《金陵一周记》。并冠数言如此。

　　余等此去，合两团体而为一。一参观团，一运动团。参观团之路线，由通而宁而苏而无锡而沪。运动团则一往一返而已。行装每二人共一卧具。备网篮以藏用物及衣服，四人共之，便携带也。余等将于此以练习远足之精神，只附校仆一人。校亦欲借以增余等旅行之常识，故一切旅资之支配，行囊之照料，悉委之于生徒。于是乃选精密审慎者四人为会计员，体力强健而应事敏捷者四人为庶务员，以处理之。部署定，乃于九月十二日上午七时启行。

先是十一日为星期四。上午雨，众咸失望。下午稍放晴，而阴云黯然，犹有雨意。至晚忽豁然开朗，特天气较冷耳。是夜余等自修课停，各从事于个人之预备。其为共同所必需者，则旅行用之日记簿及铅笔等是也。余更借水瓶一，小提包一，用以防渴及储食物。此行作远游，为生平所未遭际，不得不作最精密最完全之预备也。是夜忙碌异常，疲倦不胜。以明日将早起也，余乃先期睡，然辗转不成寐。未几睡去，夜半，忽闻一阵朔风，挟数点雨扑窗，作剥啄声。孤桐拂槛，黑影来往，瞥然若巨鬼之攫人。余蘧然起，侧耳久之。知果雨，并知为疏雨。檐溜不响也。心稍安。后强睡去。

十二日五时三刻，即起身引领望天际。湿云不归，细雨未歇。枝头含雨珠点点，风来吹坠。淅沥响败叶中，知夜半后又雨。且雨必大，而为时甚暂也。同学咸对天作怨言，久之雨止，淡日时从云罅中漏出，知天有晴意矣。各欣然就早餐。餐毕，已六时一刻。天大晴，行议遂决。雇车凡六十余辆，分载行囊，余等各校服，二人共一车。载人者与载物者间以行，便照顾也。临行，同学咸絮絮嘱余等多致美石归（指雨花石）。余等笑颔之。乃命车鱼贯行，过江山门（本城南门）。由新马路而西，九点一刻至芦泾港。港距城可十余里，轮船至此小泊，一商港也。有数客寓，以便旅客。余等乃入寓休息。询逆旅主人，知上水为江孚轮，须十二时始至。于是余等或坐饮，或散步江滨。余与二三知友循江岸行。茫然万顷，一望黄烟，无际涯也。远望白狼峰，矗然若笔，立于江心。烟岚缥缈，仿佛小姑。间有远帆数片，江鸟两三，掠过其下，而出没其左右者。余载行载顾，颇快胸意。沿岸方筑楗累石，以防坍毁。盖吾通西门外，距江最近处，鸟道仅里许。历年坍毁，损失无算，不预为防范，城郭且有沦胥之叹也。筑楗保坍之议，提倡多时。前清末年，曾请江督借款兴办，卒未有效。今议虽寝，而各港之建筑堤岸，则已有告成者。盖切肤之痛，纵使呼吁无门，亦必作割肉医疮之计也。休息凡二小时，惟见长江向天际流耳。未几，遥瞩水天相接处，一黑点露水面。隐约间有烟数缕缭绕其上。众咸曰至矣至矣。立而待之，船身毕露。有顷，汽笛作呜呜呜，响彻长空。一瞥间停轮矣，余等乘小划泊其下。既入，客极多，拥挤不堪，几无安着处。乃住楼上两胡同中。幸空气得流通。且免鸡鸭之臭，差堪小坐。两点五分过张家港，四时过江阴，六时过泰兴，闷坐此狭巷中，已历六小时。饥肠且辘辘鸣矣。饭色黑如泥，粒粒可更仆数。三啜之不克下咽也。迫于饥，不尽半器而罢。

既饭，乃步船外。凭栏四望，浊浪排空，江风如剪，远帆作黑紫色，静浮江上。昔赵瓯北诗云：远帆疑不动。此语实写，非虚拟也。循廊而行至船前部，则大餐间之所在也。各房精致非常，陈设华丽。再前则外人居焉，精洁纯净，与客舱有霄壤之别。两边各以巨索作界，以禁闲人。余等观望徘徊，亦不敢越雷池一步也。冷风袭人，凛乎不可久留。复入内，以铜元两枚购明信片一张，寄校中诸友。九点钟，睡魔至矣。顾地隘人稠，实无酣睡处，乃倚行囊假寐，旋即熟睡。忽为一大声惊醒，见同学咸急趋廊外。时江声如奔雷。出询同学，则曰趋看金焦山也。余心定不复思睡。远望灯火，点点如串珠。然众咸指为镇江。十时半过金焦山脚，两壁高峙，昏黑不辨真相，惟苍茫无极，雄踞江中，屹然若对揖，若连锁。而江风浩荡，怒涛欲飞，白银一片，倒泻而出。轮船至此，与浪花相激冲。万马奔腾，使人魄夺也。十一时抵镇江。万声如沸，人乱于麻，小商杂贩，往来若流水。余觉饥甚，购茶蛋数枚。同学亦各备食物。轮停约二小时。凭栏眺望，夜景良佳，未几，遂各择地睡。然易醒难入梦也。

十三日上午五时半，抵下关。六时各负行囊登陆，至火车站。则头次火车已开行。乃散步站外。见商民寥寥，架草为屋。盖层楼广厦，毁于兵燹。战后余生，半多穷困也。一望原野，草枯不青。黔庐赭宇，宛然具在。慨疮痍之难复，痛离乱之相寻。久之，火车至。余等交发物件后，即乘车赴丁家桥。

余等此去，寓省议会，距丁家桥咫尺耳。汽笛一声，风驰雷逐。窗外树木，旋转如飞，模糊不可逼视。忽轰隆有声，暗黑无睹。众皆失色惊呼。一瞬间则又万象昭然，明朗如故矣。同学某君告我以穴城而过之故，余奇之。盖异其城门深度之大也。然余闻京汉铁路穴武胜关而过，凿山以行。则火车入穴时，当别有奇景矣。闲话未竟，车已停，余等乃下。校役先往唤脚夫十余人，陆续运行囊至省议会。巍乎壮哉，省议会之建筑也：崇楼伟丽，得未曾见。门外辟地作圆圈形，杂莳花卉，往来者绕行两边，隔花可语也。既入，宿于旁厅休息室楼房。上有电灯装置，颇奇巧。室东辟巨窗二。窗启可立而望。钟山风景，如玩之几席之上。九时半早膳，食尽数器。畴昔饥欲死，今且饱欲死矣。膳毕，互约午后出游。余觉疲甚，遂卧。酣然一梦，直至四时始醒。出游者半已回寓。余就会所旁，观览风景。西去数百步之遥，即劝业会场。地址颇大。惜崇楼巨馆，几无遗迹。水亭与纪念塔尚存，然弃置不修，将就倾圮。

说者谓将为故宫之第二，是言不诬也。忆昔靡百万之金钱，劳数千人之血汗，穷全国之所蕴藏，供一朝之观览，徒以耸骇听闻，震眩世俗。而于实际之研究，则未闻有所发见。而工、而农、而商、而士大夫，且相与辍业以嬉，举国若狂，一穷耳目之胜，呜呼，是废业也，非劝业也；是赛奇会也，非劝业会也。良可慨矣。尝谓我国人最喜仿外人之所为，且多学其形式，而弃其实质。故凡彼之所恃以富恃以强者，我一效之，适足以促其亡而自召其祸，固非独劝业会为然也。六时回寓，夜膳后，扬州第五师范到。约一连人，有分队长等名。纯取军营制，动作皆以号。六时一刻夜膳。

十四日为星期日。四时半即醒。天未大明，混茫无际。探首窗外，不见钟阜。既而东方现鱼肚色，隐然见峰顶淡黑如云。少焉日出，红霞披天，紫岩相映，而峰头毕显矣。顶下白云环绕，时断时续，划山为二截，如白虹之盘空，堪称奇景。五时半起身。早膳罢后，众议须观察运动场，以明日将开会也。于是乘人力车至第一工校。校址在复成桥北，垂杨匝地，临水负山。景物清幽，如人图画。惜校无楼房，便少点缀耳。运动场在校后，即该校之体操场也。无浅草，多砂砾。布置极简单。

十时一刻回寓。午膳后，约同学六人游明孝陵。乘车驰朝阳门外。一望荒凉，不堪入目。枯坟累累，动以数百计。间有丰碑高树，上载年月及死亡人数或马数者。盖多系革命阵亡之兵士，而红十字会为之掩埋者也。嗟乎！白杨黄土，人招野外之魂；青冢荒山，日落江南之路。腥风血雨，原草不春；怨魄幽灵，泪碑犹湿。沧桑人事，痛后思维；凭吊唏嘘，盖亦足怆然动情矣。自此一路，断砖残瓦、崩石颓垣，连绵断续，一望数里。游其地者，如入罗马古城也。有工人数百，搬运砖石，询之知备建筑之用。再人数里，则皇城至矣。黝然一门，深可二丈，半遭拆毁，非复旧观。上有巡按使命令，禁止拆毁，保存古迹。故此门犹巍然独在，恍如灵光之殿。女墙多付阙如，野草丛生，蔓延其上。黄赭相间，不一其色。虽历遭风雨之剥蚀，兵火之蹂躏，而其建筑之巩固，雕饰之精工，则犹不可掩。然则追溯数百年以前，其灿然烂然者，当可想见矣。造孝陵凡三憩，足疲不能前。至则已三下钟矣。缭垣四绕，荆棘披离。甬道尽处为一亭，有碑高一丈余，文曰"治隆唐宋"。为康熙亲笔，书法颇劲遒。其后更有短碑，嵌于壁中。为乾隆南巡时所立。文多恣肆讥讽之辞。当时气焰之盛，可见一斑。然而百年兴废，天命无常。两朝遗踪，曷堪重说。越亭而过，蔓草披覆，仅余蹊径。间有断瓦数片，隐于草中。游者争拾之。越隧道，晦暗如暮夜。试一作声，冷气森然，随闻响应。登其巅远瞩四极，据紫金而控鸡鸣，倚石城而望北极。烟霞隐现，气象万千。连山绵亘，有若卧龙。所谓天子气，所谓龙虎势者，其在斯耶。古墙欲坠，惊沙时飞，鼠迹狐踪，随处皆是。浏览一遍，相率乃下。其陵在山之半麓，兴败不欲登。有外人数辈，挟枪猎其上。枪声起处，山鸟拍拍惊飞，相顾为乐。而夕阳西沉矣，钟山反照，一片暮紫。归心乃勃发不可遏。沿原道回。山麓有酒家，兼售茶，称"钟山第二泉"。不知所谓。饮之亦复甘洌适口。遂乘人力车回，城中灯火荧然，炊烟四起。至都督府搭火车至丁家桥，抵寓已五时一刻。夜膳毕，各述游踪，互询所见，颇饶趣味。有游后湖者，多谓不足观。余等初拟往游，至此议乃罢。

十五日天晴，四时一刻起身。以今日为开会日也。早膳毕，即赴会。运动项目繁多，不胜记述。上将军署禁卫军之枪刺术及柔术，足称特色。吾校张君跳栏赛跑得第二，各鼓掌迎。张君不喜运动，而特长于运动，临场试演，居然出人头地。五时散会，余等即回寓。是日午膳，各给馒首以食。身体虽疲劳，精神则大快，即饥亦不以为苦也。晚膳饭量颇增。既罢，聚谈日间事，庄谐杂进，津津乐道，几于不能成寐。然以明日又将开会，各强睡去。余历一点钟余，始睡熟。

十六日阴。上午雨。先是夜间觉奇冷，蒙被以卧，不知雨也。天稍明，闻同学相语曰：天雨矣，将奈何。余惊起视之，果雨，五时起身。运动停否，尚未得知。久之乃有通告至，略谓天雨，本日运动暂停。是日闻开职员会，提议之事未悉。九点钟后雨歇，天有晴意。同学各游兴勃发，特恨地湿耳。午膳后，天果晴。各陆续出游，余与徐君乘车往北极阁。山不高而峻。登其上，一城历历如指掌。忆昔革命时代北极阁之战事，历有所闻。及今观之，始知为兵家必争之地也。上多军士坟，年月人数，有碑可稽，阅之神伤。有军营扎其巅，未便造极，旋即下山。复乘车由中正街往雨花台。雨花台，童山也。无森林。壮悔堂有诗曰："古木犹饶龙虎势。"直不知所指矣。山多美石，余与徐君拾之，美不胜收。时有童子三五，人挟小篮，捧一水盂，中置小石十余枚或数枚不等，五色斑丽，清水涵之，尤觉可爱。沿山呼卖，争趋游人。余购十余枚。童子告余曰，美石不易得，必俟夏雨一至，浮泥冲去，始能鉴别也。余嘉其言而爱其活泼，倍价与之。台前多军士之葬所，残碑断碣，良足怆怀。时天暮且将雨，急驱车归。到寓已五时半。

十七日为星期三。余等来此五日矣。是日天晴，朔风大作，冷气袭人，几于股栗。五时到会，人数较前日为少。地湿不便坐立。午时饥寒交迫，令人难耐。运动项目较前尤为繁多，而精神亦倍壮。五时半散会，奏乐一遍，三呼万岁。各依次退。而赫赫之联合运动会，于此闭幕矣。到寓睡甚早，以休息精神。

十八日为休息日。天大晴。四年级诸君四时半即起，各束装整囊，将由宁之苏沪，从事参观也。余等送之。客中送客，黯然销魂。余等嘱其抵无锡后，多致泥人归。诸君亦笑颔之。既去，余等觉寂寞异常。早膳后约同学三人，重游故宫，观血迹亭也。亭在五凤桥北。五凤桥为五石桥，并跨于小沟上。水深绿，溷浊不堪。或谓即御沟也。过桥则亭在焉。亭已毁，血石犹存。石上殷红点点，酷类血迹。惟不成字形耳。或谓系石纹，若血迹，定遭剥蚀，早无痕迹矣。余谓不然。夫精诚所感，可以动天。稽之往古，彼六月飞霜，三年不雨，岂偶然哉。生公说法，可使顽石点头，岂大义凛然如孝孺者，不可使顽石留血耶。或又谓石系假造，非真石。余又不谓然。彼愤然就义时，在殿前也。则溅血之石，必为殿石无疑。今石之边缘，盘龙作花，雕刻颇精，证之胡文忠公血迹亭记，固又明明为殿旁石也。嗟嗟！大义凛然，昭昭千古。后人不忍石之弃于蔓草荒烟，为亭以存之。宜也。而今亭毁于兵矣。人心菲薄，思古无情，耗矣兹石，谁复存之。行见深卧荆棘，为樵夫牧儿所践踏，凄风苦雨所浸淫，数百年后，更从何处得此斑斑者耶。是则尤所彷徨瞻顾而不忍去也。自此由旧同学某君导往第一工学小憩，旋即乘车抵莫愁湖。湖在水西门外，游者甚众，皆学生也。余四人随之入。房屋不多，颇精雅。其内则多水亭。中有小池，水不澄清，斯可惜耳。由此登胜棋楼，入曾公阁。阁中有曾文正公小像。盖曾公在金陵时，曾重修莫愁湖。一时文士作诗咏之者甚多。今亭榭犹新，楼台无恙。后之来游者，借以挹山光而领湖色，受赐多矣。记其两廊柱联一首云："憾江上石头，抵不住迁流尘梦。柳枝何处，桃叶无踪。转羡他名将美人，燕息能留千古迹。""问湖边月色，照过来多少年华。玉树歌余，金莲舞后，收拾只残山剩水。莺花犹是六朝春。"写作俱佳，可垂不朽。余等瞻仰之余，不胜景慕。以旷世儒将与绝代美人并说千秋，同高百代。阁外湖山，为之生色不少。某何人斯，其能于名区胜境留一名一字以附骥尾。阁中小联有云："问他日莫愁湖上，可有千秋图画，绘我须眉。"是言实得我心之先。最后有水亭，甚轩敞。凭栏一望，波平于镜，山远如烟。水色岚光，落人襟袖。所谓画舫游船，渺不得见。盖游湖者多在夏日。宝马轻车，络绎不绝。想彼半湖烟水，十顷荷花，木兰双桨，桃根桃叶之歌；玉笛一枝，采莲采菱之曲。人颜如玉，水腻于油。载酒赋诗，良云乐事。今则秋风方劲，湖正多愁。数行雁影，一岸芦花。美景良辰，我来已过。尤西堂西湖泣柳："恨不相逢未嫁时。"此时此情，又不啻为我言之矣。时已午，复由某君请至第一工学午膳。午后至夫子庙购旧书若干部。得《瓯北诗话》旧本，珍逾拱璧。盖余酷嗜赵瓯北诗，而又耳食其诗话久矣。夫子庙书肆最多，阮囊羞涩，不能多致古籍。然每过书肆，必翻阅一遍，聊偿吾愿。所谓过门大嚼，虽不得肉，良亦快心之意云尔。五时至寓，即预备行囊。明日将附轮返通也。

选自《新游记丛刊》第17卷，中华书局1915年版

栖霞山游记

黄炎培

栖霞山，故名摄山，其麓有栖霞寺。南唐隐士曰栖霞，修道于此，故名。今以寺名名山焉。自孤树村下车步行，直抵山下。同行者叔进、易园、叔畬、子佽、伯章、志廉、天洲外，又有徐君子美，与余而九，江君之仆一，绕山行三四里至寺。

栖霞寺（一）

栖霞山属大茅山脉，作山字形。寺当其中条之麓。今存瓦屋五楹而已。寺东向，门嵌入壁际，作东南向。和尚殆亦信堪舆家言，取东南方生气欤。佛座旁张僧人规约，用民国年

栖霞寺（二）

月，而其前尚供皇帝万岁牌。山北条之麓，有明徵君碑亭。碑完好，索拓本不可得。明徵君者，南齐明僧绍隐居此山。寺后有塔，石壁上下凿佛像数百，五六尊七八尊为一龛，面目无相类者，高手也。最奇者，曰达摩洞。凿白石达摩像在绝壁间。求一见，大不易。和尚饷余辈以面。既饱，各折木为杖。鼓勇上。自达摩洞对面绝壁攀藤葛，猱行，方得一瞻礼。亟摄其影。叔进行最猛，忽不见伯章。稔其年者曰：听之，春秋五十矣，忍相强耶？有水一泓，曰"功德泉"。其上为桃花涧，为紫峰阁。清高宗南巡尝五至此。有句"画屏云罨紫峰阁""乳窦春淙白鹿泉"犹张寺壁间。再上得一岭，佛像益多，不可数。碑工李祯祥殷勤为导。且自和尚假得栖霞山志，指而示之：若为千佛岭，若为纱帽峰。纱帽峰者，块石突耸。平其顶，可立十人。其名与是山殊不称。奇其容，咸自后绕以上。或坐或立，或斜倚合摄一影。见者将疑何处石工补此像。须眉如生，而面目无一相类，将叹其技为高绝矣。私心窃以伯章不来，后吾辈成佛为憾。再前行过清高宗行宫故址，仅于丰草间见石础二三。时山势益高，寺也，佛也，涧也，俯视皆不可见。偶举首，近山岭处危坐一佛，秃其顶。讶此佛何独尊。熟视之，则赫然童君伯章也。皆大笑。戏之曰：童先生犹有童心。既登绝顶，摄一影以志。时群山皆在脚下。长江若卧蚓，汽车过，若行磐之蚁。童君指且告，若为八卦洲，若为黄天荡，若为划子口。易园曰，是谓登高能赋，举物能名。下自中条之左，来时其右也。所过曰叠浪岩，曰珍珠泉。土人掘地取煤，断石为礑，利皆细甚。和尚雇人毁石为灰，售以取息。叩其佣值，日钱三百。有为人担泥筑堤者，叩其值岁三十千。

车站之左，有结茅卖茶者。既下山，促膝团坐以待车来。依表车当以五时来，乃日落昏黄不至。村人一一散归。有操湖南音者，诈为寻兄失路，就余辈乞钱。铁道警察复助之乞。目灼灼，视其意绝叵测。时黑夜荒村，食宿俱绝，同人不胜寒心。九时，车乃至。归。不及入城，皆宿下关。

选自《新游记丛刊》第17卷，中华书局1915年版

浦镇十三日之勾留

孙伏园

　　我万万想不到，这一次回京时，要无端地在浦镇去住十三天。津浦路冲断是我早经知道的了，但我以为只要在南京停留两三天可以通车，所以绝不想到海道、长江轮船与京汉路。

　　到南京的第二天，许钦文君就渡江来把我邀去，说在南京与在浦镇反正是一样的等车。我就当夜同他到了浦镇，预定明日一早再渡江来，逛一两天南京名胜。不料当晚风声大作，次日早上又继以阴雨，遂决定暂不渡江，只写一信给下关旅店，说倘有人找我，或有信件，都可转到浦镇来。讵知事又出人意表，从我到浦镇的第二天起，一直断断续续地下了十三天的风雨，中间没有半日的停止。到第五六天时候，雨稍除点，我硬着头皮渡江去，走到旅馆，掌柜的惊问我这么多的日子在哪里，说有许多来找的人都碰头，许多信也退回了。我说我明明有信给你们，说我在浦镇。他说没有收到。我说我明明写着江南第一旅馆执事先生收，怎么会不收到的呢？他说："啊，原来那一封信就是你先生写的吗？我们因为这里没有执事先生其人，早已拒绝了。"这怎么好呢，真把我气得不能开声了。没奈何再在旅馆里写了一张条子，贴在门口，并叫掌柜的紧紧记着，我在浦镇什么里多少号。于是我又遄返浦镇了。

这十三天当中，在浦镇得到些什么？这我已在许、龚二君面前受过一回考试，可以背诵出来一点也没有错，现在再复试一回罢。

背东南而向西北的房子，面临街道，后临河道，正对面是一家孔四房清真客栈，里面是一个六十余岁的老年妇人，一个四十余岁的中年妇人，一个十八九岁的少爷式的青年儿子。以下再是两个十岁以上的女孩，一个十岁以下的男孩，因为常要朝着我们装作嬉皮笑脸，所以我们叫他顽童的。从老年妇人直至顽童为止，身上都戴着孝，我们均猜想这死的大概是中年妇人的丈夫。但又不然，老年妇人为什么要给儿子戴孝，发生了问题。于是许君天开妙想，说老年妇人一定是死者之妻，中年妇人是死者之妾，但我们终不大以为然。

老年妇人勤俭极了，一早五六点钟的时候，有时我们还没有起来，便听见伊在门口鲜菜挑里买菜论价的声音。从此开手劳作，整整一天，直到晚饭以后才停止。如纺纱唰，淘米唰，煮饭唰，上上排门唰，去豆芽菜的根唰，水淹入屋内时在地上搭挑板唰，什么事体都做。其次便是中年妇人与两个女孩子，她们除了互相梳髻，稍费一点工夫以外，其工作的没有间断，也不亚于老年妇人。至于两个男孩，一个顽童式的，年纪已经到学龄了，但并不看见他入学，他的样子是告诉人他将来大了以后也像那十八九岁的哥哥一样。那十八九岁的哥哥是怎样的呢？他居然并没有什么特点。我真的太不善于观察，当初看见他穿的一身立领的洋服。以为他是个铁路上的剪票员之流，龚君说不然，他一定是个休学的中学生。后来研究，觉得大体不错。他除了吃饭、吸纸烟、与弟妹们玩耍，或街上有什么风吹草动的小事便出去观看以外，便坐在店门口闲望。他们说他是在望我们东边楼窗里房东的小姨子，这也许是。但我并不以他为不然，我主张青年们只要不可忘了自己的事业，这时候男看女女看男是极应该的，尽管放着胆子正大光明地选择自己的伴侣。不过第一不可躲躲闪闪，越怕人知道或者越闹出大笑话；第二不可在选择定了以后，再有这样类似选择的行为，在爱情中辗转地生活着，虚靡了一世。

少爷的生活，但是，也很清苦。老年妇人、中年妇人与两个女孩子更是不用说了。少爷与幼年的一个所谓顽童，是合家所奉为宝贝的，有时他们与姊妹们有什么争论，两个妇人照例不问是非，屈女孩而直男孩，吃饭时也给他们两个人先吃。但是，我们从楼窗口偷望下去，这两个阔人也不过吃豆板菜过日子，潮水来时鱼价贱，也只有间或几条小小的，便算作他们的盛馔了。这也难怪，新死了一个人是无疑的了，而他们这客栈，是从来无人照顾的，我在他们对面住了十三天，绝不见他们有一个旅客，所谓客栈也不过只有一个名头，住住几个自家主人罢了。

孔四房客栈是在我们正对面，与它并列的还有许多临街的小屋子，多半都是草舍，间或也有几所瓦房。其中的人有劈篾为箦的，有炸油条、烙烧饼的，有开小杂货店的，生活都是不堪其苦；而且大多数没有楼房，一涨大水，大家都搭挑而居。我们住在楼上的，水淹入屋内时，尚且常见有极大的钱串子虫爬上楼来，可以料想他们没有楼房的在大水时所吃的苦，只论虫豸一种也已尽够了。

孔四房的后面一带是山，离它不远，山脚下还住着许多人家。因为它的后门可以通到山麓，所以我们间或看见山下人家的男妇老幼，为贪近便起见，有从孔四房的前门出来的。但这自然须得孔四房的允许，谁也不能任意假道。不过这个允许当然不是说有什么方式的，只要一向假道下来，双方没有异言，便自然率由旧章。但这绝非所论于忠厚的人、戆直的人，或不大知趣的人。

山下人家有一个所谓傻婆也者，年不过二十一二岁，大水涨时，伊天天赤着脚，高卷着裤腿，往二三尺水深的街道上缓步地走过。每天总要走十趟上下：到市上去买菜一二趟；提了磁茶壶两三把到近市的地方去买开水又是一二趟；拿着米箩菜筐到河埠去淘米洗菜又是两三趟。据说伊的丈夫还在市上开着一家小杂货店，所以傻婆有时空手上市。是去管理自己的店务的。店务余暇，伊还要抱着自己的孩子，就近街坊闲逛，间或每天也要一二趟。伊是这样一个来去频繁的人，也天天在孔四房假道，加以伊的性质既可使人名之曰傻婆，当然是不大活泼，孔四房女主人们的不满意是无疑的了。一天，我们看见孔四房自老女主人以下，差不多全家，在自己门口，像什么衙门的卫兵一般，排队站着。我们知道有异，出去看时，傻婆正提着米箩菜筐，新从我们屋旁的河埠回来了。伊要是早知他们挡驾，反正有路可走，只差得稍远一点，不到孔四房去假道也就罢了，但是傻婆的单纯的心理还办不到如此。老女将军率领小孩子，一见傻婆依然没有改变方向，朝着他们的大门而来，便紧紧地堵着门口。在傻婆一方面呢，却是与从前同样的舒徐，到了门口，也仍是如入无人之境。这样一面紧张，一面弛缓的空气之下，结果是傻婆依旧闯进了门口，挡门的人只拔出拳头来在伊的背脊上打了几下出气了事。但是傻婆一直往里走，仿佛只想即刻穿出孔四房的后门，达到山下的伊的目的地，对于他们毫没有什么抵抗。

傻婆而外，还有一个使我不容易忘记的，是卖鲜菜的妇人。伊的住所大概也在山麓，不过离得远了，我们没有详细知道，我们所知道的只是伊天天担了鲜菜——绿白相间的韭菜与小白菜——在满水的街道上徒涉，并且每每找一个空闲的地方等着人家买罢了。我估量伊的年纪大概也与傻婆仿佛，不过二十一二岁。我倚着楼窗看了伊的身面，对龚君说，这个人还是才做了新嫁娘哩。伊赤脚是不用说的了，这是浦镇极平常的风气，况且这回又有大水。伊的头上首饰，似乎银色既毫无转变，而上面染着的翠点又极其新鲜。土布衣服、土布裤子，深蓝都没有褪色。这明明表示是伊的嫁时衣。从伊的面色与这些服饰上的根据，我便说伊是才做了新嫁娘的。龚君也以为然，遂继续说出关于伊的一段故事。这一说而使我连上述的一段情境也不会忘记了。

龚君说伊是一个极忠厚的女人。有一回，他初见伊担着鲜菜到这条街上来的时候，街坊一个人出来问伊买菜，称好以后，将付钱了，伊又添了他一小把。谁知做好人是极危险的，旁边小孩子和妇人们都看见了。大家走到伊的菜挑旁边，初时还正正经经地问伊购买，要伊加添，后来你一只篮，我一只手，迫得伊无暇应付，不问曾否付价，只大家混水捉鱼，各得着一点便宜去了。这面伊一个人，脸上也看不出什么感情的表现，等了一会儿依旧慢慢地挑回去了。从此大家都要到伊这里买菜，就算不妄想不出代价，也各人希望着占点便宜了。不过现在大概伊也有了经验，渐知与人较量，不大像从前的肯随便送人了。

这是浦镇里面的小小波澜。龚君说完以后，我们都倚栏无语，相对不禁怃然。

我第一天往浦镇，是在晚上九点余钟，我与许君坐在长江轮渡的二层楼上，看着黑黄腌鸭蛋一般的云彩，东一大块，西又无数小块，任月亮穿梭似地过去，几乎看不出云的本身在动。风呢，打在这么大的轮船上，虽然没有影响，但我们坐在船头楼上的人，已经觉得过凉了。我们说，天气也许要有变动；但此时绝不想到一变动而能亘十三天不肯休止，也绝不想到一变动而能使我们从此逛不到南京。许君先为我称述这一只"澄平"轮船，是渡船中之最大的，船身也最新，并且说他与澄平的感情最好，他已经知道它每天的开船时刻，凡他渡江一定非乘澄平不可的。但这还不能表示他与澄平为知己；最妙的是他住在离江八里的浦镇，而能辨出澄平的叫声。这是我亲自试验过的，有时我们坐在一起谈天，大家都不注意外事，正如在北京时要对准时计，用心听着午炮，但忽然来了朋友，一谈天便能把午炮误了。而许君处这个当儿，却绝对不会误过，在大家谈兴正浓的时候，他能独自叫出来："喂，澄平开了！"——不消说，他是知道澄平的开船时刻的，自然要比我们不知道的人容易听见，但是我们何尝不知道午炮的时刻，为什么一谈天便会误过呢？况且沿江一带，轮船火车的叫声，一天不下数十次，于数十次当中辨出一种特别的声音，似乎更不容易。这一来而许君对于澄平的浓厚感情便证实了。许君自己还说，澄平是有生命的，你看它朝着码头走去了，而且从来不会走错。

我们坐在澄平头上，看见它也如月走云端一般，乘势在凉风与月色中飞渡。在这渡江的十分钟内，许君还继续同我讲述浦镇景物，说他们的房子背面临水，是扬子江的支流。楼上后门以外，有极大的晒台，虽在盛暑天气，日光斜过，晒台上顿若初秋。前面一带小山，顶上有韩信将台，这是浦镇的惟一古迹，到浦镇的人都要上去观览的。待我们到了浦镇以后，走近楼窗，他们就在朦胧月色的当中，为我指点说，这就是所谓将台。后来一连风雨，非但使我逛不成南京，就是这眼前的将台，也没有上山去逛的机会。等到一天雨霁，我们用人力车仿佛乘舟一般地在满水的街上斜渡过去，再走到小山顶上的将台去逛，但是很使我失望。第一他的建筑已经有了一点洋气。这倒也就罢了，谁敢奢望韩信时的房子还能流传到今日呢？凡属古迹一代代地修葺下来，自然一代代地加入新式建筑的分子，经过最近的一次修葺，自然不免带有几分洋气了。但是第二件更使我失望的，是没有一点文字上的证据给我，使我们逛完以后依然不知道究竟这是谁的将台。将台是三层，上层因楼梯楼板已被拆毁，不能上去，下层则堆着泥土秽物。我们到的是中层，其间空无所有是不消说，而壁上正中嵌一石碑，是先有了字再凿去的。近去看时，还能辨出勒石是民国三年，撰文者是柏文蔚，隐隐约约的碑文末句，仿佛是"所望于后之来者"！这使我不解，安徽都督为什么要到江苏的浦镇来撰一篇碑文？他后来虽遭种种失败，但为什么竟并韩信将台中的碑文而亦连带犯罪？多心的我们，又不免要把这个罪名猜疑到群众身上来了。大家你一句我一句地讨论，其结果是：一定是将台修好以后，近村遭了水火时疫等灾，乡人便迁怒到修葺将台动了"风水"，所以上去捣毁一番，连碑文也给它不留一字。

偷得晴天一瞬，我们总算把将台草草逛过了，但是游兴未阑，很愿意再找别处。龚君说，听说二三里外一个庙里，供着一具已死和尚的尸身，我们可以去看一遭。大家都以为可。龚君一边走，一边讲他所闻关于这和尚的故事。这和尚已死十年了，本来葬在一覆一载的两只缸中，今年他的弟子忽然宣言，他师父给自己梦兆，说他的尸身至今未腐，愿搬到庙中来享受香火。弟子遵命掘出坟来，果然面色如生。后来搬入庙中，香客之盛，几乎举镇若狂。一路说说笑笑，到了寺门，见门上匾额写着"普利律寺"四字。入门走到大殿，就在左边看见供着簇新袍服的金面像。这时候我心中顿起一种寂寞的畏惧，觉得同去三人还嫌太少。我出世以来，与死尸同室，虽然也有两三次，但都是熟人。现在与一个不相识的老和尚的死尸同在一室，似乎很少经验，所以极想壮一壮自己方面的声势。凡人到畏惧时，一定要想到同类，我少年时候最喜听人讲鬼怪，讲完后又怕走夜路回家，夜深人静，街上寂然无声，只听得自己衣袋里"滴滴"的表声。我这时候心中暗想道：人类的知识，已经到了能够造表的程度，难道还怕鬼吗？防鬼来侵时才想到人类了！我在大殿门口站着，又把心来一定，想道：他或者还有气味罢。我虽然去掉畏惧，也似乎不该近前。但是又怎肯不看呢。大家走近前去，细细地看了：金色面孔，稍微歪着；眉间眼际，似乎有点模糊；眼睛又紧闭着。这明明告诉我是个风干的死尸。再向四旁一看，神龛右边，放着原来的两只水缸，而神龛前面则钉着许多簇新的匾额，具名的多是弟子陆军中尉陆军少尉，下面又攒着许多名字。我很奇怪，为什么杀人不怕血腥气的军官，竟肯到老和尚的死尸面前来称弟子。许君说："然则你承认他一定是真的死尸了。"我说是。他说："要是春台在这里，一定还有许多怀疑，许多假设，态度决不像你这样独断。"他的意思是想因我们的一去而能发见这不是真的死尸。后来我说："事实不必怀疑，何必定要怀疑。你只要看他的微歪的头，旁边的缸，紧闭的眼睛，便可以证明是真的了。你如不信，可以用浦镇人民的知识程度做担保，他们这样的知识，要他们去抬一个死尸来到庙里供着，并不算得什么一回事。"但是，军官上匾的问题，总不能解决。我想，这或者完全是老和尚弟子的欺诈手段，他想借着师父的死尸骗钱，恐怕别人不信，所以去弄了一班军官来撑场面。这个假设我自以为并不是没有几分道理，不过太把军官与弟子都看作聪明的坏人了。或者他们的蠢笨，还使他们坏不到如此呢。

浦镇是属江浦县的，本身并不是县，但也有城，仿佛从前是一个营寨。我曾到过一趟城里，看见东门市颇热闹，其余都是泥房草舍，与乡下一式。我所最不安于心的，是他们住在这样的泥房草舍里，几乎连生活必需的供给都还没有充分，却也与都市中的人同样下流，终日玩骨牌过活。我凡走到这些地方，一定要想到我们的先民，常常把这些人与尧舜来比。我觉得尧舜与尧舜以前的人，也与他们一样，是人类的萌芽。但我很奇怪，尧舜何以能有尧典舜典传下来，却从来不听见有尧赌舜赌、尧烟舜烟传下来呢？现在他们既然还做不出尧典舜典，何以居然能玩这种复杂的赌博呢？此时我不禁发生一种奇想，以为我们的野蛮的先民之为人类的萌芽，是犹植物之三四月的萌芽；现在野蛮人之为人类的萌芽，却是八九月的萌芽的成熟的果子已经正在收获了，碧绿的萌芽或者也只配出来经一番霜雪，然后毫无收成地再从来处去罢了。难道今日之世运，真如一年的秋冬，老先生们所谓末世吗？这就引到凡是落后的生物能否进化的问题了。但我以为先进的人们，无论如何总应该尽力，帮助这些要从来处去的人们，——无论他们在哪里想从来处去。

浦镇的十三日，虽然在我觉得像过了十三年一般，但也是这么一天天的过去了。到十二三天头上，我半夜醒来，扪心自问："我是做人的人吗？要做人的人不应该候车十三日而不想别的法子！"于是不管晴雨，把九月二日的行期来决定了。这一天早上，天还没有亮，室内的钟声、户外的虫声，都低低地把我叫醒。七点钟上，津浦车来京了。但是我的心中，从此有一个模模糊糊的浦镇，时常要涌现起来。

一九二○年九月

选自《伏园游记》，北新书局1926年版

国府主席林森先生

胡 适

本年的四中全会选举林森先生连任国民政府主席，全国舆论对这件事似乎很一致的表示满意。在这个只有攻击而很少赞扬的民族里，这样一致的赞同岂不是很可惊异的事吗？

我们考察各方舆论对林主席的赞许，总不外"恬退"两个字。"恬退"的褒语只可以表示国人看惯了争权攘利的风气，所以惊叹一个最高官吏的澹泊谦退，认为"模范"的行为。但这种估量，我们认为不够，——不够表示林森先生在中国现代政治制度史上的重大贡献。

林森先生的绝大功劳在于把"国府主席"的地位实行做到一个"虚位"，而让行政院院长的地位抬高到实际行政首领的地位。今日的国府主席，最像法国的大总统；今日的行政院院长，颇像法国的国务总理与英国的首相。两年多以来的政治制度的大变迁，就是从两年前的主席制度变成两年来的行政院长制。其重要性颇等于从一种总统制改成内阁制。改制的根据固然由于民国廿一年十二月三中全会之改制案，然而使这个新制度成为可能的事实，这不能不归功于林森先生之善于做主席。

三中全会改定政府组织，把行政院抬高，作为行政最高机关。这确是政治制度上的一大进步。但如果国府主席是一个不明大体而个性特别坚强的人，如果他不甘心做一个仅仅画诺的主席，那么，十几年前北京唱过的"府院之争"一幕戏还是不容易避免的。

林森主席是一个知大体的人，他明白廿一年的改制的意义是要一个法国总统式的国府主席，所以他从不肯和行政院长争政权。旧制下国民政府的文官处、主计处、参军处，都至今依然存在，但两年来的行政大权都移归行政院了。

去年我过南京时，一位部长告诉我一个很有趣味的故事。在新组织法之下，第一个政府是孙科的政府，不久就倒了。第二个政府，汪精卫的政府，成立之时正当淞沪南京都最受日本压迫时期。汪政府成立了一个多月，忽然有一天，一位部长说："我们就职了一个多月，还没有去正式参谒林主席哩！"这一句话提醒了全体"阁员"，于是汪院长派人去通知林主席，说明天上午汪院长要率领全体阁员去参见主席。到了第二天，全体阁员到了林主席的公馆。到处寻不见林主席。主席不知往哪儿去了！他们都感觉诧异，只好留下名片，惘然而返。到了下午，林主席去回拜，他们才知道林主席因为"不敢当参谒的大礼"，出门回避了！

这个故事至今在南京传为美谈。我们关心政治制度的人，也都会认得这个故事是一桩有意义的美谈。我们试回想那两年前党政军合为一体的国府主席的地位，就可以明白林主席的谦退无为是有重大的历史意义的了。

两年前的国民政府组织法是最不合理的。那时一个部长的地位是很低的：各部之上有行政院，行政院是与其他四院平等的，五院的正副院长加上其他国府委员组成国民政府。二十一年底的改制，改行政院各部为政府，而国府主席成为虚君制，于是三级政府合为一级，而其他四院与行政院分开对立，为行政部之外监督协助行政的机关。这个改革与孙中山先生的五权宪法的原意似乎接近多了。而其中用无为的精神，在不知不觉之中使这个内阁制成为事实，使这个虚君主席制成为典型，即是林森先生两年来的最大成绩。

我今年再到南京，又听见人说林主席的一件故事。两年前，他被选为国府主席之后，他自己去请他的同乡魏怀先生担任文官长的职务。林主席对他说："我只要你做到两个条件：第一，你不要荐人。第二，你最好是不见客。"这个故事也应该成为南京政治的美谈。这是有意的无为。若没有这种有意的无为，单有一个恬退的主席，也难保他的属吏不兴风作浪揽权干政，造成一个府院斗争的局面。

有个朋友从庐山回来，说起牯岭的路上有林主席捐造的石磴子上，刻着"有姨太太的不许坐"八个字。这个故事颇使许多人感觉好笑。有人说："我若有姨太太，偏要坐坐看，有谁能站在旁边禁止我坐？"其实这也是林森先生的聪明过人处。你有姨太太，你尽管去坐。决没有警察干涉你。不过你坐下去了，心里总有点不舒服。林先生刻石的意思，也不过要你感觉到这一点不舒服罢了。他若大吹大擂地发起一个"不纳妾"的新生活运动，那就够不上作一个无为主义的政治家了。

一九三四，三，三夜

原载1934年《独立评论》第91号

琐 记

鲁 迅

衍太太现在是早经做了祖母，也许竟做了曾祖母了；那时却还年青，只有一个儿子比我大三四岁。她对自己的儿子虽然狠，对别家的孩子却好的，无论闹出什么乱子来，也决不去告诉各人的父母，因此我们就最愿意在她家里或她家的四近玩。

举一个例说罢，冬天，水缸里结了薄冰的时候，我们大清早起一看见，便吃冰。有一回给沈四太太看到了，大声说道："莫吃呀，要肚子疼的呢！"这声音又给我母亲听到了，跑出来我们都挨了一顿骂，并且有大半天不准玩。我们推论祸首，认定是沈四太太，于是提起她就不用尊称了，给她另外起了一个绰号，叫做"肚子疼"。

衍太太却决不如此。假如她看见我们吃冰，一定和蔼地笑着说："好，再吃一块。我记着，看谁吃的多。"

但我对于她也有不满足的地方。一回是很早的时候了，我还很小，偶然走进她家去，她正在和她的男人看书。我走近去，她便将书塞在我的眼前道，"你看，你知道这是什么？"我看那书上画着房屋，有两个人光着身子仿佛在打架，但又不很像。正迟疑间，他们便大笑起来了。这使我很不高兴，似乎受了一个极大的侮辱，不到那里去大约有十多天。一回是我已经十多岁了，和几个孩子比赛打旋子，看谁旋得多。她就从旁计着数，说道，"好，八十二个了！再旋一个，八十三！好，八十四！……"但正在旋着的阿祥，忽然跌倒了，阿祥的婶母也恰恰走进来。她便接着说道，"你看，不是跌了么？不听我的话。我叫你不要旋，不要旋……"

虽然如此，孩子们总还喜欢到她那里去。假如头上碰得肿了一大块的时候，去寻母亲去罢，好的是骂一通，再给擦一点药；坏的是没有药擦，还添几个栗凿和一通骂。衍太太却决不埋怨，立刻给你用烧酒调了水粉，搽在疙瘩上，说这不但止痛，将来还没有瘢痕。

父亲故去之后，我也还常到她家里去，不过已不是和孩子们玩耍了，却是和衍太太或她的男人谈闲天。我其时觉得很有许多东西要买，看的和吃的，只是没有钱。有一天谈到这里，她便说道，"母亲的钱，你拿来用就是了，还不就是你的么？"我说母亲没有钱，她就说可以拿首饰去变卖；我说没有首饰，她却道，"也许你没有留心。到大厨的抽屉里，角角落落去寻去。总可以寻出一点珠子这类东西。……"

这些话我听去似乎很异样，便又不到她那里去了，但有时又真想去打开大厨，细细地寻一寻。大约此后不到一月，就听到一种流言，说我已经偷了家里的东西去变卖了，这实在使我觉得有如掉在冷水里。流言的来源，我是明白的，倘是现在，只要有地方发表，我总要骂出流言家的狐狸尾巴来，但那时太年青，一遇流言，便连自己也仿佛觉得真是犯了罪，怕遇见人们的眼睛，怕受到母亲的爱抚。

好。那么，走罢！

但是，那里去呢？S城人的脸早经看熟，如此而已，连心肝也似乎有些了然。总得寻别一类人们去，去寻为S城人所诟病的人们，无论其为畜生或魔鬼。那时为全城所笑骂的是一个开得不久的学校，叫做中西学堂，汉文之外，又教些洋文和算学。
然而已经成为众矢之的了；熟读圣贤书的秀才们，还集了《四
书》的句子，做一篇八股来嘲诮它，这名文便即传遍了全城，
人人当作有趣的话柄。我只记得那"起讲"的开头是：——
"徐子以告夷子曰：吾闻用夏变夷者，未闻变于夷者也。今也
不然：舌之音，闻其声，皆雅言也。……"

以后可忘却了，大概也和现今的国粹保存大家的议论差
不多。但我对于这中西学堂，却也不满足，因为那里面只教汉
文，算学，英文和法文。功课较为别致的，还有杭州的求是书
院。然而学费贵。

无须学费的学校在南京，自然只好往南京去。第一个进去
的学校，目下不知道称为什么了，光复以后，似乎有一时称为
雷电学堂，很像《封神榜》上"太极阵""混元阵"一类的名
目。总之，一进仪凤门，便可以看见它那二十丈高的桅杆和不
知多高的烟通。功课也简单，一星期中，几乎四整天是英文：
"It is cat." "Is it rat?"一整天是读汉文："君子曰，颍考叔可
谓纯孝也已矣，爱其母，施及庄公。"一整天是做汉文：《知
己知彼百战百胜论》《颍考叔论》《云从龙风从虎论》《咬得
菜根则百事可做论》。

仪凤门

初进去当然只能做三班生，卧室里是一桌一凳一床，床板只有两块。头二班学生就不同了，二桌二凳或三凳一床，床板多至三块。不但上讲堂时挟着一堆厚而且大的洋书，气昂昂地走着，决非只有一本"泼赖妈"和四本《左传》的三班生所敢正视；便是空着手，也一定将肘弯撑开，像一只螃蟹，低一班的在后面总不能走出他之前。这一种螃蟹式的名公巨卿，现在都阔别得很久了，前四五年，竟在教育部的破脚躺椅上，发现了这姿势，然而这位老爷却并非雷电学堂出身的，可见螃蟹态度，在中国也颇普遍。

可爱的是桅杆。但并非如"东邻"的"支那通"所说，因为它"挺然翘然"，又是什么的象征。乃是因为它高，乌鸦喜鹊，都只能停在它的半途的木盘上。人如果爬到顶，便可以近看狮子山，远眺莫愁湖，一旦究竟是否真可以眺得那么远，我现在可委实有点记不清楚了。而且不危险，下面张着网，即使跌下来，也不过如一条小鱼落在网子里；况且自从张网以后，听说也还没有人曾经跌下来。

狮子山

莫愁湖

原先还有一个池，给学生学游泳的，这里面却淹死了两个年幼的学生。当我进去时，早填平了，不但填平，上面还造了一所小小的关帝庙。庙旁是一座焚化字纸的砖炉，炉口上方横写着四个大字道"敬惜字纸"。只可惜那两个淹死鬼失了池子，难讨替代，总在左近徘徊，虽然已有"伏魔大帝关圣帝君"镇压着。办学的人大概是好心肠的，所以每年七月十五，总请一群和尚到雨天操场来放焰口，一个红鼻而胖的大和尚戴上毗卢帽，捏诀，念咒："回资罗，普弥耶吽！喳耶畔！喳！耶！畔！！！"

我的前辈同学被关圣帝君镇压了一整年，就只在这时候得到一点好处，——虽然我并不深知是怎样的好处。所以当这些时，我每每想：做学生总得自己小心些。

总觉得不大合适，可是无法形容出这不合适来。现在是发见了大致相近的字眼了，"乌烟瘴气"，庶几乎其可也。只得走开。近来是单是走开也就不容易，"正人君子"者流会说你骂人骂到了聘书，或者是发"名士"脾气，给你几句正经的俏皮话。不过那时还不打紧，学生所得的津贴，第一年不过二两银子，最初三个月的试习期内是零用五百文。于是毫无问题，去考矿路学堂去了，也许是矿路学堂，已经有些记不真，文凭又不在手头，更无从查考。试验并不难。录取的。

这回不是It is a cat了，是Der Mann，Die Weib，Das Kind。汉文仍旧是"颍考叔可谓纯孝也已矣"，但外加《小学集注》。论文题目也小有不同，譬如《工欲善其事必先利其器论》，是先前没有做过的。

此外还有所谓格致、地学、金石学……都非常新鲜。但是还得声明：后两项，就是现在之所谓地质学和矿物学，并非讲舆地和钟鼎碑版的。只是画铁轨横断面图却有些麻烦，平行线尤其讨厌。但第二年的总办是一个新党，他坐在马车上的时候大抵看着《时务报》，考汉文也自己出题目，和教员出的很不同。有一次是《华盛顿论》，汉文教员反而惴惴地来问我们道："华盛顿是什么东西呀？……"

看新书的风气便流行起来，我也知道了中国有一部书叫《天演论》。星期日跑到城南去买了来，白纸石印的一厚本，价五百文正。翻开一看，是写得很好的字，开首便道：——

"赫胥黎独处一室之中，在英伦之南，背山而面野，槛外诸境，历历如在几下。乃悬想二千年前，当罗马大将恺彻未到时，此间有何景物？计惟有天造草昧……"

哦！原来世界上竟还有一个赫胥黎坐在书房里那么想，而且想得那么新鲜？一口气读下去，"物竞""天择"也出来了，苏格拉第，柏拉图也出来了，斯多噶也出来了。学堂里又设立了一个阅报处，《时务报》不待言，还有《译学汇编》，那书面上的张廉卿一流的四个字，就蓝得很可爱。

"你这孩子有点不对了，拿这篇文章去看去，抄下来去看去。"一位本家的老辈严肃地对我说，而且递过一张报纸来。接来看时，"臣许应骙跪奏……"那文章现在是一句也不记得了，总之是参康有为变法的；也不记得可曾抄了没有。

仍然自己不觉得有什么"不对"，一有闲空，就照例地吃侉饼、花生米、辣椒，看《天演论》。

两江总督衙门

但我们也曾经有过一个很不平安的时期。那是第二年，听说学校就要裁撤了。这也无怪，这学堂的设立，原是因为两江总督（大约是刘坤一罢）听到青龙山的煤矿出息好，所以开手的。待到开学时，煤矿那面却已将原先的技师辞退，换了一个不甚了然的人了。理由是：一、先前的技师薪水太贵；二、他们觉得开煤矿并不难。于是不到一年，就连煤在那里也不甚了然起来，终于是所得的煤，只能供烧那两架抽水机之用，就是抽了水掘煤，掘出煤来抽水，结一笔出入两清的账。既然开矿无利，矿路学堂自然也就无须乎开了，但是不知怎的，却又并不裁撤。到第三年我们下矿洞去看的时候，情形实在颇凄凉，抽水机当然还在转动，矿洞里积水却有半尺深，上面也点滴而下，几个矿工便在这里面鬼一般工作着。

毕业，自然大家都盼望的，但一到毕业，却又有些爽然若失。爬了几次桅，不消说不配做半个水兵；听了几年讲，下了几回矿洞，就能掘出金银铜铁锡来么？实在连自己也茫无把握，没有做《工欲善其事必先利其器论》的那么容易。爬上天空二十丈和钻下地面二十丈，结果还是一无所能，学问是"上穷碧落下黄泉，两处茫茫皆不见"了。所余的还只有一条路——到外国去。

留学的事，官僚也许可了，派定五名到日本去。其中的一个因为祖母哭得死去活来，不去了，只剩了四个。日本是同中国很两样的，我们应该如何准备呢？有一个前辈同学在，比我们早一年毕业，曾经游历过日本，应该知道些情形。跑去请教之后，他郑重地说：——

"日本的袜是万不能穿的，要多带些中国袜。我看纸票也不好，你们带去的钱不如都换了他们的现银。"

四个人都说遵命。别人不知其详，我是将钱都在上海换了日本的银元，还带了十双中国袜——白袜。

后来呢？后来，要穿制服和皮鞋，中国袜完全无用；一元的银圆日本早已废置不用了，又赔钱换了半元的银圆和纸票。

十月八日

原载1926年11月25日《莽原·半月刊》，第1卷第22期

南京下关

周作人

　　到了南京下关，再走一步路，便是江南水师学堂，是我们此次旅行的目的地了。南京也是长江上一个大码头，照例有些流氓，旅客上下也是很有些不方便的。下关是学堂的大门口，不能眼看受人家的欺负，所以非想个法子来抵制不可。好在那时学堂还算是歪路，当学生的也是一种"吃粮"的朋友，借了那一套红青羽缎的操衣，一双马靴的装备，穿起来像个"丘八"的样子，也就可以混进去了。这是"自力更生"的办法。还有一种是"他力"的，便是利用学堂里的"听差"，叫他去码头上接送。这些名叫王福徐贵的人，在学堂里当听差，伺候诸位"少爷"；但是他们却自有地位，多是什么帮会里的人物。那时最有势力的是青帮，其次是洪帮（当初还以为是红帮，是颜色的区别呢？）和所谓"安清道友"。叫他随从着，不希望怎么帮忙，但已足够阻止他们的进攻，这就尽够好了。说起校役中多有帮会的人，真是周知的事情，谁也用不着怎么惊怪的。从前我在学堂里的时候，汉文讲堂有一个听差，名字也无非王福刘贵之类，只是模样很是奇异，所以特别记得。他的辫发异常粗大，而且编的很松，所以脑后至少有一尺头发，散拖着不曾编辫，这怪样子是足够惊人的。那时有革命思想的人，很讨厌这辫发，却不好公开反对，只好将头发的"顶搭"剃得很小，在头顶上梳起一根细小的辫子来，拖放在背后；当时看见徐锡麟，便是那个模样的。如今所说松编的大辫子，却正是相反，虽然未必含有反革命的意义，总之不失为奇装异服的一种；有些风厉的地方官，看见了就要惩办的。我们上汉文讲堂，因为暂时不曾看见那副怪相，有一天便问那后任的听差，说那人哪里去了，他的后任若无其事似的坦然回答道："他么，被他们帮里做掉了。"我们知道他们帮里的"行话"，所谓做掉，就是说他违反帮规，依照最高的法律，将他消灭了。其执行办法，则据传说是办一桌酒，请他吃了，随后传达命令，请他自裁；若是不能办到，便装入一个口袋内，扔到长江里去了事。这是传说如此，究竟事实若何，那就不能知道；但总之那大辫子之被做掉，乃是确实的事情，而且众人皆知，毫无隐讳。在此活生生的事实前面，足证帮会势力在南京是如何的活跃了。

下关码头

　　江南水师学堂靠近下关，下关乃是轮船码头，有相当的店铺市街，所以是颇为方便的。我们说是靠近，其实还隔着一座城，也有几里路，不过比往南走，到北门桥去要近得多，而且轮船开行时放汽的声音也听得见，所以感觉得很近就是了。江边因为洋船上下，所以特别设了几家"办馆"，这是一种简单的洋货店；但其重要职务则是在给洋人代办食物，所以有此名称。不过我们也可以买到些东西，如"摩尔登糖"和一种成听的普通方块饼干，价廉而物美，所以也是很方便的。再过来便是新开的邮政局，以上是在江干的一块地方，也就是惠民桥的那边，其普通市街则是在桥的这一边。惠民桥下因为要通船只，都是竖有很高的桅杆的，而桥上面又要通车马。所以桥是做得可以开关的，一不凑巧，遇着开桥的时候，便须等候着，要花费个把时辰。桥的这边有一道横街，道路很狭，有各种街铺，最后至江天阁，可以吃茶远眺，顾名思义当是可以望见长江，其实也只是一句话而已。由惠民桥沿着马路进城，走上一个颇长的高坡，就是仪凤门，门的左手是狮子山，上边设有炮台，但是没有上去过，那里驻守的官兵是不准闲人去看的，本来炮台哪里可以随便看得呢？可是那里洋人却可以上去"游览"的。过了仪凤门走不多远，就可以望得见机器厂的大烟通了，虽然是烟通终年到头不冒烟，但总之烟通是在那里，那即是我们的水师学堂了。

　　选自《知堂回忆录》，香港三育图书文具公司1980年版

"首都"与"南京"

马元放

　　国民政府建都南京。已及二年，而"南京"二字，依然存在，大言之不足以正全国之观听，小言之亦有失革新之意义。故此名称问题，关系至大，所不容漠视者也。

　　考南京二字之由来，乃始于明之永乐。在明太祖时，南京称京师，北京称北平，并无所谓南京北京。迨成祖继位，即将北平改称北京。至永乐十九年，大举北迁，方将北京改称京师，京师改称南京。换言之，即后将陪都改为首都，首都改为陪都。故"南京"二字，实后陪都性质。现北京既已改称北平，此一国唯一国都所在地之南京，自应正名为首都或京师，方足以正全国之视听。此应改称者一也。

　　按《特别市组织法》第三条之规定，凡得建为特别市者，为（一）中华民国首都；（二）人口百万以上之都市；（三）其他有特殊情形之都市。南京商工业并不发达，人口亦不过四五十万，其得建为特别市，当然后根据第一项之规定。南京既后因为首都而建为特别市，则自应冠以"首都"二字，不能再沿用"南京"二字。此应改称者二也。

　　试证之实例。以前北京之市政公所，即不称北京而称京都；又如日本西京之市役所，不称西京而称京都。（现虽建都东京，但大典多在西京举行。）更如本京之首都卫戍司令部首都建设委员会等，亦皆以首都冠首。可知"首都"二字，已为惯用之名词。则南京特别市政府改称为首都市政府，自属极正当之事。此应称者三也。

要之名不正则言不顺，南京既后一国唯一之国都，而南京特别市又后因为首都而建立。则此含陪都性质之"南京"二字，不容一日存在，理至显明。今本府呈请中央改南京市为首都市，想党国先进及海内外同志与民众定亦表同情也。

原载《首都市政公报》第33期《言论·正名》，民国十八年四月十五日

豁蒙楼上话南京

邓启东[*]

　　这是四年以前的事情了，一个初夏的上午，天气是异常的晴和，中华自然科学社假首都鸡鸣寺的豁蒙楼，欢迎新来南京观光的远东考察团。承主席的嘱托，要我出席讲演一点关于南京的典实，于是我就在一群陌生客的面前，指手画脚地，开始我那谈话式的讲演了：

　　"各位先生初到南京，一切都很生疏，主席要我讲演南京的典实，来供各位的参考，这在我们居留南京较久，尤其是挂名专习地理的人，当然是义不容辞的事。可是南京不但是我们最伟大的都市，而且是世界上最伟大都市之一，历史悠久，内容繁复，真是有如'一部十七史，不知从何说起'。现在为清醒眉目，节省时间起见，仅将南京几个显著的特色提出，逐一地向各位略加说明而已。

　　"南京第一个特色是地位的重要。南京是总理指定的首都，民国十六年春国民政府就奠都于此，到现在将近十年了。首都在一国的地位，犹如人体上的首脑，为全国总发动机所在，全国各部分都受其支配。而南京所以适于建都的原因，主

---

*　邓启东（1910—1960），地理学家，湖南新宁人，曾任中国地理学会理事，湖北省地理学会理事长，著有《国民说部——国民地理集全国展望》《我国经济建设的自然条件》等。

要的由于交通位置的重要。打开中国全图一看，可知南京正位于长江下流靠近河口的南岸，利用长江本支流便利的水运，最容易与沿江各省取得联络；且当南北洋的中心，无论水路或陆路（铁道与汽车道）都很容易与华北及华南取得联络，实为控制全国各部最适当的所在。就对外关系言，南京居于控制太平洋最适当的地位，只要我们国势强盛，大可伸足到太平洋上与列强分庭抗礼；而且近代外力入侵我国的方向已由西北改向东南，南京又适与外力入侵我国的方向针锋相对，并且位于第一道防线以内，更足以显露出立国的积极精神，适合建都的一般原则。

钟　山

　"南京第二个特色是形势的雄伟。诸葛亮初到南京，审察地势，就有钟山龙蟠，石头虎踞的说法，所以自来称南京为龙蟠虎踞之地，军事上至关重要。总理也曾说过：其位置乃在一完美的地区，其地有高山，有深水，有平原，此三种天工钟毓一处，在世界大都市诚难觅此佳境也。也足以表示南京形势的雄伟。大概南京的地势是周围众山环抱，中间原野平铺，我们试登南京雨花台纵目一望，地池如在釜底，但城内也不乏小山出露其间。城内著名的山有狮子山、富贵山、钦天山、鸡笼山、清凉山、五台山等；近郊著名的山有雨花台、钟山、幕府山、栖霞山、牛首山等；所谓'白下有山皆绕郭'，'城中面面皆青山'，久已见诸古代诗人的吟咏了。而秦淮河玄武湖左右映带，于形势雄伟外，更显得风景的美丽；西北方面长江有如玉带横围，益增庄严灿烂之象。

"南京第三个特色是历史的悠久。南京古称金陵，三国孙吴建都于此，称为建业；其后东晋、宋、齐、梁、陈、南唐都在这里建过都，称为建康；明初又为洪武帝的国都，称为应天府；各代建都共计三百七十六年。明永乐帝迁都北京，始有南京之名。清代咸丰年间为洪杨占领。国民政府现定都于此。所以南京要算我国历史上的名都之一。

"南京的城墙为明洪武帝所修筑，于洪武二年（一三六九年）兴工，历时五年，至洪武六年（一三七三年）完成，比现存的长城及北平城的修筑还早，原来现有的长城乃为明永乐帝所造，于永乐十年（一四一二年）兴工，先后经一百七十年始告成，至于秦始皇所修的万里长城乃远在阴山，全用泥土，除了少数地方隐约可见遗迹外，大部分地方已属渺焉不可复迹了。北平城也为永乐帝所造，二者都不及南京的古老。

"南京虽然是历代帝王之都，历史悠久。但自明洪武以来，即使临时建都，却都是代表新兴的势力，所以很有一种新兴的气象，非如旧都北平腐恶的势力，根深蒂固，牢不可拔。有如普通形容的'天无时不雨，地无处不尘，物无所不有，人无所不为'的一般。总理所以主张迁都南京，并指定为我国永久的都城，一方面固由于南京位置的适当，形势的雄伟；一方面也想逃出北平的腐恶氛围，一新中外人士的耳目。

"南京第四个特色是城池的广大。南京城墙号称九十六里，实际上周围仅有六十点六二里，然在世界上已属无有其匹了。世界著名的大城如北平为五十九点一三里，法国的巴黎为五十九点五里，都不及南京的广大。城内面积四十万公里，为欧洲摩纳哥国的两倍。自国府奠都改南京为特别市后，周围增长一倍，面积扩大到四百七十八万公里。城内除屋宇外，很多耕地及荒地，粮食出产不在少数。据曾文正说，太平天国败亡后，城内余粮犹足供数月之需。环城旧辟十三门，清时因城北荒凉，乃关三门，鸦片战争又关一门。宣统元年造宁省铁道，由金川门入城，是为拆城之始，宣统二年南洋劝业会在玄武湖举行，增辟丰润门即玄武门，民初又辟挹江门，现计十一门。

"东晋王导于城外幕府山召集幕府，执行政务，并筑台城，到现在已空存其名，城池荡然无存。旧址就在鸡鸣寺附近，由这里可以望到，史称梁武帝饿死台城，即此。南唐城池较大，筑于九百一十四年，现在也已不存，仅有由今汉西门到中华门（即聚宝门）一段，犹为现城所沿用。现在的城墙非由明洪武帝独力修筑，乃与当时浙江南浔巨富沈万三合造，洪武造西北边，万三造东南边，万三挟其雄厚的经济力量，承造的一半竟先洪武部分而完成，于是洪武大怒，以为冒犯王上的尊严，欲杀之泄愤。好在马后明理，以'民富侔国，于国法何与'力谏，然后得免，将万三充军到云南。洪武修造南京城，真是煞费苦心。亲自监工，一律用糯米稀饭和石灰代替三合泥，有不用的，格杀勿论；砖石十分宽厚，墙高尝达六七丈，墙脚宽三丈，街道均行砌石，石系六朝碑版，仅去其文字而已，此事于臧晋叔的《元曲选》中曾言及；复于西善桥兴陶业，造琉璃瓦，为屋盖之用；其后永乐帝更利用此等琉璃瓦在南门外造了一座九级八面高达二百四十六尺的报恩塔，以报母恩，塔上悬灯一百二十八盏，彻夜不息，铃声闻于远近，要算当时一大奇观；可惜于同治三年（一八六四年）为太平军所毁，现存长千里的报恩塔不及当初远甚。又明洪武为造成堂皇美丽的都城起见，有谓尽逐南京土著于云南，另移江南殷实以实京，由此可以揣知随沈万三充军到云南去的当有大批人，据称云南许多地方的居民迄今犹操南京口音。

"南京第五个特色是变故的频繁。修筑以前的变故，已属多至不可究诘。仅就修筑以后来讲，所经的变故也就大有可观，南京真算是一位世故老人了。就几次重要的变故说：明永乐篡位兵由龙潭登陆，由金川门入城，是谓靖难之役；明亡国的次年（一六四五年）福王即位南京，清豫亲王多尔衮领兵由龙潭登陆，由正阳门入城，福王逃亡，是谓鼎革之役；清道光二十二年（一八四二年）英兵由龙潭登陆，与我国议和于下关的静海寺，缔结《江宁条约》，是谓鸦片之役。

"以上三役都不算激烈，南京最重大的一次变故，遭受损失最大的。要算太平之役。太平军于咸丰三年（一八五三年）攻入南京，同治三年（一八六四年）退出南京，占据十二年之久。太平军攻入南京很快，一时有纸糊南京之谣，原来是利用工兵开掘地洞，中贮火药，将城墙炸毁的。这些工兵都是由湖南南部招来的煤矿工人，对于开掘地洞是素富经验的。大兵屯驻静海寺（寺系明郑和为展览南洋土产所造），表面不动声色，所以当城墙被炸的时候，城内的人只以为是鳌背翻天了。由仪凤门入城，占据南京以后，于钟山第三峰造天保城，于城内富贵山造地保城，以资防守，改称南京为天京。同治三年曾国荃也师太平军的故伎，用隧道由太平门攻入，太平军不及退出的尽投秦淮河而死，节概实在可风；事前放火，历三日三夜不灭，文物精华，尽成灰烬，算是南京修城以后空前未有的浩劫。

"太平之役以后，南京犹经过三度兵火：辛亥之役浙军先克天保城，南京遂下；民国初年二次革命，张勋攻入南京；民国十六年国民革命军攻入南京。

"南京第六个特色是风景的优美。当各位由下关沿中山马路进城的时候，沿途虽不乏壮丽的官舍及稀疏的住宅作为点缀，但乡村景象很是浓厚：菜圃、桑园、稻田、茂林、修竹，随在皆是，真不信此身已入京都了。就是在城南人烟稠密的区域，池塘菜圃也常与繁华的市街相间，一脚尚在街头，一脚已踏入田野，以都市而兼具乡村的风味，实为南京最大的特色。陈西滢说南京是城市乡村化，同时也是乡村城市化，可谓中肯之言。而'城中面面皆青山'，自来认为'最是南京堪爱处'。在这些青山当中，又以清凉山及钦天山为最著。

清凉山

"清凉山古名石头城，原来靠近长江，形势很是险要，诸葛亮因有石头虎踞之说。现以江流迁徙，离江岸已有十余里之遥，其上有清凉寺，凭高览胜，江山如画。钦天山俗名北极阁，靠近城市中心，元明时山上曾建有观象台，现有中央研究院气象研究所，中央大学就在南麓。东延就是鸡笼山，上有鸡鸣寺，就是我们现在的所在了。鸡鸣寺与清凉山的清凉寺同系南京有名的古刹，南朝四百八十寺，现在的已属寥寥无几了。

北极阁

"鸡鸣寺的豁蒙楼可说是南京风景的集中点：俯瞰后湖，远眺长江，东望钟山，前对幕府。楼上挂的这幅'江山重叠争供眼，风雨纵横乱入楼'一联（梁任公书陆放翁诗句），最足以表示豁蒙楼上的气概。后湖又名玄武湖，与绕城西北的秦淮河左右映带，使南京生色不少。湖周围十六里，现辟为五洲公园，因湖中有五岛得名。六朝王室园林多在湖溪，明代尚为禁地，据说梁昭明太子就为游船而溺死的。后湖风景最是佳胜，游艇点点，浮泛于水波容与之中，情趣入画，而西南两面为崇高伟大、古色古秀的城墙所环绕，黄昏落日，尤不禁令人兴故国乔木之思，秋水伊人之想。钟山耸峙于东南，山色湖光，相映成趣；因为山上很多紫色的页岩，又有紫金山之称。山周围六十里，形势险要，最高峰达四百五十公尺，登高可望长江。王安石诗云：'青山缭绕疑无路，忽见千帆隐约来。'俯视城中，则万家鳞次。自六朝以来，此地就成了东南最著名的胜地，所谓钟山镇岳，埒美嵩华是矣。茅山坡上有中山陵，紫金山的坡上有明孝陵，这是代表中华民族精神的两位英雄，不啻全民族灵魂之所系托，是值得我们顾盼徘徊而不忍去的。中山陵以下有灵谷寺，蔚然深秀，为南京第一禅林。钟山现有树木不多，但在明时遍植楠木，郑和下南洋，造船的原料都取给于此。幕府山连亘于后湖的西北，因晋元帝渡江。王导于此开幕府得名，居民多于此煅石取灰，又名石灰山，远望呈白色，南京古名'白下'，或源于此。其他名胜古迹多不胜数，恕我没有时间一一讲到了。

"南京第七个特色是发展的迅速。南京在历史上有两个黄金时代：一为六朝，一为明初。六朝最大的都市，在北方为洛阳，在南方为金陵。梁武帝时，金陵人口达一百四十万，超过当时的罗马，为世界第一大都会；所谓'金陵百万户，六朝帝王州'，其繁华可以想见，迄隋灭陈，遂成一片焦土。明初经明洪武的苦心经营，南京的堂皇美丽自不待言；其后迁都北平，繁华也未大减，直到清咸丰年间，犹不失东南最繁盛的都市；但一经太平军兵燹后，昔日精华，付之一炬，瓦砾遍野，直至国府奠都，犹不免荒凉寥落之感。可是自民国十六年国府奠都以来，南京又开始走入第三个黄金时代了，都市人口在八年中增加三倍，实为世界各大都市中罕有的现象：民国十六年以前不过三十余万人，民国十八年就增至五十余万，民国二十年达六十余万，民国二十四年已超过百万，要算全世界发展最快的都市了。这种都市急剧发展情形，我们可由北极阁所看到新的建筑有如雨后春笋般，在城北荒凉地区出现的情形看出来。按照现在进展速度说来，不到十年的工夫，定可与伦敦、巴黎、柏林等各大都市相抗衡，我们且拭目以待吧。"

讲到这里，我的谈话式的演讲也就在听众带有感谢意思的鼓掌声及欢笑中停止了。虽然时经四年，但当时讲演的情形，以及豁蒙楼上所看到美丽的山色湖光，迄犹历历在目。然而，现在的南京呢？已经遭受了它空前未有的侮辱，被倭寇铁骑践踏已二十个月了。热血的中华男儿当如何奋起，组成我们东方神圣的队伍，汹涌地向我们的故都，我们的圣地推进呵！

二十八年九月二十一日

选自《国民知识丛书》第2辑《河山痛忆》，国民出版社1940年4月初版

中山陵前中秋月

梁得所

　　火车到京时，已是下午五时了。斜阳照着一阵微雨，天空现出彩虹。彩虹的一端仿佛落在石头城边的玄武湖上，使那古朴的城池，添上鲜艳的色泽。

　　下关车站上，早有中央宣传委员会代表黄英先生招接，下站乘汽车进中央饭店，行李略事安顿，天色已晚。今夕无事，又是中秋。我们正想找个什么月亮当头的地方坐坐，不辜负一年一度的良宵，黄君却说京中几个朋友约定邀我们到紫金山下中山陵园去赏月。

　　驱车出城，郊外非常僻静，半小时才到中山陵园主任马湘先生住宅。马主任便是中山先生生前的卫士，观音山之役奋身保护先生出险，直到现在先生安葬了，马氏还守卫陵墓。我在他客厅偶然看见他一幅少年留影，跨着一步弯弓马，双手举着一柄大关刀，眉宇间果然流露一股好汉的豪气。

　　宅前摆着两桌酒菜，席间谈笑无拘执。座中健谈的，要算那七十多岁的王先生。这位先生长着一匹林森式的胡须，衔着一支雪茄，穿长衫而戴打鸟帽。据说他从前在南洋是三合会领袖，后来跟中山先生奔走革命，现任中央监察委员。老人家诗兴不浅，我们听他背了好几首得意之作，即如《总理龙舟歌》和《洛阳即景诗》。洛阳诗做得太妙，我请他重念一遍：

"乘车洛阳兮穿过山谷，平原远望兮青青绿绿。居民圯洞兮无房无屋，夜间黑暗兮无灯无烛。……"

他念了，格格地笑了一会说："我们南洋伯是不会做诗的，不过去年游洛阳口占几句罢。还有，当时和陈果夫先生游龙门，看石窟中残破的佛像，陈先生吟了两句：'满山都是佛，可惜佛无头。'我替他续两句：'不知谁人杀，何从去报仇。'"说罢，又格格地笑了一阵。

他又说，从前在南洋三合会时，是主张扶明灭清的。后来听孙先生说灭清不必复明，便可成立新的民国。言之果然有理，往后我便跟他。

我听了这些简洁的话，想起当年革命事业何其简洁，到今日政治所谓上轨道，其中关键便繁复起来了。我又想中秋节，原本就是从前扶明灭清的民族革命运动的纪念日，月饼便是党人藏信通消息的纪念品。我更想起，今年的中秋节，正是日本承认满洲伪国的日子，难怪紫金山上的明月，在乌云中黯淡无光。

夜已央，明月终于冲出了云围。皎洁的光芒，照着孙陵明陵等民族领袖的墓地，照那历朝盛衰所在的都城。当今内忧外患交迫时节，凄淡的明月，忍听紫金山下逝者的叹息，忍听秦淮河畔商女的弦歌！

选自《猫影记》，1933年良友图书印刷公司出版

江南乡试

陈独秀

江南乡试是当时社会上一件大事，虽然经过了甲午战败，大家仍旧在梦中。我那时所想象的灾难，还远不及后来在考场中所经验的那样厉害；并且我觉得这场灾难是免不了的，不如积极地用点功，考个举人以了母亲的心愿，以后好让我专心做点正经学问。所以在那一年中，虽然多病，也还着实准备了考试的工夫，好在经义和策问，我是觉得有点兴趣的，就是八股文也勉强研究了一番。至于写字，我喜欢临碑帖，大哥总劝我学馆阁体，我心里实在好笑，我已打定主意，只想考个举人了事，决不愿意再上进，习那讨厌的馆阁字做什么！我们弟兄感情极好，虽然意见上没有一件事不冲突，没有一件事依他的话做，而始终总保持着温和态度，不肯在口头上反驳他，免得伤了手足的感情。

大概是光绪二十三年七月罢，我不得不初次离开母亲，初次出门到南京乡试了。同行的人们是大哥，大哥的先生，大哥的同学和先生的几位弟兄，大家都决计坐轮船去，因为轮船比民船快得多。那时到南京乡试的人，很多愿意坐民船，这并非保存国粹，而是因为坐民船可以发一笔财，船头上扯起一条写着"奉旨江南乡试"几个大字的黄布旗，一路上的关卡，虽然明明知道船上装满着私货，也不敢前来查问，比现在日本人走私或者还威风凛凛。我们一批人，居然不想发这笔横财，可算得是正人君子了！

我们这一批正人君子，除我以外，都到过南京乡试的，只有我初次出门，一到南京，看见仪凤门那样高大的城门，真是乡下佬上街，大开眼界。往日以为可以骄傲的省城，——周围九里十三步的安庆城，此时在我的脑中陡然变成一个山城小市了。我坐在驴子背上，一路幻想着，南京城内的房屋街市不知如何繁华美丽，又幻想着上海的城门更不知如何的高大，因为曾听人说上海比南京还要热闹多少倍。进城一看，使我失望了。城北几条大街道之平阔，诚然比起安庆来在天上，然而房屋却和安庆一样的矮小破烂，城北一带的荒凉，也和安庆是弟兄。南京所有的特色，只是一个"大"。可是房屋虽然破烂，好像人血堆起来的洋房还没有；城厢内外惟一的交通工具，只有小驴子，跑起路来，驴子头间一串铃铛的丁零当啷声，和四个小蹄子的得得声相应和着，坐在驴背上的人，似乎都有点诗意。那时南京用人拖的东洋车、马车还没有，现在广州人所讥讽的"市虎"，南京人所诅咒的"棺材"和公共汽车，更不用说；城南的街道和安庆一样窄小，在万人哭声中开辟的马路也还没有；因为甲午战后付了巨额的赔款，物价已日见高涨，乡试时南京的人口，临时又增加了一万多，米卖到七八十钱一升，猪肉卖到一百钱一斤，人们已经叫苦。现在回想起来，那时南京人的面容，还算是自由的，快活的，至少，人见着人，还不会相互疑心对方是扒手，或是暗探。这难道是物质文明和革命的罪恶吗？不是，绝对不是，这是别有原因的。

我们这一批正人君子，到南京的头一夜，是睡在一家熟人屋里的楼板上，第二天一早起来，留下三个人看守行李，其余都出去分途找寓处。留下的三个人，第一个是大哥的先生，他是我们这一批正人君子的最高领袖，当然不便御驾亲征，失了尊严；第二个是我大哥，因为他不善言辞；我这小小人自然更不胜任，就是留下看守行李的第三个。午后寓处找着了，立刻搬过去，一进屋，找房子的几个正人君子，全大睁着眼睛，你看看我，我看看你，异口同声地说："这屋子又贵又坏，真上当！"我听了真莫名其妙，他们刚才亲自看好的房子，怎么忽然觉得上了当呢？过了三四天，在他们和同寓中别的考生谈话中间，才发见了上当的缘故。原来在我们之先搬来的几位正人君子，来找房子的时候，大家也明明看见房东家里有一位花枝招展的大姐儿，坐在窗口做针线。等到一搬进来，那位仙女便化作一阵清风不知何处去了。后来听说这种美人计，乃是南京房东招揽考先生的惯伎，上当的并不止我们这几位正人君子。那些临时请来的仙女，有的是亲眷，有的是土娼。考先生上当的固然很多，房东上当也不是没有，如果他们家中真有年轻的妇女，如果他们不小心把咸鱼、腊肉挂在厨房里或屋檐下，此时也会不翼而飞。好在考先生都有"读书人"这张体面的护符，奸淫窃盗的罪名，房东哪敢加在他们身上！他们到商店里买东西，有机会也要顺带一点藏在袖子里，店家就是看见了也不敢声张，因为他们开口便说："我们是奉着皇帝圣旨来乡试的，你们污辱我们做贼，便是污辱了皇帝！"天高皇帝远，他们这几句大话，未必真能吓倒商人，商人所最怕的还是他们人多，一句话得罪了他们，他们便要动野蛮，他们一和人打架，路过的考先生，无论认识不认识，都会上前动手帮助。商人知道他们上前帮着打架还不是真正目的，在人多手多的混乱中，商人的损失可就更大了，就是闹到官，对于人多势大的考先生，官也没有办法。南京每逢乡试，临时增加一万多人，平均一人用五十元，市面上有五十万元的进账。临时商店遍城南到处都有，特别是状元境一带，商人们只要能够赚钱，受点气也就算不了什么。这班文武双全的考先生，惟有到钓鱼巷嫖妓时，却不动野蛮，只口口声声自称寒士，商请妓家减价而已，他们此时或者以为必须这样，才不失读书人的斯文气派！

我们寓处的房子，诚然又坏又贵，我跟着他们上当，这还是小事，使我最难受的要算是解大手的问题，现在回想起来还有点头痛。屋里没有茅厕，男人们又没有用惯马桶，大门外路旁空地，便是解大小手的处所。我记得那时南京稍微偏僻一点的地方，差不多每个人家大门外两旁空地上，都有一堆一堆的小小金字塔，不仅我们的寓处是如此，不但我的大哥，就是我们那位老夫子，本来是个道学先生，开口孔、孟，闭口程、朱。这位博学的老夫子，不但读过几本宋儒的语录，并且还知道什么"男女有别""男女授受不亲"的礼教，他也是天天那样在路旁空地上解大手，有时妇女在路上走过，只好当作没看见。同寓的有几个荒唐鬼，在高声朗诵那礼义、廉耻、正心、修身的八股文章之余暇，时到门前探望，远远发现有年轻的妇女姗姗而来。他便扯下裤子登下去解大手，好像急于献宝似的，虽然他并无大手可解。我总是挨到天黑才敢出去解大手，因此有时踏了一脚屎回来，已经气闷，还要受别人的笑骂，骂我假正经，为什么白天不去解手，如今踏了一脚屎回来，弄得一屋子的臭气！"假正经"这句话，骂得我也许对，也许不对，我那时不但已解人事，而且自己戕贼得很厉害，如果有机会和女人睡觉，大约不会推辞，可是像那样冒冒失失的对一个陌生的女子当街献宝，我总认为是太无聊了。

到了八月初七日，我们要进场考试了。我背了考篮、书籍、文具、食粮、烧饭的锅炉和油布，已竭尽了生平的气力，若不是大哥代我领试卷，我便会在人丛中挤死。一进考棚，三魂吓掉了二魂半，每条十多丈长的号筒，都有几十或上百个号舍，号舍的大小仿佛现时警察的岗棚，然而要低得多，长个子站在里面是要低头弯腰的，这就是那时科举出身的大老以尝过"矮屋"滋味自豪的"矮屋"。矮屋的三面七齐八不齐的砖墙，当然里外都不曾用石灰泥过，里面蜘蛛网和灰尘是满满的，好容易打扫干净，坐进去拿一块板安放在面前，就算是写字台，睡起觉来，不用说就得坐在那里睡。一条号筒内，总有一两间空号，便是这一号筒的公共厕所，考场的特别名词叫做"屎号"。考过头场，如果没有冤鬼缠身，不曾在考卷上写出自己缺德的事，或用墨盒泼污了试卷，被贴出来；二场进去，如果不幸座位编在"屎号"，三天饱尝异味，还要被人家议论是干了亏心事的果报。那一年南京的天气，到了八月中旬还是奇热，大家都把带来的油布挂起遮住太阳光，号门都紧对着高墙，中间是只能容一个半人来往的一条长巷，上面露着一线天。大家挂上油布之后，连这一线天也一线不露了，空气简直不通，每人都在对面墙上挂起烧饭的锅炉，大家烧起饭来，再加上赤日当空，那条长巷便成了火巷。煮饭做菜，我一窍不通，三场九天，总是吃那半生不熟或者烂熟或煨成的挂面。有一件事给我的印象最深，考头场时，看见一位徐州的大胖子，一条大辫子盘在头顶上，全身一丝不挂，脚踏一双破鞋，手里捧着试卷，在如火的长巷中走来走去，走着走着，脑袋左右摇晃着，拖长着怪声念他那得意的文章，念到最得意处，用力把大腿一拍，翘起大拇指叫道："好！今科必中！"

这位"今科必中"的先生，使我看呆了一两个钟头。在这一两个钟头当中，我并非尽看他，乃是由他联想到所有考生的怪现状；由那些怪现状联想到这班动物得了志，国家和人民要如何遭殃；因此又联想到所谓抡才大典，简直是隔几年把这班猴子、狗熊搬出来开一次动物展览会；因此又联想到国家一切制度，恐怕都有如此这般的毛病；因此最后感觉到梁启超那班人们在《时务报》上说的话是有些道理呀！这便是我由选学妖孽转变到康、梁派之最大动机。一两个钟头的冥想，决定了我个人往后十几年的行动。我此次乡试，本来很勉强，不料其结果却对于我意外有益！

一九三七年

原载《宇宙风》散文十日刊第51、52、53期，选自《实庵自传》第2章

鼓　楼

鼓楼街及劝业会场

感慨过金陵

范长江

镇江登岸，想在南京看看再走汉口。镇江朋友们满腹忧郁地谈论着时事问题，对于上海前线的撤退，得到不安与恐怖的印象。他们单纯地看到各方面的军队一批一批地上去，伤兵们一车一车地下来，十四日那天，客车已不能再通苏州，只能在常州止步。前方和接近前方的后方，见不到军队以外的政治动员工作，军事的真相，民众不能知道，而官方消息又是那样一贯的没有变更，这样大家不但不相信报纸，而且总想象有多少可怕的现象。这种浮动的心理，最容易让谣言产生和传播，谣言的内容，通常是超过多少事实的实际程度。

抗战已经三月以上，我很想此时来看看抗战中枢首脑部的气象。我想象中一定是严肃热烈与紧张，因为这里是全国抗战机构的发电所，这里应该是充盈着热力，让在城外经过的敌人们，也要感到这是一所神圣庄严壮气横溢的城堡。因为现在南京是中华民族五千年历史断续存亡之所系，我们这一代四万万五千万同胞和子子孙孙是否作奴隶牛马，都要靠南京的领导来决定。

在时间限度之内，尽可能在南京看些前辈和朋友，出乎意料的是不少人为"苏州失守"的传说所惶惑，对于东战场的移动，除叹息怨惜于我艰难万状的抗战军队外，只有摇首悲观，了无活气。

在南京官场里，尤其不应该有这种失败恐惧的感觉。政府人员应该比一般民众更了解这次战争的形势和它的性质，初期失败是不能免，亦不足奇的，如果政府官吏还妄想着中日东战场的战争会在苏州上海间解决，而对于南京存着永久安乐窝的幻想，那就是不懂得中日战争的性质，不配作抗战政府的组成人员，免得因为自己的无知与慌张，影响了我们最高统帅的安定和动摇了社会的人心。

紧接着来的事实，是南京各重要机关都向内地迁移。"迁都"的严重事实，压在每一个人的心上。"林主席走了！""……迁重庆！""……迁长沙！""……迁武汉！""某部长说：南京在一周以外就成问题！""限各机关×日内迁出南京！""东线军事不好！"……这些或真或假的消息，骚动了南京的官场。彼此见面只问"什么时候走"和"如何走法"，有的是江轮，有的是浦口搭火车，高等的到芜湖坐飞机，有私人汽车的，就奔江西跑长沙。

顿时，南京的交通工具大忙而特忙起来，汽车租用一空，公家汽车和私人汽车，一齐在街上紧张地跑着，马车从鼓楼到下关，涨价到五元。人力车跑得没有休息机会，疲劳的身体对于很好的买卖，也摇头不愿接受了。

似乎日本军队明天就要到南京，许多重要官吏先行"轻装就道"，吩咐些下级职员收拾公物，设法运往指定地点。每一个机关都仓卒装箱和运输，集南京许多文武机关，同时动作，于是整个南京尽成了"搬家"世界，车水马龙地拼命向下关码头和江南车站集中。一般民众莫名其中究竟，看到这种严重现象，听到些加甚其词的谣传，于是更惄惄不可终日，也不自主地逃奔，车票船票早已买不到，于是挤到车站码头再说。集结下关的逃难官民，为了等抢登太古公司长沙轮，冒着大雨，预先乘无顶铁驳到江中专候终日者不下一千余人！实际苏常一带难民已在镇江将少数交通船舶挤满，过京能容旅客，已经有限。岸上候船者不计，甚至有江中露立候船至次日未能成行者。

我们主张对X抗战的人们，当然应该预料到有"迁都"的节目，"预料的迁都"不是失败，正如我们最高统帅对上海撤兵的谈话："不是战场的终了，而是战争的开始。"战争展开在苏嘉线上，是东战场第二期战争的开始，双方使用之兵力、战场面积和作战方法，都进入新阶段，这时把南京"首都"的外衣脱去，使它以森严的军事堡垒资格而出现，这是完全正确的。这一节目的排开，是明白告诉日本军阀，从苏嘉路到南京，全是军事堡垒区，准备几十万人来冲吧，我们凭借南京四周的堡垒，准可以给日本来一次大会战；纵然日本打下了南京，也只是我们一个战场的得失，不是战争的终了，而是另一期战争的开场。所以迁都是保证长期抗战的便利，而不就是失败。

可叹的是若干政府官员，不了解迁都的正确意义，不了解最高统帅的决心，而认为是"逃亡"，丧失了宁静，丧失了理智，弄成动摇人心、贻笑外人的现象。

下关各码头堆着千千万万的箱笼，没有秩序，没有区分，没有适当的管理，这一部、那一署通通挤在江岸上。公物固然有些，而其中最大部分，都是官吏私人的家具和行李。成包的箱柜不用说大小悉搬，似乎还顾虑内地物质缺乏，铜床沙发亦在急运之例。许多人同声太息的是：各码头都有不少的桌椅澡盆梳妆台，天上不断地下雨，如山的什物都在露浴之中，保护得最好的是私人行李，而公物则听它们自己的造化。

所谓正确的迁都，是将领导抗战的中央政府向后方迁移。应迁的内容，主要的应该是：（一）物质，全国性的物质储藏及重要的制造机器及技术员工，此类物品应在政府决心迁移之时，先期秘密地运出南京，不动声色。（二）图册，行政机关特别是财政、经济、外交机关工作上必须之图书典册，当顺次从容运出。（三）第三步始在有秩序有计划的交通布置中，将各机关人员，分批运往指定地方。

因为我们今天抗战最缺乏的条件是物质，许多重要军用品和制造军用品机器，都是来自外国，海路被封锁后，补充更为艰难。我们英勇的将士，必须凭借相当物质基础，始能打胜敌人，完全信赖血肉以求胜利，那是不可能的。所以哪怕是一颗钉，一个弹壳，都是我们争取抗战胜利最重要的工具，我们要好好保持，把它转变为歼灭敌人的力量。我们现在只有抗战是高于一切，胜利高于一切。惟有抗战始能免于作××军阀的奴隶牛马，而又惟有抗战到达胜利之后，始能保持我们的自由与康乐。因此，对于抗战有关的物质，我们应该看成自己的生命的一部分。假若抗战失败了，我们的沙发铜床搬到拉萨也安稳不了！

偌大一个迁都大事，就是交通工具的管理上，也该有点秩序，有点办法，以供国民的模范。某天走某机关，大致有多少人多少物件，应该分配多少吨数的船，指定他在什么时间什么码头上船，把所有可用的船只和可用的码头通盘筹划一下，对于每一个应搬走的机关，事先和它的负责人接洽好，并不要他们事先都乱七八糟地堆到下关来，要到船都预备好了，然后在指定时间到指定地点，很迅速地把人、物运到，即刻上船，上好就走。如此既不纷乱，船舶使用也可以经济。然而今天他们不管有船无船，不管船大船小，首先把东西运到江边，往往两三天没有走了的很多。日人对于我们迁都的消息，毫无问题地老早知道，设若不是这几天大雨，日人很可能来几次空袭，试问码头上集中如许多的东西，如何得了！

　　船舶管理所把大小轮船扣了大批，商运完全停止，普通人民要走，只有搭外国船。而差船的分配，并不能迅速而确定，各机关彼此还相互争执，又看机关主管力量的大小。命令也不统一，我们搭一只开汉口的商船，最初说不打差，后来说下半部打差，上半部搭客。许多客人已经上船，又来了四个机关的代表，争船不相下，最后还是维持半部打差的原议。正要上公物行李等，一会又被这个机关赶走到那个码头，一会又被那个机关赶得不能靠岸，我们逼得在江中无依无靠地停泊了半天。东耽误，西耽误，共耽误了三天才能动身。如果是有效的管理与支配，这只船动身的时候，应该是在到了汉口再返南京的途中了。

　　许多人民受了这次迁都的刺激，一部分青年官吏对于这种败北主义的表现，都起了绝大的不安。他们怀疑抗战是否还有前途，他们恐惧中华民族是否还可以复兴。这全然是过虑的。这是政府的舆论动员不够，机械的新闻束缚政策，把报上只留了些毫无内容的刻板新闻，大家每天都抢着看报，但是谁看了报也不肯相信。南京这样大的搬家事实，报上一个字不提，以为这样就瞒过了民众，免得动摇了人心，这无异偷铜铃恐怕被人听见，而自己堵塞了耳腔。这种作法只有加强人民的恐慌，强化社会的不安。正当的办法，此时的新闻政策，应当尽量公开讨论迁都问题，而且尽量说明战局的发展和敌我的形势，尤其要说明迁都的意义不是败退，而是安全的策动抗战的步骤。就是要在舆论上说服人民，并且指导人民以应付新事变的态度和方法，这样人心自可稳定，后方人心稳定，始可坚定前线的军心。南京安全的地方，已经如此慌张，那前线数十万的将士，不知将如何过活了。

　　上述不合理的事实，不足以说明抗战前途的悲观，不足以说明最高统帅的抗战决心不够，更不足以说明中华民族将不会有辉煌的前途，这只是若干官吏表现了腐败与无能。为了抗战，为了保障我们自己和子子孙孙不作奴隶牛马，我们要求刷新政治机构，要求舆论有批评政治腐败部分的自由。我们要后方的政治机构，能如前线将士一样，发出强大的支持抗战的力量。

1.洋管事

船快到南通天生港，太古公司船上的"管事"和旅客们谈话。旅客们问他南通天生港下船后的交通情形。他以不圆满的神气陈述南通口岸间交通状况，因为那一段完全是中国人经营的交通路线，对于英商太古公司的利益，当然不会十分无抵触的。末后，他又兴奋地打着上海腔，内中夹一两句英语，他说："口岸就有了我们的——当然这个'我们'是指太古公司——船了。'我们'现正在调动小火船，打算把口岸和天生港的内河航路，也由'我们'来行驶。以后搭'我们'公司的客人，就方便得多了。"

也是这位管事，在船上正开午膳的时候，他在大餐室正忙于伺候外国上宾。住在大餐间的朋友陈国光先生，却放弃了他在大餐室进餐的权利，而一定要陪我这统舱客到官舱里去买饭吃。因为时间上还有等待，我们就在他的房间里按电铃叫茶房拿开水来。谁知来的是那位管事，新装上一副盛气凌人的面孔。这可奇怪了，我们正想不出这个奇事的缘故，管事先生开尊口了："外国人——他说这三字又重又轻，重是表示他对于'外国人'的尊崇，轻是恐怕他的说话被'外国人'听见——正在吃饭，你们按什么铃！要是外国人知道了，他又要怀疑在大餐间用膳客人外，我还私卖了票位。"他知道我们是要开水，赶紧和我们解决以后，又匆匆去换上另一副奴颜婢笑去伺候外国人。

生活是人类活动的中心，人的意识根据这个来决定。这位管事，他生活在外国轮船公司里，而且有着较好的地位，较好的生活，眼看着还有较好的前途。他不自觉地忘记了他所属的国家和民族。改造意识，只有从改造生活环境下手，才是最有效的办法。

2.官僚行径

下关中国旅行社的大门上，白粉笔写着："某日某日某日船票已经卖光，欲乘某轮者，请自己在某码头等候。"所谓"自己……等候"的意义，是票没法可想，你如果能挤上，那看自己的造化。旅行社是被人相信在交通上总有办法的，大门尽管不开，比较有地位的逃难者会从后门走进旅行社来，要求里面的办事员想法。他们被逼不过，只好想出一个不负责任的办法：船位是没有，如果客人一定要票，只好无限制地卖，但是声明两点：（一）有票不一定有船，更谈不上固定的舱位。（二）走不了可以不打折扣地退票。于是若干官员们你买十五张，我买二十张，顿时间卖出去了几百张票。有一位大约平日用惯了"密谈"的方法，他轻语要给那位卖票员以某种好处，而以安慰他"太忙"为口实。谁知那位青年卖票员，在百忙中很简单地答复他："忙是我们的本分！"于是他要卖票员"不找零头"，送他"喝茶"，卖票员却坚持要"了清手续"。最后他拉着卖票员的衣袖，要他到旁边"说个话"，而卖票员头都不抬地说："我太忙，要说话把这些事完了再说。"似乎这位"厚情厚意"的老经验家急了，他声音提高了："来，我有事，一会就走了……"对方的回声是仍然自尊地平淡："好的，说不定我们不久也要到汉口。"

3.离奇消息

在民生公司负责人方面，知道了官方同意民俗轮可以卖票，于是我们一些旅客买票上船。当天已经看到几次变化：有时说官方要封，有时又说可以放行，茶房看形势不对，已经把铺开的卧具收回去了。看看已经不行，晚间公司方面又来喜讯，说民俗半截搭客的办法，仍然交涉成功，我们于是开始重新铺开就寝。

次晨，大概四时光景，我为船上纷乱的脚步声和谈话声惊醒；原来是民生公司南京负责的两位经理，上船通知客人们重大消息，说是差船管理的当局通知他们，民俗轮仍要封差，只是不是开往旁的地方，而是为某部长要在大江中办公之用，并且限令客人们于晨七时前即刻下船，十时某部长即要驾到。这是值得重大思维的消息！已三番五次周折而得了一半自由的船只，在这深更漏夜突然说某部长要在这船上江中办公，岂不是天明后南京军情有什么重大变化吗！当然，战时军事高于一切，我们只好起身准备下船。而且考虑到如果是日机大举轰炸南京，我们就跑到远离码头的空野地上，敬候我们的命运。

幸而来了一只民宪轮，差轮管理员也过意不去，把我们这些如羔羊式的客人再哄上船去，经公司经理提出以民宪替民俗的办法，几经往复，我们才又被放过。

4.无理羁留

民俗轮好容易从下关开动了。四小时的夜航，二十一日晨间三时，到达芜湖。因为预定要装某机关的公物，装好再继续西开。但是到芜湖查问，货并没有到，据负责人说是二十日夜间从南京用火车运芜，则无论如何二十一日晨可到，因为京芜间只有三小时的车程也。然而东等无消息，西等无消息，改装他项重要公物，亦遭坚决拒绝，一直停了二十五小时，在全船愤怒之后，多方说项，仍不能得押船人员之许可，他一切都要等候南京主管机关的命令。货既未到，而天气已晴，久苦阴雨之日机，定在京芜一带码头车站大肆活动。我们无端停在芜湖码头上，不是把已装公物和如许多的客人，一齐放在不必要的危险线上吗？幸船中有黄膺白夫人在，她不愿受政府差船上免票的待遇，而自己购票乘民俗，她本于旅客本身的权利，仗义主持，民俗轮始得开出。开出不久，船中无线电即接南京空袭警报，接着来的消息是："日机二十二架袭南京！"全船客人无不同声感谢黄夫人。

5.纵谈

船上餐室是大家的俱乐部。

左舜生先生本来是国家主义派的巨头，他籍隶湖南，因此过去和毛泽东林祖涵徐特立诸人有相当的来往和交情。他说毛泽东之为人，生活刻苦严正，相当受中国理学影响。他的岳丈杨昌济有英国"绅士风格"，因他是杨的得意门生，所以亦不无影响。毛在长沙时，不相信"洞庭湖八百里"这一句，他想实验洞庭湖究竟有无八百里，因此穿了湖南木屐，绕着湖走了一圈！

话又转来问李景汉先生，因为他同定县平教会有关系，因此就问起他关于晏阳初先生最近所鼓吹的"农民抗战运动"。

目前中国表现着民众运动的有两种方式：一种是政府的保甲运动，一种是共产党所提出以改善人民生活为基点的民众运动；前者是由上而下的，命令式的，后者比较是自下而上，注重人民的自发性；前者是义务单纯的增加，后者是权利义务比例的发展。王又庸先生在杨永泰、熊天一诸氏所主持的剿匪保甲运动中，实施上有不少的经验，他认为那种保甲运动，只是行政机构的延长，为便利政府更切实地指挥民众。这里无民众利益可言，而且组织上只有纵的系统，没有横的联络，这只可以叫做"马尾式的平列"，谈不上"机构"，谈不上"组织"。李先生对于名词上参加了深刻的意见。因此一般说来，晏先生的农民抗战运动，恐怕是仍比较多含战时农民抗战教育运动的成分。

6.李杜时代

因为杜重远先生从芜湖上船，住在李景汉先生原来的铺位，左舜生先生说是"走了李白，来了杜甫"。大家于是从李杜两大诗人的时代背景，想到今天的情况。生死存亡所系的抗×战争，演变到今天这样重大的局面，而政府官吏及地方政治之表现，又如此难令人满意。田汉先生最近从上海到南京，看到迁都景象，慨然叹息："如何肉食锦衣者，竟向江干买客舟！"南京凌乱的时候，许多痛心国事的人都慨然念着"金陵王气黯然收"之句，田汉有一天在某青年军人处会着，他知道南京虽然如此令人不快，实际上仍在某几方面有多少进步，国家大局并不因这一班"肉食锦衣者"之可怜的行径而绝望，于是他的诗上又表现着"国事原来尚可为""金陵王气未全收"了。

似乎李景汉先生感伤得最深。他在河北平原工作之时间很长，然而北平丢了，后来他到绥远、山西，顺次看着绥远、大同、太原之失陷。他离太原南下之时，眼看着增援军队以及伤兵没有车运，而南下火车一列一列的尽是军官和大吏们的家眷、行李、家具，甚至于顶不值钱的木器杂物，也堂而皇之地装在车上！这回他到南京不几天，又遇到南京这样的搬家，"走一处，送一处终！"他感到太无味了。——这种大动乱的时代，构成伟大的诗歌、戏剧和记述的题材。我们可以预料：在这一大时代中，很可能产生比李杜更为充实、更为积极的近代李杜。

7.和不得

南京支那内学院大师欧阳竟无先生，是中国佛学研究上的泰斗，特别在法相宗方面的研究，他有独到的见地，真可以算是这方面光芒万丈的成就；中国名佛学教授汤用彤、熊十力这些大师，都是他的学生。他也搭民俗轮去重庆。现在我们江防重镇的欧阳恪先生，是他的独子。提起"佛"字，令人想起"出世"之想，谁知这位大师出人意表。民俗经理成质夫请他题字，鼓励船员水手，他却写了一篇极有抗战热情的短文，内中有"黄帝子孙决无下人者"之句。随后我问他："听说有人对于目前战局主和的，大师意见如何？"他听到"和"字，愤怒到非同小可。他本是大头隆准巨目的大师，此时特别张大了龙眼，挺着高鼻，举右手直指我的胸膛说："和？哪个说和？和不得的！"歇了歇，他又说："中国过去就误在'和'字上。宋朝亡国，就吃亏在'和'字上。如果'九·一八'当时就和日本打仗，东四省就一定不会失掉。现在还有什么可和！讲和就是汉奸，和，就要万劫不复地亡国！"这位老先生，六十岁了，想不到这样有力；他不仅不是感情主义者，对于胜利的途径，仍有他的研究。他说："只要继续打下去，不怕败，哪怕败到四川、广西；不和，日本就不得了。日本不能令我们屈服，日本又无永远战争的可能：所以终究是我们的胜利！"对于外交与抗战的关系，他也有正确的见解："不过，此时我们能有力地灵活地运用外交，早些在国际上造成对日本的压力，那么我们可以少受些损失，早点获得胜利。"他为了加强国人的信心，反复说明"黄帝子孙决无下人者"的诸种理由。中国不会亡，一定可以最后胜利，他看得清清楚楚。

选自《感慨过金陵》集，大江出版社1938年版

南京的歪风

范长江

在南京住了一个月，这是紧张的夏天。六月，大自然界虽然大体上平静，六月下旬曾经到过福建的飓风，只有它的边缘震荡过南京的上空，没有给南京人留下翻天覆地的印迹；可是，从政治的南京来说，几股大歪风却从南京吹到四方。

到南京第一个印象是当局的"骄风"。"唯我独尊""盛气凌人"等等"气概"，使过惯了解放区平等自由民主生活的人，感到很不舒服，感到屈辱。因为我们是以平等待人的，国民党的代表到我们解放区，我们是以上宾之礼相待的。给他们以物资上的优厚待遇，人情上以必要的照顾，工作上以应有的便利。然而，我们的代表团在南京住的房子，不如国民党七十四军一个营部，交通工具只给了一部吉普车，民主同盟的办事处房子更少。谈判也不很好用协商的办法，动辄单独下命令，不是互尊互让，而是要我们"最后觉悟"。不允许人家出报纸杂志，封了人家嘴巴，还说人家"造谣"。迷信美国武器，动辄就要"戡乱"。

第二股大歪风是"奴风"。把美国人奉为太上皇，美国顾问薪水比百把个中国公务员的还高。见了中国人也以说英语为荣，内河航行权自己奉赠，海关又交给洋人管理，让美军无条约根据地驻在中国领海、领空，任意横行。更出人意料的是，对于中国内政问题，要把"最后决定权"交给美国人。这不仅出之于口，而竟正式出之外交文件。中共和各界人士都不同意时，竟再三用备忘录来催促，要中共赶快承认。这断送主权的办法最后遭到大家反对后，国民党的报纸上竟拿"马帅"来吓人，说马帅都已同意的事，中共竟敢反对，好像"大逆不道"。

第三是"打风"。"六·二三"下关惨案就是代表。上海有一家报纸说"打风还都"，真是一针见血。打手们越来越有进步，几百个人可以围殴十几个手无寸铁的老人与妇女。连打至四次之多，自由打人可达五小时之久，可见"勇气"与"组织"均很可观。手法上也高明多了，打手们可以自称"苏北难民"，打了也可以不负责。打人的调查研究也有进步，打《大公报》高集先生的人说："我晓得你是《大公报》记者，你在重庆的言论就是吊儿郎当。"意思是早就该打。而打《新民报》浦熙修先生的打手说："你民国二十六年进《新民报》时，我就认得你浦小姐了。"可见他十年前已经在下关作难民，苏北未建立民主政权时，他已经预作"难民"以便打人了。六月二十五日，上海人民代表在南京的记者招待会上，打手们也布置得很好，总算葛延芳老先生等修养好，没有打起来。"难民们"本来还决定在六月二十六日大游行，声言还要打几家报馆和中共与民盟的机关，后来各方坚决反对，他们在"发狠"的引诱下，也只集合了百把人，才算决定延期游行。

南京的歪风正吹得起劲，从华盛顿那边也吹来了不正常的气流，它更加重了南京的歪风。这些歪风不制止，中国要遭大殃；纠正这些歪风，主要只有依靠解放区。因此，保卫和建设解放区，成为目前全国最首要的工作。（七月二日自南京发）

选自1946年7月11日《新华日报》

辰子说林（节选）

张慧剑

南 京

可忆念哉，十五年前之南京学生生活也。

已不记为何岁，但知为一秋夜，忽集数学友，作夜游。至明故宫，稍向东北行，时有路上朝阳门，无多树，一望废墟，而旧时宫路，为妍月所照，犹有天街如水之意。叩古物保存所之门，无应者，欲得茶也。其后似曾出城，戍卒何以竟允，亦都不忆，但观城外风月，大异市厅：

钟山演迤于前，峰半受月。其月力所不及处，翕然内凹，仰之弥高；而青苍压眉，意大愉适。彼时若已有天文台等建筑，必无此种高纯之美。

一河循城垣北流，逐之行，可至明孝陵。相拥前进，得小塘一方，与河流接。塘角有大石，凸出水面寸许，水过作声如琴。天上之小云大月，倒映入水，滃秀如画，水光反射，清可沐发。此种意境，为定都后所不易再得者；盖辇资数十百万，修沥青路，造大宫室，力犹不能至此也。

回忆中南京之美，吾无俊笔，无能写之。顾三年之别，苦念不忘，虽不俊笔，亦岂能竟不写之哉？

静海寺

中英《南京条约》，今年（一九四一年）恰满一百年，吾因之而颇有所思。

南京条约签字地，为南京下关之静海寺，当一八四二年，清政府代表耆英等，与英人画诺于此时，寺中正盛开菊花。当时庙宇尚俊整，百年中，日见陵夷。入民国时，剩屋不多，设一警察所，嚣然不复成寺。

此寺尚有一古迹，即宋代民族英雄虞允文尝三宿于此寺后，三宿岩之名，即为纪念虞氏而留。在中华外侮史中，宁非一强烈之对照耶？

汪逆在南京，方欲借《南京条约》百年纪念之夜，策动大规模之反英宣传。吾人当提醒汪逆，试往静海寺一观之，该地现已沦为敌海军特务机关所在，日日缚人于此，榜掠呼号之声不绝，倘稍有良知，亦当憬然于为人奴毒，无发言之资格矣。

郑孝胥与南京

取郑孝胥之《海藏楼诗集》，检视其七十年之生活过程，由寒士而巧幕，而诗人，而墨吏，而遗老，而国贼，一变再变，非无由也，盖出身寒微贪得之念遂益强，青年期生活中已视执法为事矣，更何论其老来之人格哉！

诗集中，郑自述其与南京之关系甚详，最早住于马道街"合肥试馆"（似即后来之马道街小学校址，郑系结婚于此），次为教敷营，系"内政部"后一小巷，邻接南京著名之旧文化街"状元境"，此屋低潜暗陋，后辗转为友人某君所得，犹于夹壁中得郑手书饰窗之纸若干。三迁四条巷，仍为寄居性质，最后居于棉鞋营，始为自屋，即所谓"濠堂"者是也。十年前，曾出租与人，改为茶园。

观郑所居诸屋，皆低檐复室，阴暗且冷，无"高华"之象，颇可反映其精神生活，故世之识郑者，皆议其峭薄深险，不成端品；盖根性如此，无可如何也。

孝陵樱

"辇道飘香感废兴，髯翁风味走花塍。当时被发伊川痛，万树樱花种孝陵。"此刘成禺忆江南诗之一也。

战前数年，倭人日言亲善，而百出其计以凌我。某次，以彼国樱花数百本见赠，必欲种之陵园，使我地增此东洋风景，我不能拒，杂植之于明孝陵隙地，而旅京倭人遂日挟肥女来此徘徊。予曾于其地两见须磨弥吉郎（驻京倭总领事），一次意摧酒歌呼花下，为之悲愤无已。

今不知作何状矣，他日振旅还京，必尽删之，断不许此贱蕊，永污我雄陵也。

江南情调

冀野自西北劳军归，舟行过高家铺，成一诗："路转峰回天未晚，高家老铺一停舟。崖问叫卖葵瓜子，错认烹茶得月楼。"得月楼，南京文德桥畔一茶肆，历史殆近六十年。矮阁邻水，甚饶风致，冀野居京时，常约友朋茗话于此，或有幼妇挈筐来卖葵瓜子，一铜元一掬，此纯粹之江南情调，已五年阔别矣，不意冀野乃于数千里外之巴蜀得而重温之，诗虽澹婉，而其意固甚楚也。

斗门桥

某君新自南京潜踪来，语予"倭人正以种种方法为南京易容，北区多东洋风之建筑，鸭蛋式之纸灯尤为一时风尚；日本有若干小趣味之事物。为吾人平日所喜，承认其有欣赏上之价值者，此时充斥南京，一见即令人生'文化主奴易位'之感。惟东城西城一带，仍保持百分之百的民族色彩，斗门桥已成为此区域重心，新开一乐肆，悬旧式厅堂之六角灯，以三五乐人吹唢呐打鼓为庆，不知何故，使人感味一种亲切，几至于下泪"云云。

斗门桥之影像，遂若霍然出现于眼前。此桥在历史上曾担负一大耻辱，南唐李后主即迎降曹彬于此。予昔在京，家居西区，晨夕行经，每对之而挥发历史的感情，如见后主当日青衣小帽过桥光景。然后主之亡，不过为一王朝之起仆，非沦于外敌，犹非甚辱。千年后更目击汪兆铭辈之膝行，则此桥之大不幸也！

除 夕

某年除夕独往莫愁湖（南京）散步，黄仲则诗所谓"悄立市桥人不识，一星如月看多时"者，吾乃深切体味之。此境一生能几回得，吾今犹念之不已也。

尚忆湖巷人家多养鸭，又多媚神，是夜满地植烛，鸭作惊啼，一鸭破离出走，众噪遂之，吾遥观以为趣。又见一寒鸟，掠湖水向对岸飞去，影一团，疾沉于墨绿色之夜景中。

吾念此种境象，将为吾毕生美秀之回忆，低徊歌啸者久之，此事去今亦十余年矣。

灵谷寺后

灵谷寺在民国十六年南京建都前，地既僻隘，访者甚稀。寺最后，志公塔，一僧居之，其面瘦小如婴，且作死灰色。吾合数友往游，此僧方饭，舍箸即起，视其所食为何？则豆渣一钵，搅以油盐少许，别一小器，置萝卜脯数片，僧恶然曰："我辈苦人耳！"出至前殿，则两贼秃足恭向前，且曰："公等烧香来耶？"一甚胖，一则瘦有髯，满面笑肉，灵谷佳地，着此恶物，我辈皆为太息。

未几，南京建都，灵谷渐成闹地，志公塔旧址，改植纪念塔，豆渣和尚为寺长所逐，遂流居山中，为制草鞋匠，见吾犹识，合十言曰："我辈苦人耳！"

后不知所终。

选自《辰子说林》，上海书店出版社1999年版

丹凤街（节选）

张恨水

自　序

民国二十三四年间，予住南京丹凤街不远之住宅区。每夜半自报社工作归，见受训市民于街灯尚明中，辄束装裹腿，成群赴夜校操练，心窃慕之。因特于一二清晨往观其下操情态。至则灰色服帽之壮丁，束戴简洁，队形整齐，群集场上。每一口令下，持枪上刀，动作敏捷，宛如军人。且悉知其数，将达二十万名。私念一城之壮丁如此，全国可知。即此一事，将不患与倭人一战矣。及晨操即毕，壮丁散队回家，陆续互去其武装，一一验之，则其人也，非商店中持筹码算盘者，即街头肩挑负贩之流。平日视其行为，趋逐蝇头之利，若不足取，而其一旦受军事训练，则精神奋发，俨然干城之寄。人之贤不肖，孰谓为一定不移之局乎？有此一念，当日便欲取其若干人物以描写之，藉以示士大夫阶级。特以人事冗杂，未能如愿，而心固未忘其人也。二十七年予入川，而首都已失。闻倭寇入城之际，屠我同胞达二十余万，壮年男子被杀居多。则我当日所见去其扁杖竹箩束装裹腿以受训者，有若干恐不免于难矣！一念至此，心辄凄然。顾予又知此辈受下层社会传统习惯，大半有血气、重信义，今既受军训，更必明国家大义，未可一一屈服，若再令其有机会与武器，则其杀贼复仇，直意中事耳。云天东望，予固深深寄其祷祝焉。予何以知其然也？予于彼等平日私人行为，有以知之，此私人行为，即本书中所述之故事也。读者试思之，舍己救人、慷慨赴义，非士大夫阶级所不能亦所不敢者乎？友朋之难，死以赴之，国家民族之难，其必溅血洗耻，可断言也。

此书故事虽十九为予所虚构，而其每个人之性格与姿态，则予当年住丹凤街畔，有以摄印于脑中，今特融化为故事中之角色以使其逼真。是固写小说者之故技，大抵如此，非予独为之也。当予之有意写此故事时，实为怀念丹凤街人，初意欲分为两大部：一部写肩挑负贩者之战前生活，一部则为战时景况。继予念南京屠城之惨，及市民郊外作游击战之起，不容以传闻幻想写之，遂决定先完成上部，每月写书一章，付上海发行之杂志发表。又以上海虽为孤岛，敌人犹得干涉之，则名书曰《负贩列传》，初不欲敌人知为抗战之作也。写书将二年，未能毕事，而太平洋战起。上海既完全沦陷，予亦因之而搁笔。去冬清理残稿，友人取而读之，则喜甚。且曰：此较君一般著述者别有风格，何不卒成之乎？书若在大后方印行，可畅所欲言也。予闻而意动，将陈稿校阅一过，自觉亦颇可用，乃更续书数章，使主角故事告一段落，并结束之于壮丁受训，而更名曰《丹凤街》。以地名者，特重其地，盖犹欲能他日回归丹凤街头，访其人面谈之，更写有声有色之一页也。抗战而后，予所写小说，恒不欲其与时代脱节，此书开端，初若与抗战无关，予今先说明其背景，更证以其人其地，则读者于其最后之一结也，亦复许其有所贡献于将来乎？

　　　　　民国三十二年三月张恨水序于重庆之南温泉

诗人之家

　　"领略六朝烟水气，莫愁湖畔结茅居。"二十年前，曾送朋友一首七绝，结句就是这十四个字。但到了前几年，我知道我这种思想是错误的。姑不问生于现代，我们是不是以领略烟水为事，而且六朝这个过去的时代，那些人民优柔闲逸、奢侈及空虚的自大感，并不值得我们歌颂。其实事隔千年，人民的性格也一切变迁，就是所谓带有烟水气的卖菜翁，也变成别一类的人物了。这话并非出于武断，我是有些根据的。前几年我家住唱经楼，紧接着丹凤街。这楼名好像是很文雅，够得上些烟水气。可是这地方是一条菜市。当每日早晨，天色一亮，满街泥汁淋漓，甚至不能下脚。在这条街上的人，也无非鸡鸣而起，孳孳为利之徒，说他们有铜臭气，倒可以；说他们有烟水气，那就是笑话了。起初我是烦厌这个地方，但偶然到唱经楼后丹凤街去买两次鲜花，喝两回茶，用些早点，我又很感到兴趣了。唱经楼是条纯南方式韵旧街。青石板铺的路面不到一丈五尺宽，两旁店铺的屋檐，只露了一线天空。现代化的商品也袭进了这老街，矮小的店面，加上大玻璃窗，已不调和，而两旁玻璃窗里猩红惨绿的陈列品，再加上屋檐外布制的红白大小市招。人在这里走，像卷入颜料堆。街头一幢三方砖墙的小楼，已改为布店的庙宇，那是唱经楼。转过楼后，就是丹凤街了。第一个异样的情调，便是由东穿出来的巷口，二三十张露天摊子，堆着老绿或嫩绿色的菜蔬。鲜鱼担子就摆在菜摊的前面。大小鱼像银制的梭，堆在夹篮里。有的将两只大水桶，养了活鱼在内，鱼成排地在水面上露出青色的头。还有像一捆青布似的大鱼，放在长摊板上砍碎了来卖，恰好旁边就是一担子老姜和青葱，还很可以引起人的食欲。男女挽篮子的赶市者，侧着身子在这里挤。过去一连几家油盐杂货店，柜台外排队似的站了顾客。又过去是两家茶馆，里面送出哄然的声音，辨不出是什么言语，只是许多言语制成的声浪。带卖早点的茶馆门口，有锅灶叠着蒸屉，屉里阵阵刮着热气，这热气有包子味，有烧卖味，引着人向里挤。这里虽多半是男女佣工的场合，也有那勤俭的主妇，或善于烹饪的主妇，穿了半新旧的摩登服装，挽了个精致的小篮子，在来往的笋担堆里碰撞了走。年老的老太爷，也携着孩子，向茶馆里进早餐。这是动乱的形态下，一点悠闲表现。这样的街道有半华里长，天亮起直到十点钟，都为人和笋担所填塞。米店、柴炭店、酱坊、小百物店，都在这段空间里，抢这一个最忙时间的生意。过了十二点钟人少下来，现出丹凤街并不窄小。它也是旧街巷拆出的马路，但路面的小砂子已被人脚板磨擦了去，露出鸡蛋或栗子大小的石子，这表现了是很少汽车经过，而被工务局忽略了的工程。菜叶子、水渍、干荷叶、稻草梗，或者肉骨与鱼鳞，洒了满地。两个打扫夫开始来清除这些。长柄竹扫帚刷着地面沙沙有声的时候，代表了午炮。这也就现出两旁店铺的那种古典意味。屋檐矮了的，敞着店门，里面横列了半剥落黑漆的柜台。这里人说话，也就多操土音，正像这些店铺，还很少受外来时代之浪的冲洗。正午以后，人稀少了，不带楼的矮店铺，夹了这条马路，就相当的清寂。人家屋后，或者露出一两株高柳，春天里飞着白柳花，秋天里飞着黄叶子，常飞到街头。再听听本地人的土音，你几乎不相信身在现代都市里了。这样我也就在午后，向这街南的茶馆里赏识赏识六朝烟水气。然而我是失败的。这茶馆不卖点心，就卖一碗清茶。两进店屋，都是瓦盖，没有楼与天花板，抬头望着瓦一行行的由上向下。横梁上挂了黑电线，悬着无罩的电灯泡。所有的桌凳，全成了灰黑色。地面湿粘粘的，晴天也不会两样。卖午堂茶的时候，客人是不到十停的一二停，座位多半是空了，所有吃茶的客人，全是短装。他们将空的夹篮放在门外，将兜带里面半日挣来的钱，不问银币铜元钞票角票，一齐放在桌上，缓缓地来清理。这是他们每日最得意的时候。清理过款项之后，或回家，或另找事情去消磨下半日。我彻底观察了之后，这哪有什么卖菜翁有烟水气的形迹呢？可领略的，还是他们那些铜臭气吧？这话又说回来了，我们睁睁眼看任何都市里，任何乡村里，甚至深山大谷里，你睁开眼睛一看，谁的身上，又不沾着铜臭气？各人身上没有铜臭气，这个世界是活不下去的。于是我又想得了一个短句："领略人间铜臭气，每朝一过唱经楼。"我随拿面前的纸笔，写了一张字条，压在书桌上砚台下，不料骑牛撞见亲家公，这日来了一位风雅之士许樵隐先生，一见之下，便笑说："岂有此理！唱经楼是一个名胜所在，虽然成为闹市，与这楼本身无干，你怎么将名胜打油一番？"我说："我并非打油。我们自命为知识分子，目空一切，其实是不知稼穑之艰难。不知市价之涨落。生当今世，我们要与社会打成一片，这种和社会脱节的生活，是不许可的。便是这动荡的世界，不定哪一天，会有掀天的巨浪，冲到我们的生活圈里来。我们那时失了这长衫阶级的保障，手不能提，脚不能走，都还罢了；甚至拿了钱在手上还不会买东西，那岂不是一场笑话？未雨绸缪，趁着现在大风还没有起于蘋末，常常和市井之徒亲近亲近。将来弄得文章不值一钱，在街头摆个小摊子，也许还可以糊口。"许先生笑道："你这真是杞人忧天。纵然有那么一日，文人也不止你我二个。就不能想个办法，应付过去吗？若是真弄到沿门托钵，那我不必去为这三餐一宿发愁，应当背了一块大石，自沉到大江里去。"我笑说："果然如此，你倒始终不失为风雅之士。"我这样一句无心的话，谁知许樵隐认为恭维得体！笑道："我家里有新到的真正龙井明前，把去年冬天在孝陵梅花树上收来的雪水，由地窖里掘一壶起来，烧着泡茶你喝，好不好？假如你有工夫的话，可以就去。"我笑说："这些东西，你得来都不容易，特意拿来请我，未免太客气了。"他说："这倒无所谓特意不特意，不过我两个人品茶，要开一个小瓮；许多人喝，也不过开一个瓮。瓮泥开了封，是不能再闭上的。仲秋的时候，天气还热，雪水怕不能久留。这样罢，今天夕阳将下去时，在我家里，开一个小小的诗社。你我之外，鸡鸣寺一空和尚是必到的。四大山人，我也可以邀到，此外再约两位作诗的朋友，就可以热闹一下了。"我说："我不会作诗，我迟一日去喝茶罢。"樵隐道："老早你就要四大山人给你画一张画，今天可以当面和他要。你为什么不去？你所要的两支仿唐笔，我也可以奉送你。"我心想：四大山人的画那倒罢了，听到樵隐和一个高等笔匠认识，定做得有许多唐笔，这是钱买不到的东西，不可失了，就答应了许先生的约会。他透着很高兴，带了笑容告辞而去。他家和我家相去不远，就在丹凤街偏东，北极阁山脚下空野里。后面有小山，前面两排柳树围了一个大空场，常有市民在那里自由运动。他家是幢带院落的旧式平房，经他小小布置，也算幽人之居。我因仰慕风雅之名，也去过两次的。到了这日下午五点钟左右，我抽得一点工作余暇，就向他家去奉访。他家大门，是个一字形的，在门框上嵌了一块四方的石块，上有"雅庐"两个大刻字。两扇黑板门，是紧紧的闭着，门楼墙头上，拥出一丛爬山虎的老藤，有几根藤垂下来，将麻绳子缚了，系在砖头上。这因为必须藤垂下墙来，才有古意，藤既不肯垂下来，只有强之受范了。这两扇门必须闭着，那也是一点雅意，因为学着陶渊明的门虽设而常关呢。我敲了好几下门环，有一个秃头小孩子出来开了门。进去是一个二丈宽，三四丈长的长方形小院子。靠墙一带种了有几十竿竹子。在东向角落里，有十来根芦柴杆子，夹着疏篱，下面锄松了一块泥土，约莫栽有七八株菊花秧子。那芦杆子夹有一块白木板子，写了四个字道：五柳遗风。我心里也就想着，陶渊明东篱种菊，难道就是这么一个情形？那秃头孩子见我满处打量着，便问道："你先生是来作诗的吗？"这一问，我承认了觉得有点难为情，不承认又怕这孩子不会认我是客，便笑道："我是许先生约了来的。"那孩子笑道："请到里面去坐，已经来了好几位客人。"说着，他引着我穿过正中那间堂屋。后进屋子，也和前进一样，天井里有两个二尺多高的花台，上面栽了些指甲草、野茉莉花。正中屋檐下，牵下十几根长麻索，钉在地面木桩上，土里长出来牵牛花、扁豆藤，卷了麻索，爬到屋椽子边去，这仿佛就很是主人翁雅的点缀。那里面正是书斋，但听到宾主一片笑语喧哗之声，我还没有开言，主人翁在窗户里面，已经看到了我，笑道："又一诗人来矣。"说着，他迎出了门来，在屋檐下老远地拱手相迎。我随他进了书斋，这里面已有一个矮胖和尚，两个瘦人在座。自然，这和尚就是诗僧一空。那两个瘦人，一个是谢燕泥，一个是鲁草堂，都是诗人。我再打量这屋子，有两个竹制书架，一个木制书架，高低不齐，靠墙排列着。上面倒也实实在在地塞满了大小书本。正中面陈列了有一张木炕，墙上挂了一幅耕雨图，两边配一副七言联：三月莺花原是梦，六朝烟水未忘情。书架对过这边两把太师椅，夹了一张四方桌。桌旁墙上，挂了一幅行书的《陋室铭》。拦窗有一张书桌，上面除陈设了文房四宝之外，还有一本精制宣纸书本，正翻开来摊在案头，乃是主人翁与当时名人来往的手札。翻开的这一页，就贴的是当今财政次长托他收买一部宋版书韵八行。主人翁见我注意到此，便笑道："最近我又收了许多信札。我兄若肯写一封给我，这第二集也就生色不少。"我说："我既不会写字，又不是名人，收我的信札有何用？"许樵隐道："不然，我所收的笔札，完全是文字之交。你就看邵次长写给我的这封信，也就是极好朋友的口吻。他称我为仁兄，自称小弟。"说着将手对着这本子连指了几下。我笑道："主人和我们预备的茶呢？"樵隐道，桌上所泡的茶也是在杭州买来的极好雨前。雪水不多，自然要等朋友到齐，才拿出来以助诗兴。谢燕泥坐在方桌子边，左腿在右腿上架着，正对了桌上一只小蒲草盆子注意，那盆子上画着山水：活像一个艺术赏鉴家。听了这话，把身子一扭转来，笑道："这样说，今天是非作诗不可了。我觉得我们应当玩个新花样，大家联句，凑成一首古风。"鲁草堂在书架下层搬出两木盒子围棋，伸手在盒子里抓着棋子响，笑道："我们不过是消闲小集，并非什么盛会，用古风来形容，却是小题大做，倒不如随各人的声思，随便写几首诗，倒可以看看各人的风趣。"许樵隐道："我是无可无不可，回头我们再议。现在，哪两位来下一盘棋？"他说着，在书架上书堆里抽出一张厚纸画的棋盘，铺在桌上，问和尚道："空师之意如何？"一空伸出一个巴掌，将大拇指比了鼻子尖，弯了腰道："阿弥陀佛。"谢燕泥笑道："他这句阿弥陀佛，什么意思？我倒有些不懂。"许樵隐道："这有什么不懂呢？他那意思是说下棋就动了杀机。"鲁草堂笑道："和尚也太做作，这样受着拘束，就不解脱了。"许樵隐道："他这有段故事的，你让他说出来听听。"一空和尚听到这里，那张慈悲的脸儿，也就带了几分笑容，点点头道："说说也不妨。早几年我在天津，息影津沽的段执政要我和他讲两天经，我就去了。我到段公馆的时候，合肥正在客厅里和人下棋。我一见他就带了微笑。合肥也是位佛学造诣很深的人，他就问我，这笑里一定有很重大的意思。我说：'执政在下棋的时候，要贫僧讲佛经吗？'合肥正和那个对手在打一个劫，我对棋盘上说：'如果是事先早有经营，这个劫是用不着打的。'合肥恍然大悟，顺手把棋盘一摸，哈哈大笑说：'我输了，我输了。'从此以后，合肥就很少下棋。纵然下棋，对于得失方面，也就坦然处之。合肥究竟是一个大人物，我每次去探访他，他一定要和我谈好几点钟，方外之人，要算贫僧和他最友善了。"鲁草堂道："合肥在日，不知道禅师和他这样要好。若是知道，一定要托禅师找合肥写一张字。"许樵隐道："当今伟大人物，他都有路子可通，还不难托他找一两项名人手笔。"和尚听了这话，颇为得意，微微摇摆着秃头，满脸是笑。谢燕泥道："我们虽是江南一布衣，冠盖京华，颇有诗名，平常名人的手笔，自然不难得，可是数一数二的人物，就非想点办法不可。最近刘次长答应我找某公写一张字，大概不日可以办到。"鲁草堂笑道："托这些忙人，办这种风雅事，那是难有成效的。王主席的介弟，和我换过兰谱的，彼此无话不谈。"一空和尚插嘴笑道："那么，鲁先生也就等于和王主席换过兰谱了。"鲁草堂道："正是如此说。可是王主席答应和我写副对联，直到现在还没有寄来。"我觉得他们所说的这些话，我是搭不上腔，就随手在书桌上拿起一本书来看。那正是许樵隐的诗草，封面除了正楷题签之外，还盖了两方图章，颇见郑重其事。我翻开来一看，第一首的题目，便是"元旦日呈高院长"，以下也无非敬和某公原韵，和恭呈某要人一类的诗题。我也没有去看任何一首诗的内容，只是草草翻看了一遍。就在这时，听到许樵隐发出一种很惊讶的欢呼声，跑了出去迎着人道："赵冠老和山人来了。"我向窗子外看时，一位穿灰绸夹袍，长黑胡子的人，那是诗画名家四大山人。其余一个人，穿了深灰哗叽夹袍，外套青呢马褂，鼻子上架了大框眼镜，鼻子下养了一撮小胡子。在他的马褂纽扣上，挂了一片金质徽章。一望而知他是一位公务人员。这两人进来了，大家都起身相迎。许樵隐介绍着道："这位赵冠老，以前当过两任次长，是一位诗友。于今以诗游于公卿之间，闲云野鹤，越发是个红人了。"我这才知道，这就是以前在某公幕下当门客的赵冠吾。他虽不是阔人，却不是穷措大，何以他也有这兴致，肯到许樵隐家来凑趣？倒蒙他看得起我，丢开了众人，却和我攀谈。大家说笑了一阵，那四大山人就大模大样坐在旁边太师椅上，手摸了长髯，笑道："主人翁请我们品茶，可以拿出来了。"许樵隐笑道："已经交代家里人预备了。"说着他就进进出出开始忙起来。先是送进来一把紫泥壶和几个茶杯，接着又拿出一个竹制茶叶筒来。他笑道："这是我所谋得的一点真龙井。由杭州龙井边的农家在清明前摘的尖子。这装茶叶的瓶子，最好是古瓷，紫泥的也可以，但新的紫泥，却不如旧的竹筒。因为这种东西，既无火气，也不透风，也不沾潮。平常人装茶叶，用洋铁罐子，这最是不妥。洋铁沾潮易锈，靠近火又传热，茶叶在里面搁久了就走了气味。"一空和尚笑道："只听许先生这样批评，就知道他所预备的茶叶，一定是神品了。"许樵隐听了这话，索性倒了一些茶叶在手心里送给各人看。谢燕泥将两个指头钳了一片茶叶，放到嘴里咀嚼着，偏着头，只管把舌头吮吸着响，然后点点头笑道："果然不错。"许樵隐道："我已经吩咐家里人在土里刨出一瓷罐雪水了，现在正用炭火慢慢地烧着，一下子就可以请各位赏鉴赏鉴了。"说着他放下茶叶筒子走了。我也觉得他既当主人，又当仆人，未免太辛苦了，颇也想和他分劳。他去后，我走到天井里，要看看他花台子上种的花，却是秃头孩子提了一把黑铁壶，由外面进来，却远远地绕着那方墙到后面去。听了他道："我在老虎灶上，等着水大大的开了，才提回来的。"我想着站在那里，主人翁看到颇有些不便，就回到书房里了。不多一会，许樵隐提了一把高提梁的紫泥壶进来笑道："雪水来了。不瞒诸位说，家里人也想分润一点。烧开了拿出来泡茶的，也不过这样三壶罢了。"说时，从从容容地在桌上茶壶里放好了茶叶。就在这时，那秃头童子用个旧木托盆，把着一只小白泥炉子，放在屋檐下。许樵隐将茶叶放过了，把那高提梁紫泥壶，放到炉子上去。远远的看到那炉子里，还有三两根红炭。许樵隐伸手摸摸茶壶，点点头，那意思似乎说，泡茶的水是恰到好处；将水注到紫泥壶里。放水壶还原后，再把茶壶提起，斟了几杯茶，向各位来宾面前送着。鲁草堂两手捧了杯子，在鼻子尖上凑了两凑，笑道："果然的，这茶有股清香，隐隐就是梅花的香味儿，我相信这水的确是梅树上打下来的雪。"我听这话，也照样的嗅嗅，可是闻不到一点香气。谢燕泥笑道："大概是再没有佳宾来到了，我们想个什么诗题呢？"赵冠吾笑道："还真要作诗吗？我可没有诗兴。"四大山人一手扶了茶几上的茶杯，一手摸了长须道："有赵冠老在场的诗会，而赵冠老却说没有诗兴，那岂不是一个笑话？至少也显着我们这些人不配作诗。"赵冠吾觉得我是不能太藐视的人，便向我笑道："足下有所不知，我今天并非为作诗而来，也不是为饮茶而来。这事也不必瞒人，我曾托樵隐兄和我物色一个女孩子。并非高攀古人的朝云、樊素，客馆无聊，找个人以伴岑寂云耳。据许兄说，此人已经物色到了，就在这附近，我是特意来找月老的。"说着嘻嘻一笑。我说：
"原来赵先生打算纳宠，可喜可贺。这种好事，更不可无
诗。"那四大山人手摸胡须，昂头大笑一阵，因道："不但赵
冠老应当有诗，就是我也要打两首油。冠老今天不好好作两首
诗，主人翁也不应放他走的。"赵冠吾笑道："作诗不难，题
目甚难。假如出的题目颇难下笔，诗是作不好的。"一空和尚
笑道："赵先生太谦了。世上哪里还有什么题目可以把大诗家
难倒的？"许樵隐笑道："然而不然，赵冠老所说的题目，是
说那美人够不够一番歌咏。可是我要自夸一句，若不是上品，
我也不敢冒昧荐贤了。"他说着，又提了外面炉子上那个壶，
向茶壶里注水。赵冠吾道："以泡茶而论，连炉子里的炭火，
都是很有讲究的，岂有这样仔细的人。不会找一位人才之
理？"这两句话把许樵隐称赞得满心发痒，放下水壶，两手一
拍道："让我讲一讲茶经。这水既是梅花雪，当然颇为珍贵
的，若是放在猛火上去烧，开过了的水，很容易变成水蒸气，
就跑走了。然而水停了开，又不能泡出茶汁来，所以放在炉子
上，用文火细煎。"我说："原来还有这点讲究。但是把烧开
了的雪水，灌到暖水瓶里去保持温度，那不省事些吗？"这句
话刚说完，座中就有几个人同声相应道："那就太俗了！"我
心里连说惭愧，在诗人之家的诗人群里，说了这样一句俗话。
好在他们没有把我当个风雅中人，虽然说出这样的俗话，倒也
不足为怪。而全座也就把谈锋移到美人身上去了，也没有继续
说茶经。赵冠吾却笑道："茶是不必喝了，许兄先带我去看看
那人，假如我满意的话，回来我一定做十首诗。不成问题，山
人是要画一张画送我的。"四大山人把眉毛微微一耸，连连摸
了几下胡子道："我这画债是不容易还清的。刘部长请我吃了
两三回，而且把三百元的支票也送来了，我这一轴中堂，还没

有动笔。还有吴院长，在春天就要我一张画，我也没有交卷。当我开展览会的时候，他是十分的捧场。照理，我早应当送他一张画了。还有……"他一句没说完，却见许樵隐突然向门外叫道："干什么？干什么？"看时，一个衣服龌龊的老妈子，手提了一个黑铁罐，走到屋檐下来，弯了腰要揭开那雪水壶的盖起来。许樵隐这样一喝，她只好停止了。许樵隐站在屋檐下喝道："你怎么这样糊涂？随便的水，也向这壶里倒着。"老妈子道："并不是随便的水，也是像炉子上的水一样，在老虎灶上提来的开水。"许樵隐挥着手道："去罢！去罢！不要在这里胡说了。"老妈子被他挥着去了，他还余怒未息，站在屋檐下只管是说岂有此理！那几位诗人，在主人发脾气的时候，也没有心思作诗，只是呆呆向书房外面看着。就在这时，许樵隐突然变了一个笑脸，向前面点着头道："二姑娘，来来来！我这里有样活计请你做一做，这里有样子，请你过来看。来哟！"随了这一串话，便有一个十七八岁的姑娘走过来，身穿一件白底细条蓝格子布的长夹袄，瓜子脸儿，漆黑的一头头发，前额留了很长的刘海发，越是衬着脸子雪白。她一伸头，看到屋子里有许多人，轻轻"哟"了一声，就缩着身子，回转去了。许樵隐道："我要你给我书架子做三个蓝布帏子，你不量量尺寸，怎么知道大小？这些是我约来作诗的朋友，都是斯文人。有一位赵先生，人家还是次长呢，你倒见不得吗？"他说着，向屋子里望着，对赵冠吾丢了一个眼色。赵冠吾会意，只是微笑。四大山人笑道："樵兄要做书架帏子，应当请这位姑娘看看样子，这位姑娘又不肯进来。这样罢，我们避到外边来罢。"说时他扯了赵冠吾一只衣袖，就要把他拉到门外来。可是那姑娘，倒微红着脸子进来了。她后面有个穿青布夹袄裤的人，只是用手推着，一串地道："在许老爷家里，你还怕什么？不像自己家里一样吗？人穷志不穷，放大方些。"说这话的人，一张酒糟脸，嘴上养了几根斑白的老鼠胡子，颇不像今忠厚人。那小姑娘被他推到了房门口，料着退不回去，就不向后退缩了，沉着脸子走了进来，也不向谁看看。我偷眼看那位词章名人，却把两道眼光钉定了她的全身。我心里也就想着，这不免是一个喜剧或悲剧的开始。主角当然是这位小家碧玉。至于这些风雅之士，连我在内，那不过是剧中的小丑而已。

这条街变了

这一幕故事的变化，任何人都出乎意外，那个被女诸葛派遣来的洪麻皮，他也只是照计行事，并没有预先防范不测。自秀姐下了他的车子，转身回公馆去以后，赵次长又给了他一块钱，教他走开。他既是个拉车子的，只拉人家三五步路。得了一块钱，那还有什么话说？自然只有走开。不过他想着赵次长真把他当了一名车伕，料着自己的来意，姓赵的未必知道，便把车子拖在大巷子里停着，等着看还有什么变化。直至秀姐坐着赵冠吾的车子走了，他才觉得毫无补救的办法，微微地叹了一口气，站了起来。就在这时，那个戴鸭舌帽子的小赵走过来，脸上带了三分刻毒的笑容，一手插在裤袋里，一手指了洪麻皮的脸道："便宜了你！你还不快回去，还打算等什么呢？"洪麻皮已是扶起了车把，向他看了一眼，自拖着空车子走了。他在赵冠吾一切举动上，料得杨大嫂的阴阳八卦，已在他手上打了败仗。杨大个子这班朋友，正还在马路上痴汉等丫头，应当赶快去给他们送个信，也好另想法子来挽救这一局败棋。如此想着，就依然顺了原来计划抢人出城的路线走。在南门内不远的马路上，只见杨大嫂站在一棵路树下，正不住地向街心上打量着。她看到洪麻皮拖了一辆空车子过来，立刻抢了向前，迎着低声问道："怎么回事？怎么回事？"她说着人走到车子前，手将车把拉住。洪麻皮把车子拖到路边上，摇摇头道："完全失败了。"杨大嫂子站在路边，向他身上打量了一番，红着脸道："那怎么回事？"洪麻皮扶了车把站定，刚刚只报告了几句，却见那个戴鸭舌帽的小赵，手扶了脚踏车，同着一个歪戴呢帽子的人，在蓝夹袄上，披了一件半旧雨衣，一只手插在雨衣袋里，一只手指了杨大嫂道："我由丹凤街口跟着你到这里，我看见你在这里站了三四个钟头了。好是赵先生把你机关戳破，不愿和你们一般见识，要不然，立刻请你们黑屋子里去坐坐。还不给我快滚！"说着，他抬起一只皮鞋，踢了车轮子一脚。杨大嫂又气又怕，脸色红里带青，说不出话来。看这两人时，他们斜横着肩膀走了。杨大嫂呆了一呆，望着洪麻皮道："事情既然弄糟，你拉了一辆车子，怪不方便，你先把车子送交原主子，我一路去看大个子他们几个人。我一个女人，不怕什么。"说着，她抽身立刻奔出南门去了。洪麻皮年纪大些，胆子也就小些，把车子送回了原主，既不敢到杨家去，又不愿一人溜走，就到丹凤街四海轩茶馆里去坐着。原来自从洪麻皮在三义和歇了生意了，杨大个子这班朋友，都改在四海轩，喝茶。这是下午两点钟的时候了，阴雨已经过去了，天上云片扯开来，露出了三春的阳光。丹凤街那粗糙的马路皮，已有八分干燥。打扫伕张三子，拿了一柄竹排扫帚，正在扫刷路边洼沟里的积水，扫到四海轩门口，一抬头看到洪麻皮坐在屋檐下一张桌上，两手捧了茶碗，向街头上望着。他所望的地方是对面人家的屋瓦，太阳晒着，上面出着一缕缕的白气，像无数的蜘蛛丝在空中荡漾。张三子想着，这还有什么看的？他必是想什么出神，便问道："洪伙计，好久不见了，一个人吃茶？"洪麻皮见他站在街边，笑道："你还在干这一个。我在这里等人。"说着，将茶碗盖舀了一盖茶，送到外边桌沿上。张三子拿起茶碗盖，一仰脖子喝了，送还碗盖，笑道："你等什么人？我给你传个信。我还是丹凤街的无线电呢。"洪麻皮笑了，因道："你看到杨大个子或者王狗子，你说我在这里等他们。"张三子沿着马路扫过去了，不到半小时，杨大个子来了，两手扯紧着腰带的带子头，向茶馆子里走了进来。一抬腿，跨了凳子，在洪麻皮这张桌子边坐了。两人对望了一下，很久很久他摇着头叹口气道："惨败！"洪麻皮道："大家都回来了吗？我不敢在你家里等，怕是又像那回一样，在童老五家里，让他们一网打尽。"跑堂送上一碗茶来，笑道："杨老板今天来晚了！"杨大个子将碗盖扒着碗面上的茶叶，笑道："几乎来不了呢。"那跑堂的已走开了，洪麻皮低声道："怎么样？都回来了吗？"杨大个子道："人家大获全胜了，还要把我们怎么样？而且我们又没有把他们人弄走，无证无据，他也不便将我们怎么样！"洪麻皮低声道："他们把秀姐弄到什么地方去了！"杨大个子道："就是这一点我们不放心。童老五气死了，躺在我家里睡觉。我们研究这事怎样走漏消息的，千不该万不该，你们不该去找何德厚一次，自己露了马脚。"洪麻皮手拍了桌沿道："老五这个人就是这样，不受劝！我昨天是不要他去的。"杨大个子道："他气得只捶胸，说是不打听出秀姐的下落来，他不好意思去见秀姐娘。我们慢慢打听罢。"说毕，两个默然喝茶。不多一会，童老五首先来了，接着是王狗子来了，大家只互相看了一眼，并不言语，坐下喝茶。童老五一只脚架在凳上，一手按了茶碗盖，又一只手撑了架起的膝盖，夹了一支点着的纸烟。他突然惨笑一声道："这倒好，把人救上了西天！连影子都不晓得在哪里！"杨大个子道："这不用忙，三五天之内，我们总可以把消息探听出来。明天洪伙计先回去，给两位老人家带个信，你在城里等两天就是。"童老五道："除非访不出来。有道是拼了一身剐，皇帝拉下马。"王狗子一拍桌子道："对！姓赵的这个狗种！"杨大个子笑道："他是你的种？这儿子我还不要呢。"这样一说，大家都笑了。就在这时，李牛儿来了，他没有坐下，手扶了桌子角，低了头向大家轻轻道："柜上我分不开身，恕不奉陪。打听消息的事，我负些责任。姓赵的手下有个听差，我认得他，慢慢探听他的口气罢。"杨大个子道："你小心一点问他的话，不要又连累你。"李牛儿笑道："我白陪四两酒，我会有法子引出他的话来的。这里不要围的人太多，我走了。"说毕他自去了。这里一桌人毫无精神地喝着茶，直到天黑才散。次日下午，他们在原来座位上喝茶，少了个洪麻皮。李牛儿再来桌子角边报告消息，说是秀姐到上海去了。童老五和大家各望了一眼，心上像浇了一盆冷水。王狗子拍了桌子道："这狗种计太毒！上海那个地方就是人海，我们弟兄根本没有法子在那里混，怎么还能去找出人来呢？"童老五道："既然如此，我只好下乡去了。城里有了什么消息，你们赶陕和我送信。青山不改，绿水长流，我们总要算清这笔账。"杨大个子笑道："那自然。我们那口子，为了这事，居然闹了个心口痛的病，两天没有吃饭了。不出这口气，她会气死的。"童老五长长地叹了一口气，摇摇头道："我也会气死。明日一早我就滚蛋，回家睡觉去。"李牛儿道："只要消息不断，总可以想法子。"杨大个子道："也只有这样想着罢。"这样说着，这一顿茶，大家喝得更是无味。扫兴而散。童老五住在杨家，次日天亮，杨大个子去做生意，他也就起来了，在外边屋子里问道："大嫂子，少陪了，心口痛好些吗？"杨大嫂道："好些了，我也不能早起做东西你吃。你到茶馆子里去洗脸罢。你也不必放在心上。君子报仇，十年未晚。"童老五大笑了一声，提了斗笠包袱，向丹凤街四海轩来。街上两边的店户，正在下着店门，由唱经楼向南正拥挤着菜担子、鲜鱼摊子。豆腐店前，正淋着整片的水渍；油条铺的油锅，在大门口灶上放着，已开始熬出了油味。烧饼店的灶桶，有小徒弟在那里扇火。大家都在努力准备，要在早市挣一笔钱。四海轩在丹凤街南头，靠近了菜市，已是店门大开，在卖早堂。七八张桌子上光坐上二三个人。童老五将斗笠包袱放在空桌上，和跑堂的要一盆水，掏出包袱里一条手巾，手卷了手巾头，当着牙刷，蘸了水，先擦过牙齿，胡乱洗把脸。移过脸盆，捧了一碗茶喝。眼望丹凤街上，挽了篮子的男女，渐渐的多了。他想人还是这样忙，丹凤街还是这样挤，只有我觉得不是从小所感到的那番滋味。正在出神，却嗅到一阵清香，回头看时，却是高丙根挽了一只花篮子在手臂上，里面放着整束的月季、绣球、芍药之类。红的白的花，在绿油油的叶子上，很好看。他笑道："卖花的生意还早，喝碗茶罢。"丙根笑道："我听到王狗子说，你今天要回去。我特意来和你送个信。我们现在搬家了，住在何德厚原来的那个屋子里，我们利用他们门口院子作花厂子。"老五道："哦！你就在本街上，你告诉我这话，什么意思？"丙根道："我想你总挂念这些事吧？"老五伸手拍拍他的肩膀，呵呵一笑，因道："请我吃几个上海阿毛家里的蟹壳黄吧？我离开了丹凤街，不知哪天来了。"丙根没想到报告这个消息，却不大受欢迎，果然去买了一纸袋蟹壳黄烧饼来放在桌上，说声再见，扭身走了。童老五喝茶吃着烧饼，心想无老无少，丹凤街的朋友待我都好，我哪里丢得开丹凤街？他存在着这个念头，吃喝完了以后，懒洋洋地离开了丹凤街。他走过了唱经楼，回头看到赶早市的人，拥满了一条街，哄哄的人语声音和那喳喳的脚步声音，这是有生以来所习惯听到的，觉得很有味。心里想着，我实在也舍不得这里，十天半月后再见罢。但是莫过了半个月，他却改了一个念头了，杨大个子、王狗子、李牛儿联名给他去了一封信，说是：秀姐在上海医院病死。赵冠吾另外又给了何德厚一笔钱，算是总结了这笔账，以后断绝来往。这件事暂时不必告诉秀姐娘。这个老人家的下半辈子，大家兄弟们来维持罢。童老五为了此事，心里难过了半个月，就从此再不进城，更不要说丹凤街了。足过了一年，是个清明节。他忽然想着，不晓得秀姐的坟墓在哪里，那丙根说过，何德厚住的屋子，是他接住了。那到旧房子里看看，也就是算清明吊祭了。这样想了，起了一个早就跑进城来，到了丹凤街时，已是正午一点钟。早市老早的过去了，除了唱经楼大巷口上，还有几个固定的菜摊子，沿街已不见了菜担零货担。因为人稀少了，显着街道宽了许多。粗糙的路皮，新近又铺理一回，那些由地面上拱起来的大小石子，已被抹平了，鞋底在上踏着，没有了坚硬东西顶硌的感觉。首先是觉得这里有些异样了。两旁那矮屋檐的旧式店面，又少去了几家，换着两层的立体式白粉房屋，其中有两家是糖果店，也有两家小百货店，玻璃窗台里面，放着红绿色纸盆，或者一些化妆品的料器瓶罐，把南城马路上的现代景色，带进了这半老街市。再向南大巷口上，两棵老柳树依然存在，树下两旁旧式店铺不见了，东面换了一排平房，蓝漆木格子门壁。一律嵌上了玻璃，门上挂了一块牌子，是"丹凤街民众图书馆"。西边换了三幢小洋楼，一家是汽车行，一家是拍卖行，一家是某银行丹凤街办事处。柳树在办事处的大门外，合围的树干，好像两只大柱。原来两树中间，卖饭给穷人的小摊子，现在是银行门口的小花圃。隔了一堵花墙，是一幢七八尺高的小矮屋，屋里一个水灶。这一点，还引起了旧日的回忆，这不是田驼子的老虎灶吗？但灶里所站的已不是田驼子了，换了个有胡子的老板。隔壁是何德厚家故址了。矮墙的一字门拆了，换了麂眼竹篱。院子更显得宽敞了，堆了满地的盆景。里面三间矮屋，也粉上了白粉。倒是靠墙的一棵小柳树，于今高过了屋，正拖着半黄半绿一大丛柳条，在风中飘荡。童老五站在门口，正在这里出神，一个小伙子迎了出来，笑道："五哥来了！"在他一句话说了，才晓得是高丙根，不由啊哟了一声道："一年不见，你成了大人了。怪不得丹凤街也变了样子。"丙根笑道："我们今天上午，还念着你呢。"说着，握了他的手。老五笑道："你见了我就念着我吧？"丙根道："你以为我撒谎？你来看！"说着，拉了老五的手，走到柳树下。见那里摆了一张茶几，茶几上两个玻璃瓶子，插了两丛鲜花，中间夹个香炉，里面还有一点清烟。另有三碟糖果，一盖碗茶。这些东西，都向东摆着。茶几前面，有一摊纸灰。老五道："这是什么意思？"丙根道："这是杨大嫂出的主意，今天是清明，我们也不知道秀姐坟墓在哪里，就在她这原住的地方，祭她一祭罢。我们还有一副三牲，已经收起来了。我们就说，不知你在乡下，可念着她？她不是常说她的生日，原来是个清明节吗？"童老五听了这话，心里一动，对柳树下的窗户看看，没有作声，只点了两点头。丙根道："我不能陪你出去喝茶，家里坐罢。"童老五道："你娘呢？"他道："出去买东西去了。"老五道："你父亲呢？"他道："行毕业礼去了。"老五道："行毕业礼？"丙根笑道："不说你也不知道。现在全城壮丁训练。我父亲第一期受训。今天已满三个月了，在街口操场行毕业礼。杨大个子、王狗子、李二，都是这一期受训，他们现时都在操场上。我们祭秀姐的三牲，一带两用，杨大嫂子拿去了，做出菜来，贺他毕业。晚上有一顿吃，你赶上了。"童老五道："既是这样，我到操场上去看他们去罢。"说着，望了茶几。丙根道："你既来了，现成的香案，你也祭人家一祭。"童老五道："是的是的。"他走到茶几前面，见香炉边还有几根檀香，拿起一根两手捧住，面向东立，高举过顶，作了三个揖，然后把檀香放在炉子里。丙根站在一旁，自言自语道："很好的人，真可惜了！"童老五在三揖之中，觉得有两阵热气，也要由眼角里涌出来，立刻掉过脸向丙根道："我找他们去。"说着，出门向对过小巷子里穿出去。不远的地方，就是一片广场。两边是条人行路，排列一行柳树掩护着，北面是一带人家，许樵隐那个幽居，就在这里。东边是口塘，也是一排柳树和一片青草掩护着。这一大片广场的上空，太阳光里，飞着雪点子似的柳花，由远处不见处，飞到头顶上来。这都是原来很清静的景象，未曾改掉，现在柳花下，可蹴起一带灰尘，一群穿灰色制服的人，背了上着刺刀的步枪，照着光闪闪地，和柳花相映。那些穿制服的人，站了两大排，挺直立着，像一堵灰墙也似。前面有几个穿军服挂佩剑的军官，其中有一个，正面对这群人在训话。在广场周围，正围了一群老百姓在观看。童老五杂在人群里看着，已看到杨大个子站在第一排前头，挺着胸在那里听训。忽然一声"散队"，接着哄然一声，那些壮丁在嘻嘻哈哈声中，散了开来，三个一群，五个一队走着。童老五忍不住了，抢着跑过去，迎上了散开的队伍，大声叫着"杨大个子，杨大个子"。在许多分散的人影中，杨大个子站定了脚，童老五奔了过去，叫道："你好哇！"他道："咦！没有想到你会来。"童老五也不知道军队的规矩，抓住杨大个子的手。连连摇撼了一阵。他偏了头向杨大个子周身上下看着。见他穿了熨帖干净的一套灰布制服，拦腰紧紧地束了皮带，枪用背带挂在肩上，刺刀取下了，收入了腰悬的刀鞘里。他那高大的身材，顶了一尊军帽在头上，相当的威武。看看他胸前制服上，悬了一块方布徽章，上面横列着几行字，盖有鲜红的印。中间三个加大的字，横列了，乃是"杨国威"。童老五笑道："呵！你有了台甫了。"杨大个子还没有答复呢，一个全副武装的壮丁奔到面前，突然地站定。两只紧系了裹腿的脚，比齐了脚跟一碰，作个立正式，很带劲的，右手向上一举，比着眉尖，行了个军礼，正是王狗子。童老五不会行军礼，匆忙着和他点了头。看他胸面前的证章，他也有了台甫，乃是"王佐才"三个字。因道："好极了，是一个军人的样子了。"王狗子笑道："你猜我们受训干什么？预备打日本。"说着话，三个人走向了广场边的人行路。大个子道："受训怪有趣的，得了许多学问。我们不定哪一天和日本人打一仗呢，你也应该进城来，加入丹凤街这一区，第二期受训。"童老五笑道："我看了你们这一副精神，我很高兴。第二期我决定加入，我难道还不如王狗子？"狗子挺了胸道："呔！叫王佐才，将来打日本的英雄。"童老五还没有答话呢，却听到旁边有人低声笑道："打日本？这一班丹凤街的英雄。"童老五回头看时，一个人穿了件蓝色湖绉夹袍子，瘦削的脸上，有两撇小胡子，扛了两只肩膀，背挽了双手走路。大家还认得他，那就是和秀姐作媒的许樵隐先生。童老五站定脚，瞪了眼望着道："丹凤街的英雄怎么样？难道打日本的会是你这种人？"许樵隐见他身后又来了几名壮丁，都是丹凤街的英雄们，他没有作声，悄悄地走了。

笔者说：老五这班人现在有了头衔，是"丹凤街的英雄"。我曾在丹凤街熟识他们的面孔，凭他们的个性，是不会辜负这个名号的。现在，他们也许还在继续他们的英雄行为吧！战后我再给你一个报告。

选自《丹凤街》，山城出版社1946年初版

窥窗山是画

张恨水

南京是个城市山林，所以袁子才有"爱住金陵为六朝"的句子。若说住金陵为的是六朝那种江南靡靡不振的风气，那我们自然是未敢苟同；但说此地龙盘虎踞之下，还依然秀丽可爱，却实在还不愧是世界上一个名都。就我所写的两都本身而言（这里不涉及政治问题），北平以人为胜，金陵以天然胜；北平以壮丽胜，金陵以纤秀胜：各有千秋。在北平楼居，打开窗子来，是一带远山，几行疏柳，这种现象，除了繁华市区中心，为他家楼门所阻碍（南京尤甚），其余地点，均无例外。我住在南京城北，城北是旷地较多的所在，虽然所居是上海弄堂式的洋楼，却喜我书房的两层楼窗之外，并无任何遮盖。近处有几口池塘，围着塘岸，都有极大的垂柳，把我所讨厌看到的那些江南旧式黑瓦屋脊，全掩饰了。杨柳头上便是东方的钟山，处处的在白云下面横拖了一道青影。紫金山那峰顶，是这一列青影的最高处，正伸了头向我窗子里窥探。我每当工作疲倦了，手里捧着一杯新泡的茶，靠着窗口站着，闲闲地远望，很可以轻松一阵，恢复精神的健康。

南京城里北一段，本是丘陵地带，东角由鸡鸣寺顺了玄武湖北上，经过太平门直到下关。西边又由挹江门南下，迤逦成了清凉山、小仓山。所以由新街口以北，是完全环抱在丘陵里的一块盆地。在中山北路来往的人，他们为了新建筑所迷惑，已不见这地形了。我有两个朋友住在新住宅区迤北，中山北路偏西，房子面对着清凉古道，北靠了清凉山的北麓，乃是建筑巨浪所未吞噬及未洋化的一角落，而又保留着六朝佳丽面目的。我去过几回，我羡慕他们，真能享受到南京的好处，只可惜它房子本身却也是欧化了而已。这里是个不高的土山，草木葱茏，须穿过木槿花作篱笆，鹅卵石地面的一条人行道。路外是小溪，是菜园，是竹林，随时可以听到鸟叫，最妙的，就是他们家三面开窗，两面对远山，一面靠近山。近山的竹树和藤萝，把他们屋子都映绿了。远山却是不分晴雨，都隐约在面前树林上。那主人夸耀着说："我屋子里不用挂山水画，而且是活的书，随时有云和月点缀了成别一种姿势。"这话实在也不假。我曾计划着苦卖二三年的文字，在这里盖一所北平式的房屋，快活下半辈子，不想终于是一个梦。

在"八·一三"后，南京已完全笼罩在战争气氛下，我还到这里来过一趟。由黄叶小树林子下穿出，走着那一条石缝里长出青草的人行长道，路边菜圃短篱上，扁豆花和牵牛花或白或红或蓝，幽静地开着。路头丛树下，有一所过路亭，附着一座小庙，红门板也静静地掩闭在树荫下，路上除了我和同伴，一直向前，卧着一条卵石路，并无行人。我正诧异着感不到火药气，亭子里出来一个摩登少妇，手牵了一个小孩，凝望着树头上的远山（她自然是疏散到此的）。原来半小时前，敌机二十余架，正自那个方向袭来呢。一直到现在，我想到清凉古道上朋友之家，我就想到那个不调和的人和地。窗外的远山呀！你现在是谁家的画？

原载1944年2月5日重庆《新民报》

白门之杨柳

张恨水

在中国词章家熟用的名词里有"白门柳"这个名称。杨柳这样东西，在中国虽是大片土地里有它存在的，可是对于这样东西，却特地联系着成一个专用名词，那实在有点缘故。据我个人在南京得来的经验，是南京的山水风月，杨柳陪衬了它不少的姿态。同时，历代的建筑，离不开杨柳，历代的文献，也离不开杨柳。杨柳和南京，越久越亲密。甚至一代兴亡，都可以在杨柳上去体会。所以《桃花扇》上第一折《听稗》劈头就说："无人处又添几树杨柳。"

南京的杨柳，既大且多，而姿势又各穷其态，在南京曾经住过一个时期的主儿，必能相信我不是夸张。在南京城里，或者还看不到杨柳的众生相，你如果走过南京的四郊，就会觉得扬子江边的杨柳，大群配着江水芦洲，有一种浩荡的雄风；秦淮水上的杨柳两行，配着长堤板桥，有一种绵渺的幽思。而水郭渔村，不成行伍的杨柳，或聚或散，或多或少，远看像一堆翠峰，近看像无数绿幛，鸡鸣犬吠，炊烟夕照，都在这里起落，随时随地是诗意。

山地是不适于杨柳的，而南京的山多数是丘陵，又总是带着池沼溪涧，在这里平桥流水之间，长上几株大小杨柳，风景非常的柔媚。这样，就是江南江水了。不但此也，古庙也好，破屋也好，冷巷也好，有那么两三株高大的杨柳，情调就不平凡，这情形也就只有南京极普遍。

杨柳自是点缀春天的植物，其实秋天里在西风下飘零着黄叶，冬天里在冰雪中摇撼枯条，也自有它的情思。而在南京对于杨柳赞美，毋宁说是夏天。屋子门口，有两株高大的杨柳，绿荫就遮了整个院落。它特别的不挡风，风由拖着长绿条子的活缝里过来，吹拂到人身上，有一种说不出来的舒适。晚上一轮白月涌上了绿树梢头，照着杨柳堆上的绿浪，在风里摇动，好像无数的绿毛怪兽在跳舞。这还是就家中仅有的杨柳说。如走上一条古老的旧街，鹅卵石的路面，两旁矮矮的土墙店铺，远远的在街头拥上一株古柳，高入云霄，这街头上行人车马稀少，一片蝉声下，撒着一片淡淡的绿荫，这就感到一番古城的幽思。

在南京度过夏天的人，都游过玄武湖。一出了玄武门，就会感到走入了一个清凉世界。而这份清凉，不是面前的湖水和远峙的山峰给予的。正是你一出城门，就踏上一道古柳长干堤，柳树顶尽管撑上天，它下垂的柳枝，却是拖靠了地，拂在水面，拂在行人身上。永远透不进日光的绿浪子，四处吹来着水面清风，这里面就不知有夏。

我曾在南京西郊上新河，经过半个夏天，我就有一个何必庐山之感。这里惟一给予人清凉的思物，就是杨柳。出汉西门，在一块平原上四周展望，人围在绿城里。这绿城是什么？就是江边的柳林，镇外的柳林。尤其在月下，这四处的柳林，很像无数小山。我住家所在，门前一道子江，水波不兴，江边一排大柳林，大柳林下，青苔铺路就是我家的竹篱柴门，门里一个院落，又是两株大柳树。屋后一口塘，半亩菜，又是三棵大柳树。左右邻居，不用说，杨柳和池塘。这一幢三进平房整天都在绿荫里，决没有热到百度（华氏）的气候。我于这半个夏季里，乃知白门杨柳之多，而又多得多么可爱。

原载1944年8月8日重庆《新民报》

日暮过秦淮

张恨水

在秋初我就说秋初。这个时候的南京，马路上的法国梧桐和洋槐，正撑着一柄绿油油的高伞。你如是住在城北住宅区，推开窗户，望见疏落的竹林，在广阔的草地里抹上一片残阳，六点钟将到，半空已没有火焰。走出大门，左右邻居已开始在马路树荫下溜着水泥路面活动。住宅中间，还不免夹着小花园和菜圃，瓜架上垂着一个个大的黄瓜，秋虫在那里弹着夜之前奏，欢迎着行人。穿上一件薄薄的绸衫，拿了一柄折扇，顺路踏上中山北路，漆着鱼白色的流线型公共汽车，在树荫下光滑的路上停着。你不用排班，更不用争先恐后，可以摇着你手上那柄折扇，缓缓地上车，车中很少没有座位。座椅铺着橡皮椅垫，下面长弹簧，舒适而干净，不少于你家的沙发。花上一角大洋，你是到扬子江边去兜风呢，还是到秦淮河畔去听曲呢？你爱上哪儿就上哪儿。

我不讳言，十次出门有九次是奔城南，也不光为了报社在那儿，新街口有冷气设备的电影院，花牌楼堆着鲜红滴翠的水果公司，那都够吸引人。尤其是秦淮河畔的夫子庙，我的朋友，几乎是"每日更忙须一至，夜深还自点灯来"，总会有机会让你在这里会面。碰头的地点，大概常是馆子里的河厅。有时是新闻圈外的人作主，有时我们也自行聚餐。你别以为这是浪费，在老万全喝啤酒吃的地道南京菜，七八个人不过每人两元的份子。酒醉饭饱，躺在河厅栏杆边的藤椅上，喝着茶嗑着瓜子，迎水风之徐徐，望银河之耿耿，桃叶渡不一定就是古时的桃叶渡，也就够轻松一下子的了。

我们别假惺惺装道学，十个上夫子庙的人，至少有七八个与歌女为友，不过很少人自写供状罢了。南京的歌女，是挂上一块艺人的牌子的，他们当然懂得什么是宣传。所以新闻记者的约会，她们是"惠然肯来"。电炬通明，电扇摇摇之下，她们穿着落红纱衫子，带着一阵浓厚的花香，笑着粉红的脸子，三三两两，加入我们的酒座。我们多半极熟，随便谈着话，还是"舄履交错"。尽管良心在说，难道真打算作个《桃花扇》里人？但是我没有逃席。

九点多钟了，大家出了酒馆，红蓝的霓虹灯光下走上夫子庙前这条街，听着两边的高楼上，弦索鼓板喧闹着歌女的清唱；看到夜咖啡座的门前，一对对的男女出入，脸上涌出没有灵魂的笑，陶醉在温柔乡里，我们敏感的新闻记者，自也有些不怎么舒适似的。然而我们也不免有时走进大鼓书场，听几段大鼓，或在附近露天花园，打上一盘弹子，一混就是十二点钟。原样的公共汽车，已在站上等候，点着雪亮的车灯，又把你送回城北。那时凉风习习，清露满空，绸衫子已挡不住凉，人像在洗冷水澡。住宅区四周的秋虫，在灯光不及处一齐喧鸣，欢迎你在树的阴影下敲着家门。这样的生活，自然没有炎热，也有点像走进了板桥杂记。于今回想起来，不能不说一声罪过。自然别人的生活，比这过得更舒适的，而又不忏悔，我们也无法勉强他。

原载1944年8月15日重庆《新民报》

翁仲揖驴前

张恨水

在重庆住了七年，大抵夏末秋初，不是亢旱一个时期，就是阴雨一个时期，或者像打摆子一样，两期都有。亢旱暑热得奇怪，阴雨是箱子由里向外长霉，不下于江南的黄梅时节。这让我们回想到江南的秋高气爽，提笔有点悠然神往。

一叶知秋，梧桐是最先怕西风的树。当南京马路两旁的梧桐，叶子变成苍绿色的时候，西风摇撼着树，瑟瑟有声。大日光下，一片小扇面儿似的梧桐叶，会飘然落在你坐的人力车上。抬头看看，那正是初期作家最爱形容的风景，"蔚蓝的天空"。天脚下，闲闲地点缀几片白云。太阳晒在头上不热，风吹在身上又不凉，这就很能引起人的郊游之思。

在中山东路，花两角大洋，可以搭上橡皮坐垫的游览车。车子出中山门，先顺京沪国道，在水泥路面滑上孝陵街，然后兜半个圈子，经伟大的体育场，在小山岗上，在小谷里，到达谭基口，中山陵的东端。下了公共汽车，先有一阵草里的秋虫声欢迎着游客。虽然是郊外，路面修理得那样光滑而整洁，好像有灰布盖着的，在重庆城里决挑选不出来这样的一段路。顺路走向中山陵下。在树荫下豁然开朗，白石面的广场，树立着白色的牌坊。向北看十余丈宽的场面，无数的玉石台阶，层层而起，雄丽整洁，直伸入半云。最上层蓝色琉璃瓦的寝殿屋角一方翘起，寝殿后的紫金山，穿着毛茸茸的苍绿秋袍，巍峨天际，在三方拥抱了这寝殿，永护着中山先生在天之灵。在南方的小山岗，一层一层地铺排着。若是走在这台阶半中间向下俯瞰，便觉着有万象朝宗之况，描写中山陵的文章太多了，这里座谈无需多说。谒陵以后，你若是嫌山苍深处的谭基园林反而游人太多，可以去那游人较少的明孝陵。碰巧在公路之外，遇到几个赶牲口的，骑上小毛驴，踏着深草荒径，望了绿森森树林外一堵红墙走去。你在天高日晶之下，北仰高峰，南望平陵，鞭外的松涛，蹄下的草色，自然有一种苍苍莽莽的幽思。这里也无须去形容孝陵风景。孝陵外，野茶馆里，面对了山野，喝上了一壶茶，吃几个茶盐蛋，消磨了半天。在一抹斜阳之外，骑驴回去，走上荒草疏林，路边一对一对的大翁仲，拱着大袖子，抱了石笏，对你拱立。他不会说话，但在他的面容上，石痕斑驳，已告诉你五百年前，他已饱经沧桑了。假如你是个诗人，是个画家，是个文人，这一次你就不会白跑。

原载1944年9月12日重庆《新民报》

秋意侵城北

张恨水

　　中秋快来了，在北平老早给我们一个报信的，是泥塑兔儿爷，而在南京呢？却是大香斗。虽然大香斗摆列在香烛店柜台上，不如兔儿爷摆在每条胡同儿的零食摊上那样有趣，但在我们看到大香斗之后，似乎就有一种"烟士披里纯"钻进文字匠人的脑子。中国的节令，没有再比中秋更富于诗意的。它给人以欢乐，它给人以幽思，它给人以感慨，甚至它给人以悲哀。所以看到大香斗之后，因着各人的环境之不同，也就会各有各的感想。

　　天气是凉了，长江大轮的大餐间，把在庐山避暑的先生太太小姐们，一批一批地载回南京。首先是电影院表示欢迎之忱，在报上登着放映广告；其次是水果公司，将北方的山梨，良乡栗，天津葡萄，南方的新会柚子，台湾香蕉，怀远石榴，五颜六色，陈列在铺面平架上。自然，这些玩意儿，上海更多更好，可是在上海里表现着，在空气里缺少那么一点儿悠闲滋味。譬如，太平路花牌楼是最热闹地区了，但你经过那里，你也不会感到动乱，街两旁的法国梧桐和刺槐，零落地飘着秋叶儿，人行路上，有树荫而树荫不浓，我们披一件旧绸衫，穿一双软底鞋，顺着水泥路面溜达。在清亮而柔和的阳光下，街上虽有几个汽车跑来跑去，没有灰土，也没有多大声音，在街这边瞧见街那边的朋友，招招手就可以同行在一处，只有北平的王府井大街，成都的春熙路可相仿佛。上海的霞飞路也会给人一点秋意的，然而洋气太重。

我必须歌颂南京城北，它空旷而萧疏，生定了是合于秋意的。过了鼓楼中山北路，两行半黄半绿的树影划破了广大的平畴，两旁有三三五五的整齐房屋，有三三五五的竹林，有三三五五的野塘，也有不成片段的菜圃和草地。东面一列城墙，围抱了旧台城鸡鸣寺，簇拥着一丛树林和一角鼓楼小影，偶然会有一声奇钟的响声，当空传来。钟山的高峰，远远在天脚下，俯瞰着这一片城池。在城里看到不多的山，这是江南少有的景致。（重庆的山近了，又太多了，不知怎么着，没有诗意。）城墙是大美观玩意儿，而台城这一段墙，却在外（后湖）看也好，在里看也好，难道我有一点偏见吗？

三牌楼一带，当然是一般人最熟识的地方，而那附近就保存不少老南京意味。湖北路北段，一条小马路，在竹林里面穿过来，绕一个弯儿到丁家桥，俨然在郊外到了一个市镇。记不得是哪个方向，那里有家茶馆，门口三株大柳树高入云霄，门临着一片敞地，半片竹林。我和她散步有点倦，就常在这里歇腿，泡一壶清茶（安徽毛尖），清坐一会，然后在附近切两角钱盐水鸭子，包五分钱椒盐花生米，向门口烧饼桶上买两三个朝排子烧饼，饱啖一顿才买一把桂花，在一段青草沿边的水泥马路上，顺了槐柳树影，踏着落叶回家。

原载1944年9月26日重庆《新民报》

顽萝幽古巷

张恨水

我在南京时，住在城北。因为城北的疏旷、干燥、爽达，比较适于我的性情。虽然有些地方过分的欧化（其实是上海化），为了是城市山林的环境，尚无大碍。我们有一部分朋友，却是爱城南住城南的。还记得有两次，慧剑兄在《朝副》上，发表过门东门西专刊，字里行间，憧憬着过去的旧街旧巷，大有诗意。因此，我也常为着这点诗意，特地去拜访城南朋友。还有两次，发了傻劲，请道地南京文人张苹庐兄导引，我游城南冷街两整天。我觉得不是雨淋泥滑，在秋高气爽之下，那些冷巷的确也能给予我们一种文艺性的欣赏。

我必须声明，这欣赏绝不是六代豪华遗迹，也不是六朝烟水气。它是荒落、冷静、萧疏、古老、冲淡、纤小、悠闲。许许多多，与物质文明巨浪吞蚀了的大半个南京处处对照，对照得让人感到十分有趣。我们越过秦淮河，把那些王谢燕子所迷恋的桃叶渡乌衣巷，抛在顶后面（那里已是一团糟，词章里再不能用任何一个美丽的字样去形容了）。虽在青天白日之下，整条的巷子，会看不到十个以上的行人（这是绝对的），房子还保守了朱明的建筑制度，矮矮的砖墙，黑黑的瓦脊，一字门楼儿半掩半开着，夹巷对峙。巷子里有些更矮更小的屋子，那或者是小油盐杂货店，或者是卖热水的老虎灶，那是这种地方惟一动乱着而有功利性斗争的所在。但恰巧巷口上就有一所关着大门的古庙，淡红色的墙头，伸出不多枝叶的老树干，冲淡了这功利气氛。

这里的巷子，老是那么窄小，一辆黄包车，就塞满了三分之二的宽度，可是它又很长，在巷这头不会看到巷那头。大都是鹅卵石铺了地面，中间一条青石板行人路，便利着穿布鞋的中国人。更往南一路，人家是更见疏落，处处有倒塌了屋基的敞地，那里乱长着一片青草。可是它繁华过的，也许是明朝士大夫宅第，也许是太平天国的王府。在这废基后面，兀立着一棵古槐，上面有三五只鸦雀噪叫着，更显得这里有点兴亡意味。

有一次我去白鹭洲，走错了方向，踏上了向西门的一条古巷。两旁只有四五个紧闭了的一字门，乱砖砌的墙，夹了这巷子微弯着。两面墙头上密密层层的盖住了苍绿叶子的藤蔓，在巷头上相接触。藤萝的杆子，其粗如臂，可知道它老而顽固。那藤蔓又不整齐，沿了墙长长短短向下垂着，阻碍着行人衣帽。大概是这里很少行人的缘故，到墙脚下的青苔向上铺展，直绿到墙半腰。有些墙下，长着整丛的野草，却与行人路上石板缝里的青草相连。这样，这巷子更显得幽深了，这里虽没有一棵树、一枝花及任何风景陪衬，但我在这里徘徊了二十分钟。

原载1944年10月10日重庆《新民报》

入雾嵯明主

张恨水

在二十五年前，我每次到南京，朋友们就怂恿着去瞻仰明故宫。只是那时的行程，都是到上海或去北京，行旅匆匆，不过在下关勾留一二日，没有工夫跑到这很远地方去。加之我听到人说，那里仅仅是一片废墟，什么也看不到，尽管我青年时代是个被平平仄仄迷惑了的中毒书生，穷和忙哪许可我去替古人掉泪。

二十四年，我由北平迁家南京，住在唱经楼，到明故宫相当的近，加之那是中央医院所在地，自己害病，家里人生病，就时常去到明故宫的面前来。这真是一个名儿了，马蹄栏杆里，一片平地，直到远远的枣树角，有一城墙和树木挡住了视线。平地中央，还有一个倒坍了的宫门，像城门洞子，作了故宫的标志。水泥面的飞机场，机场是停着大号的邮航机，比翼双栖的和那一角宫门，作了一个划时代的对照。朱元璋登基，在南京大兴土木，建筑宫阙的时候，他决不会有这样一个梦。

明故宫的北端，是中山东路。往中山陵游览区，是必经之地，所以晴天、雨淋、月下、雪地，我都来过？印象是深的，应该是雨天，我那因抗战环境而夭折了的第二个男孩小庆儿在中央医院治过伤寒病。我遏止不住我的舐犊深情，百忙中抽空上医院看他两次。是深秋了，满城下着如烟的重阳风雨，那时，我行头还多，穿着橡皮雨衣，缩着肩膀，两手插在雨衣袋里，脚下蹬着胶鞋，踏了中山东路的水泥路面，急步前行。路边梧桐叶上的积水蚕豆般大，打在我帽子上，有时雨就带下一片落叶，向我扑打。明故宫那片敞地，埋在烟雨阵里，模糊不清。雨卷了烟头子，成了寒流，向我脸上吹，我有个感想，因为像是一个不吉之兆，赶快地奔医院。

看到了孩子，结果体温大减，神智很清。我很高兴离了医院，我有心领略雨景了。那片敞地，始终在雨阵里；那角宫门，有一个隐隐的长圆影，立在地平上，门洞上，原光有几棵小树，像村妇戴着菜花，蓬乱不成章法。然而这时好看了，它在风丝雨片里，它有点妩媚，衬着这宫门并不单调。远处一片小林，半环高城，那又是一个令人迷恋的风光。再看西南角南京的千门万户，是别一个区域了。明太祖皇帝，他没想到剩下这劫余的宫门，供我雨中赏鉴。人不谓是痴汉吗？身外之物，谁保持过了百年？费尽心血，过分地囤积干什么？就是我也有点痴，冒雨看孩子的病，不管我自己。于今孩子死了五年了，我哀怜他，而我还觉我痴。

当年雨中雄峙三层高楼的中央医院，不知现在如何？又是重阳风雨了！

原载1944年10月24日重庆《新民报》

盛会思良友

张恨水

在南京当新闻记者的时候，我们二三十个朋友，另外成了一群。以年龄论，这一群人，由四十多岁到十几岁；以职业论，由社长到校对，可说是极平等忘年又忘形的一个集合。这个集合，并没有哪个任联络员，也没有什么条例规定，更没有什么集会的场合与时间。可是这一群人，每日总有三四个人或七八个人在一处不期而会，简直是金圣叹那话："毕来之日甚少，非甚风雨，而尽不来之日亦少。"（见《水浒》金伪托施耐庵序）。会面的地方，大概不外四五处，夫子庙歌场或酒家，党公巷汪剑荣家（照相馆主人，亦系摄影记者），城北湖北路医生叶古红家，新街口酒家，中正路《南京人报》或《华报》，中央商场绿香园。除了在酒家会面，多半是受着人家招待而外，其余都是互为宾主，谁高兴谁就掏钱，谁没钱也就不必谦虚，叨扰过之后，尽管扬长而去。反正谁掏得出钱谁掏不出钱，大家明白，毋须做样。

这种集合，都在业余，我们也并不冒犯"群居终日，言不及义"的嫌疑。若不受招待，那就人多了，闹酒是必然的举动。我在座，有时实在皱了眉感到不像话，常是把醉人抬出酒家，用黄包车拖了回去。可是这个醉人，明日如有集会场合，还照来一次。自然这就噱头很多，如黄社长在大三元向歌女发脾气，踢翻了席面（有大闹子楼的场面，非常火炽），巨头记者在皇后酒家，用英语代表南京记者演说之类，你常思之十日，不能毕其味。

说到别的集会呢，或者是喝杯酽茶，吃几个烧饼，或者吃顿便饭，或者听一场大鼓书，或者来一段皮簧。自然，有人会邀着打一场麻将。但一打麻将，是另一种局面，至少像我这种人，就告退了。有时偶然也会风雅一点，如邀伴到后湖划船，在莫愁湖上联句作诗之类，只是这带酸味的玩意，年轻朋友，多半不来。这里面也免不了女性点缀，几个文理相当通的歌女，随着里面叫干爹叫老师，年轻的几位朋友，索性和歌女拜把子。哄得厉害！但我得声明一句，他们这关系完全建筑在纯洁的友谊上。有铁一般的反证，就是我们既无钱也无地位。

我们也有几个社外社员（因为他们并非记者），如易君左、卢冀野、潘伯鹰等约莫六七位朋友也喜欢加入我们这集会。大概以为我们这种玩法，虽属轻松，却不下流，所以我们流落在重庆的一部分朋友，谈到了往事，都感到盛会不常，盛筵难再，何以言之！因为这些朋友，有的死了，有的不知消息了，有的穷得难以生存了。

原载1944年11月21日重庆《新民报》

江冷楼前水

张恨水

在南京城里住家的人，若是不出远门的话，很可能终年不到下关一次。虽然穿城而过，公共汽车不过半小时，但南京人对下关并不感到趣味。其实下关江边的风景，登楼远眺，四季都好。读过《古文观止》那篇《阅江楼记》的人，可以揣想一二。可惜当年建筑南京市的人，全是在水泥路面、钢骨洋楼上着眼，没有一个想到花很少一点钱，再建一座阅江楼。我有那傻劲，常是一个人坐公共汽车出城，走到江边去散步。就是这个岁暮天寒的日子，我也不例外。自然，我并不会老站在江岸上喝西北风。下关很有些安徽商人，我随便找着一两位，就拉了他们到江边茶楼上去喝茶。有两三家茶楼，还相当干净。冬日，临江的一排玻璃楼窗全都关闭了，找一副临窗的座位坐下，泡一壶毛尖，来一碗干丝，摆上两碟五香花生米，隔了窗子，看看东西两头水天一色，北方吹着浪，一个个地掀起白头的浪花，却也眼界空阔得很。你不必望正对面浦口的新建筑，上下游水天缥缈之下，一大片芦洲，芦洲后面，青隐隐的树林头上，有些江北远山的黑影。我们心头就不免想起苏东坡的词："一江南北，消磨多少豪杰"或者朱竹垞的词："六代豪华春去了，只剩鱼竿。"

说到江，我最喜欢荒江。江不是湖海那样浩瀚无边，妙的是空阔之下，总有个两岸。当此冬日，水是浅了，处处露出赭色的芦洲。岸上的渔村，在那垂着千百条枯枝的老柳下，断断续续，支着竹篱茅舍。岸上三四只小渔舟，在风浪里摇撼着，高空撑出了渔网，凄凉得真有点画意。自然，这渔村子里人的生活，让我过半日也有点受不了，他们哪里知道什么画意？可是，我这里并不谈改善渔村人民的生活，只好忍心丢下不说。在南京，出了挹江门，沿江上行，走过怡和洋行旧址不远，就可以看见这荒江景象。假使太阳很好，风又不大，顺了一截江堤走，在半小时内，在那枯柳树林下，你会忘了这是最繁荣都市的边缘。

坐在下关江边茶楼上，这荒寒景象是没有的。不过，这一条江水，浩浩荡荡地西来东去横在眼面前，看了之后，很可以启发人一点遐思。若是面前江上，舟楫有十分钟的停止，你可看到那雪样白的江鸥在水上三五成群地打胡旋。你心再定一点，也可再听到那风浪打着江岸石上，"拍达拍达"作响。我是不会喝酒，我若喝酒，觉得比在夫子庙看"秦淮黑"，是足浮一大白的。

原载1944年12月19日重庆《新民报》

清凉古道

张恨水

有人这样估计：东亚的大都市，如上海、汉口、天津、北平、香港、广州、南京、东京、大阪、名古屋、神户，恐怕都要在这次太平洋战争里毁灭。这不是杞忧，趋势难免如此，这就让我们想到这多灾多难的南京，每遇二三百年就要遭回浩劫，真可慨叹。

我居住在南京的时候，常喜欢一个人跑到废墟变成菜园竹林的所在，探寻遗迹。最让人不胜徘徊的，要算是汉中门到仪凤门去的那条清凉古道。这条路经过清凉山下，长约十五华里，始终是静悄悄地躺在人迹稀疏、市尘不到的地方。路两旁有的是乱草遮盖的黄土小山，有的是零落的一丛小树林，还有一片菜园，夹在几丛竹林之间。有几户人家住着矮小得可怜的房舍，这些人家用乱砖堆砌着墙，不抹一点石灰和黄土，充分表现了一种残破的样子。薄薄的瓦盖着屋顶，手可摸到屋檐。屋角上有一口没有圈的井，一棵没有树叶的老树，挂了些枯藤，陪衬出极端的萧条景象，这就想不到是繁华的首都所在了。三牌楼附近，是较为繁华的一段，街道的后面，簇拥了二三十株大柳树，一条小小的溪水，将新的都市和废墟分开来。在清凉古道上，可以听到中山北路的车马奔驰声，想不到一望之遥，是那样热闹。同时，在中山北路坐着别克小坐车的人，他也不会想到，菜圃树林那边，是一片荒凉世界。

是一个冬天，太阳黄黄的，没有风。我为花瓶子里的腊梅、天竹修整完了，曾向这清凉古道走去。鹅卵石铺着的人行古道，两边都是菜圃和浅水池塘，夹着路的是小树和短篱笆，十足的乡村风光。路上有三五个挑鲜菜的农民经过，有一阵菜香迎人。后面稍远，一个白胡老人，骑着一头灰色的小毛驴，"得得"而来，驴颈子上一串兜铃响着。他们过去了，又一切归于岑寂。向南行，到了一丛落了叶的小树林旁，在路边有二三户农家的矮矮的房屋，半掩了门。有个老太婆，坐在屋檐下晒太阳。我想，这是南京的奇迹呵！走过这户，是土山横断了去路，裂口上有个没顶的城门洞的遗址。山岩上有块石碑，大书三个楷书字"虎踞关"，石碑下有两棵高与人齐的小树，是这里惟一的点缀。我站在这里，真有点怔怔然了。

在明人的笔记上，常看到"虎踞关"这个名字，似乎是当年南都一个南北通衢的锁钥。可以料想到当年这里行人车马的拥挤，也可以遥思到两旁商店的繁华，于今却是被人遗忘的一个角落了。南京另一角落的景象，实在是不能估计的血和泪，而六朝金粉就往往把这血泪冲淡了。

回到开首那几句话，东亚大都市，有许多处要被毁灭，这次在抗战时期，南京遭受日寇的侵占与洗劫，也不知昔日繁华的南京，又有哪几条大街变成清凉古道了。

原载1945年1月23日重庆《新民报》

碗底有沧桑

张恨水

"上夫子庙吃茶"（读作错平声），这是南京人趣味之一。谈起真正的吃茶趣味，要早，真要夫子庙畔，还要指定是奇芳阁、六朝居这四五家茶楼。你若是个要睡早觉的人，被朋友们拉上夫子庙去吃回茶，你真会感到得不偿失。可是有人去惯了，每早不去吃二三十分钟茶，这一天也不会舒服。这就是我上篇《风檐尝烤肉》的话，这就是趣味吗？

这里单说奇芳阁吧，那是我常去的地方，我也只有这里最熟。这一家茶楼，面对了秦淮河（不管秦淮碧或黑，反正字面是美的），隔壁是夫子庙前广场，是个热闹中心点。无论你去得多么早，这茶楼上下，已是人声哄哄，高朋满座。我大概到的时候，是八点钟前，七点钟后，那一二班吃茶的人，已经过瘾走了。

这里面有公务员与商人，并未因此而误他的工作，这是南京人吃茶的可取点。我去时当然不止一个人踏着那涂满了"脚底下泥"的大板梯上那片敞楼，在桌子缝里转个弯，奔上西角楼的突出处，面对楼下的夫子庙坐下。始而因朋友关系，无所谓来这里，去过三次，就硬是非这里不坐。四方一张桌子，漆是剥落了，甚至中间还有一条缝呢。桌子有的是茶碗碟子、瓜子壳、花生皮、烟卷头、茶叶渣，那没关系。过来一位茶博士，风卷残云，把这些东西搬了走，肩上抽下一条抹布，立刻将桌面扫荡干净。他左手抱了一叠茶碗，还连盖带茶托，右手提了把大锡壶来。碗分散在各人前，开水冲下碗去，一阵热气，送进一阵茶香，立刻将碗盖上，这是趣味的开始。桌子周围有的是长板凳方儿子，随便拖了来坐，就是很少靠背椅，躺椅是绝对没有。这是老板整你，让你不能太舒服而忘返了。你若是个老主顾，茶博士把你每天所喝的那把壶送过来，另找一个杯子，这壶完全是你所有。不论是素的、彩花的、瓜式的、马蹄式的，甚至缺了口用铜包着的，绝对不卖给第二人。随着是瓜子盐花生，糖果纸烟篮，水果篮，有人纷纷的提着来揽生意。卖酱牛肉的，背着玻璃格子，还带了精致的小菜刀与小砧板。

"来六个铜板的。"座上有人说。他把小砧板放在桌上，和你切了若干片，用纸片托着，撒上些花椒盐。此外，有我们永远不照顾的报贩子，自会送来几份报。有我们永远不照顾的眼镜贩或带子贩钢笔贩，他们冷眼地擦身过去。于是桌上放满了花生瓜子纸烟等类了，这是趣味的继续。这里有点心牛肉锅贴、菜包子、各种汤面，茶博士一批批送来。然而说起价钱，你会不相信，每大碗面，七分而已。还有小干丝，只五分钱。熟的茶房，肯跑一趟路，替你买两角钱的烧鸭，用小锅再煮一煮。这是什么天堂生活！

我不能再写了，多写只是添我伤感。我们每次可以在这里会到所要会的朋友，并可以在这里商决许多事业问题，所耗费的时间是半小时上下，金钱一元上下，这比万元请客一次，其情况怎样呢？在后方遇到南京朋友，也会拉上小茶馆吃那毫无陪衬的沱茶，可是一谈起夫子庙，看着茶碗，大家就黯然了。

听说奇芳阁烧掉之后，又重建了。老朋友说："回到南京的第二天早上，我们就在那里会面吧！""好的！"可是分散日子太久，有些老朋友已经永远不能见面了。

原载1945年11月14日重庆《新民报》

秦淮河没了书卷气

张恨水

到了南京，看到许多事之后，都觉得是变了质。《桃花扇》上说的"无人处又添几树垂杨"，自然是人人有之的杂感。其实这倒不足为异，可惊异的，人的心理上的变化，许多地方，是极于低级。

我们反正是不想入圣庙吃冷猪肉之徒，到了南京，就不免走到秦淮河畔。可是只匆匆一个圈子，就觉得扫兴之至。比如抗战前，我们这批半新斗方名士，无日不上夫子庙，除了听大鼓书，坐茶馆之外，无须讳言的，各人都有一二位歌女作朋友。她们能谈女艺，也能谈天下事，也能谈一点感想。虽然她们打扮得还是粉白黛绿，多少还有点书卷气。自然那已不是柳如是董小宛之辈，可是你以朋友待之，她们绝对尊重你神圣的待遇，依然以朋友报之。现在呢？公开的，是一幢放了烟幕的人肉市场。我们这批半新斗方名士，谈不上乡党自好者，已是望望然去之了。

不要以为秦淮河不足下一代盛衰吧？在李香君苏昆生身上，就可以想到明代民族气节人人之深。你会于现在向秦淮河上找到一个李香君苏昆生吗？我真有点"树犹如此，人何以堪"之感。记得十年前，南京报纸，无论是哪一型，发表社评社论，多少还有些堂堂正正的态度。于今呢，笔调慢慢走入了刻薄一门，如秦淮河的风景似的，越来越少书卷气。若说这是人类思想进化，我倒情愿落伍。

原载1946年3月5日重庆《新民报》

小粉桥日记

陶晶孙

Aquila non capat mucas.（鹫不捕蝇辈）

许多蝇群把他扛到南京去时，他自说自话这样说了。自负说饿死亦不吃腐肉之他，现在自情愿给蝇群扛去了。

某日的新闻上，他的小文说：

> 做了十年的大学教授。
>
> 电车里，路上，角子里，请客，开会，什么地方都可以找到有人叫我："老师。"
>
> 我在学校里讲书，没有许多人听，可是他们毕业，都成"高足"，都叫我老师；事实上他们的位置比我高，赚钱比我多。
>
> 我能够想出的是，他们一面听讲，一面看报，一面考试，一面看书，布衣来讨分数，西装和爱人在马路上。
>
> 现在我把十年的大学教授辞职了，战栗地怕有大学教授的聘书来。

可是聘书又来了。

总务主任把他带到一个宿舍，叫做小粉桥。他看这斗室，见有一铁床和稻柴，正是一间洋牢。他来回这大学数次，每次都住在某都饭店，现在要住这种房间，他很悲观。

他摸出两张十块钞票，对工役说：

"这个给你，请你再不要叫我院长，叫我先生好了。"

他闲倒床里，一天的疲劳给他熟睡了，不一刻，他吃了一惊，许多美丽鸟声在叫，这正给他忆起枫林桥住居了。他在梦里分别鸟声四种，然后起床走出宿舍之外。这是个美丽的废园，冬青的一段一段的短垣，树木之间有太阳漏见，铁门上写着"随园坊"，这正是最好的名词。

他在附近吃了朝饭，回来整理桌上的东西，就上后架。这是个没有门扉的大便所，三个便壶，其他什么都没有，中国通有的这种毛坑是很久不自行经验了。被蛆所吃的粪有另一种香气。

过一个月，再到小粉桥成随同之客，比前次稍熟了。这次学生罢课之后，他再没有什么"生的美的"（sentiment）。

他在战斗一日之后归来滚在床上了，不料，不一刻全身到处地痒起来了，他被猛烈的臭虫包围了。他不得不一夜之中跳出来好几次，再睡，睡了再跳起来。

过了一天，一切臭虫都把他的生命委于卫生学家的手里了，因为他照他的卫生学办法，在他的洋牢中放肆着一天的火刑杀戮。

学校罢课了，校长辞职了，新校长请客，共六院长，三院长有手杖，二院长全义齿，一院长吃素，仅有他还是少女的朋友。

吃夜饭时，工役拿来一名片说，这学生来了好几次，因为今天晚上要回乡去，所以先要同你讲话。他说好的好的，因此他就见这学生。他先说，今天你要回去了啊，可是学生之回答出于意外，学生说，已报名军训去，并不回家。他觉得那话和工役的话不符合。

弄了整个一天一天的工作，没有多大成绩。过了一夜，早晨，在后架之上，他想：他诊断这个学校有些半身不遂症，全身神经比较过敏，极少外因而多内因，陷在Allergen的样子。

他又想：在千叶的街角，有朋友住着一家，他天天在东京买物件。还有一个朋友，他在京都市，也在极力整备卫生资料。已经一个月前，他约他们将打电报去，电报到即可以回来，可是现在还不能打电报叫他们来。这里罢课，校长调动，经费待遇重新讲，因此从朝到夜工作而犹不得成绩，随园坊的废园徒然美丽。

到官邸美的草坪上饮美酒，客堂内品评磁色之美。到夜，回到独身宿舍，见同居者在洗面处洗衣，男子之洗衣真可怜；或者有人在面盆中洗足，正像是个打仗，但因为没有打仗之紧张，所以真正可怜。

他每次到南京，一定要上鸡鸣寺吃茶，或者到明故宫伫立，或者谒孝陵。此刻他到鸡鸣寺，见政府卫兵而不敢前进了，故宫孝陵夫子庙都没有工夫去，只有废园之绿色甚可爱，所以他又上后架了。从后架上看，可以看见人家的围墙，围墙之砖大概由洋人筑成金陵大学，成这房屋之前，或许是滚在地上的罢。总之，这个大砖是明朝的，大砖本来是泥，泥被窑而为美好艺术品，工人把它筑成宫邸或城门，可是它不久即灭亡了，后来者把它拆而改筑什么了。这再被破坏了，或许成为细民之小屋同困苦过罢，或许成为后宫之壁罢，或许成为番卒门卫罢，然后它被异教之徒来集成为大厦之地下室，成为太平天国之叠，或者成为革命之城了。南京之兴亡只有这一块大砖在知道，他还不敢把一块一块大砖之铭字调查，他悲人力之不足，他念这些大砖要比解剖学者之人骨搜集还有价值。

他爱这些砖头，比官邸的古瓷更有价值，走上街上，见一切大砖，他吊着这些大砖。

他再忆起他所留在近代都市中情绪很深的近代少女。他如果把她带到南京，那么她一定会惊而喜了。那么这个古都的一切古砖会起而欢迎她，嫉妒他们，或者会骂他们，或者会羡慕着，或者求哀于他们，或者举斧砍倒他，或者会来监禁他；他也可以像太平天国勇士之对一切古砖挑战，或可宣战，而它们如果被他们战死也不可惜，因为，因为它们都是明朝有门第之古砖，它们一块一块都有它的传统及怨恨。

战斗一天之后，休息一夜，他又出洋牢而上火车站去，预备坐九时之火车。或者能可以再不来此当教授了。

选自《牛骨集》，上海太平书局1944年5月版

随园坊日记

陶晶孙

　　有一天，我的苏高子居来了一位宾客，他是一位教育家，他说，他在办一个教育机关，近来发起一个卫生实验模范区，要请我去当主任。本来他先找到一个某医师，某医师从前为他们讲演过医学的，他说，那么他可以介绍一个人，那就是我，因为W是我的家乡的缘故。

　　从此所以我在W当卫生区主任了，小小卫生区，我每星期去巡视一次，我请着一个很有力的医师，他是我的学生，还有二个女医师。

　　有一天，我和我的女医师走在南京的西城丘陵之上，周技正招待我们，对南北东三方望见风景，技正说："此地从南至北多树木，这整个西域已都是英美的势力了，前天我们的大前辈接收鼓楼医院为院长，今撤退了，从此以后我们一方的人才恐怕再不能在社会上了。"

　　我们怅然地回到旅舍，那时候已经有某旅舍建筑正好，我们能发展我们的友情。我安慰她心中的从出生以来已有的沉闷，因为她出生就死了母亲，换言之，母亲为她的生产而死的，所以她在恨男子，悲女子，没有看见或模仿女子的温柔，只见继母之可恨，女子之可怜。

　　我带着她，指点她看我第一次到南京时候的竹林、马车路、鼓楼、夫子庙、孝陵。而因为那时候已经有自来水，贮水池在清凉山，所以我们走到清凉山而再到五台山，忽在山之里角之处，发现了一个木栅门，或可说小牌楼，那就是袁随园之墓。我欢喜极了，穿过草丛上去，花了很多工夫在五个坟墩中找到中央一个为随园之墓，但从山下来，我们又忘去随园了，因为我们谈恋爱之故。

南京去过两次，初次见到者为荒凉和一个学者，二次见到随园及女子的友情，没有预备第三次去。

可是第三次，我走进的是名叫随园坊的一角，这给我欢喜了，我忆起随园之墓，少女之爱。

可是这一次随园坊之四个客不是女子而是男子了，一个是我，一个是病理学家，一个是公共卫生学家，一个是细菌学专家。再加有一个文学家客串。

这是四个大学教授的宿舍，共有二室三床，四个大人不能睡在三张床，因此每到夜时，我坐洋车到某官邸去歇。

一早，到随园坊，三个高级医官在吃豆腐浆大饼了。

"Per aspera ad astra."

"你这话不是现在说的。现在我们的问题，是在讲五教授将被扑倒的问题。"病理学家说。

我偷看斤水的太太给他的信说"危邦不入，乱邦不居"，我说，太太不能"有道则见，无道则隐"的，他承认了。

走出大门，门房起立敬礼，不自由极了。走入大门，执枪者又敬礼，敬礼有各个程度，又苦极了。路上有学生，有的敬礼，有的装作不见，不知谁规定的，人和人须要招呼，因此发生很多困难，和洋人的习惯须要握手一样，叫人在社会上过活苦极了。

一天工夫，表示恭顺、秉承之后，回到随园坊，忆起来一天工夫的成绩，没有办出什么东西来。连最有耐心的斤水君都有些灰色了，他草了一文，说我们要辞职了，他说，明白地他们在不要我们，在另外组织，组织未成，所以迁延。此刻客串的冰水来了，他说：现在时期，不应是别人来请的，是要你去要的，一张功课表，要是许多人去分着点功课讲讲，假如像你们，要等别人来请，来请又要讲条件，那简直办不成，事体不过做到哪里就哪里，你们要讲将来，那简直不必在此。

我们彻夜地再谈我们的话，因为这"我们的话"是我们从前的议决，各个立在自由的立场，同时相互联络。有事体时候，可以在可能范围相互帮忙的。我对于"我们的话"中加一句说大学教授之被斥，在世界上很多，从欧洲而美国，从日本而德国，而美国。吾辈为学生要诚实，为医生要切实，为研究家要忠实，诚实和切实是一义的，忠实是多义的，能复Qu'ai-je fait pour mon iustruction？Qu'ai-je fait pour mon pays？者都没有。

亦大也赞成了，我们觉得只有我们内容是丰富。

我们走出随同坊，我忆起随园应有小仓山房，小眠斋，绿晓阁，双湖柏亭，云含书仓等等东西，可是当然现在不能考察了，连大学生也全然不知道随园是谁或者是什么。我想，小眠斋或许是那棵槐树之下，可是槐树之下，枳壳树旁系着一匹马，正在养它的胸前的革伤，这个"立而睡"者也不知道随园是什么东西，更不知道小眠斋在什么地方了。

学问要圆满而普遍，亦大有最好的精神，精彻的观察，深远的学识，我们谈到怎样要把近时的饿死人的病理学做调查，再谈到怎样可以实行最多的病理解剖。他说不难，每天做二三十的病理解剖，他谈到解剖后应用之棉花不足，我说可用泥灰代之，这一点他没有想到，将来大概大家也会想到我的方法了。

斤水有个爱妻在山东，他天天在念爱妻。我发现干国家大事时，不可受女子的影响，譬如霭利希，他在临终时，令眼前环围着许多弟子，日本的秦博士在内，叫夫人弹琴，他的耳朵在听着夫人之琴声，夫人不能见其临终，不得不按着琴而心急。这个夫人是个隐在后面的内助，可是我们知道，霭利希视神经系麻痹之后，仅有他的听神经还在作用，这不是最好的送葬么？女子结婚后独立独行者必亡，有爱妻者最为幸福。

随园坊的新式宿舍可是全没有随园的遗风了，一句话说，全没有，仅有教会派之建筑，成群的树木。其中的土砖之屋，土砖之屋上面有二三象征，你不知英美人之殖民地上，土人必戴一个土人之象征，如安南顶，印度顶，中国鞋等等么，所以宿舍的屋上也有中国象征，令人觉得自己仍是中国人而借着洋气，可不必全改为西人之生活。

下午三时，我们乘四部黄包车，告别随园坊，向北驶走了，有个忠实助手在后面与我们招呼，我们感激他。

在马路上驶了一刻，后面来了一部马车，见上面一个小姐和端正长衫之老人，一看知秘书长也从随园故迹之一角向北而走，大家欲去坐四时之火车，离此烦恼之都。

我写一字条曰：

> 诸君，吾老朽矣！诸君将能有最好之导师来矣。吾医界，人才多，人才均为吾友，谁来都是你们的师长也，早些忘去老朽可矣。吾辈去矣，吾辈为你们有为青年往还徒然，均情之所愿也，暴尸任你们解尸，亦情愿也，希望你们对己诚实，对人切实，对民族忠实！

吾爱吾在随园之坊住着一星期。在这烦恼之都，吾得返绿荫，是最至幸。火车开了，狮子山不见了，北极阁不见了，我们离此烦恼之都。

选自《牛骨集》，上海太平书局1944年5月版

白门买书记

纪果庵

　　益都李南涧、江阴缪荃孙前后作《琉璃厂肆书记》，今日读之，犹不胜低徊向往。然人事无常，缪氏为后记时，李氏所举数十家，固久已不存。辛亥后，缪氏自沪再抵旧京，则前所自记，亦复寥若晨星。三十年来，烽燧迭起，岂惟乾嘉之风流邈若山河，即同光之小康，亦等之梦幻！缪氏所记诸肆，惟来薰阁、松筠阁等巍然尚存，直隶书局、翰文斋则苟延残喘，后之视今，犹今之视昔，讵不重可念耶！

　　金陵非文物之区，自经丧乱，更精华消尽；徒见诗人咏讽六朝，缱怀风雅，实则秦淮污浊，清凉废墟，莫愁寥落，玄湖凋零！售书之肆，惟以旧货居奇，市侩结习，与五洋米面之肆将毋同，若南涧所呕呕称道之五柳老陶、延庆老韦、文粹老谢，徒供人憧憬耳。书肆旧多在状元境，白下琐言云：书坊皆在状元境，比屋而居，有二十余家，大半皆江右人，虽通行坊本，然琳琅满架，亦殊可观，廿余年来，为浙人开设绸庄，书坊悉变市肆，不过一二存者，可见世之逐末者多矣！盖深致慨叹，顾甘君之书距今又五十年，状元之境，乃自绸庄沦为三四等旅舍，夜灯初明，鸠槃荼满街罗列。大有海上四马路之观，典籍每与脂粉并陈，岂名士果多风流乎！不过目下较具规模之坊肆。仍以发祥该"境"为伙，如朱雀路之保文，太平路之萃文，其佼佼者也。

贡院夫子庙

余在秣陵买书，始于供职山西路某部时，冷官无事，以阅旧货摊为事。残缺不全之《雍熙乐府》《任氏散曲丛刊》，皆以一元大武得之，雨窗欹枕，大足排遣乡愁。及后友人告以书肆多在夫子庙贡院街，始知有问经堂诸肆，忆其时以七元买《〈渔洋精华录〉笺注》，二元买《瓯北诗话》，虽板非精好，而装订雅洁，颇不可厌，今日已非数十番金不能办，二三年间，物价鹘兔，一何可惊。厥后滥竽庠序，六十日郎曹生活告一段落，还我初服，乃得日与卷帙为伍。时校中命余代图书馆搜罗典籍，盖劫后各校书无一存者。书肆中人云，丁丑戊寅之际，书皆以担计，热水皂以之为薪，凡三阅月，祖龙一炬，殆不逾此。所幸近代印刷，一书化身亿万，此虽不存，彼尚有余，不致如汉初传经诸老之拮据，兹为大幸。余阅肆自朱雀路始，其地有桥有水，复有巷名乌衣，读刘禹锡诗，真若身入王谢堂前矣。路之北，东向，曰翰文斋，其榜书胡小石教授所为也，肆主扬州产，钱姓，昆季四人，以售书骎骎致富，然侩气殊浓，每有善本，秘不示人，实则今之所谓善本，即向之通行本而已，复印既难，遂以腐臭为神奇。余曾以三十金买初板《愙斋集古录》，友人皆曰甚廉。迩年坊市，皆以金石为最可宝，次则掌故方志，次则影印碑帖画册，若集部诸刊，冷僻者多，不易销售，然近顷欲觅一《艺风堂文集》，亦戛戛其难。昨见某友于市上大觅牧斋《有学集》，竟至不能得。就余所知，此书在旧京固触目而是，今如此，恐沪上以书为货，垄而有之之风已衍蔓至此，不觉扼腕三叹。翰文寄售影印初月楼、汲古阁各丛书，初价并不昂，如津逮、借月山房诸刊，才六七十，比已昂至四五百元一帙，可骇也。京中有"黑市"，丑寅间列货，莫愁路一带，百物骈陈，质明而散。相传明祖既贵，旧部濠泗强梁，既不能沐猴而冠，乃辟为此市，俾妙手空空，亦各得其所，姑妄听之。然变后斯市，固大有是风，书肆中人，往往怀金而往，争欲于此得奇珍，翰文亦其一。余于其店买《甲寅》周刊合订本两册，共三十期，较论移时，终预十五金始可，实则在黑市不过五元，然一念老虎部长之锋芒，觉亦尚值得，归而与《鲁迅全集》合参之，竟不觉如置身民国十五六年间思想界活跃非常之时期焉。

翰文稍南曰保文，初在状元境，廿五年后始移此。主人张姓，冀之衡水人。衡水荒僻小县，而多以书籍笔墨为业。今旧京琉璃厂诸肆，强半衡水也。故老云，厂肆在同光前，以豫贾西商为主，庚子后衡水渐多。松筠阁刘姓，始列肆于厂，今则目为门面，绵亘十数楹，巍峙于南新华街，卅年来，在书业中屈一指矣。保文总店设歇浦三马路，主人某，曾受业于旧东翰数之韩心源，韩则宝文斋徐苍崖之徒，颇为缪荃孙称道者见者，故某氏版本之学，独步一时，又与刘翰怡、刘晦之、董绶经诸公接，所见愈广。沪之市书者，每倩其鉴定。后经翁家刻及景印诸精本，坊间已不易睹者，求之该肆，往往而有；老而无子，南京分肆则付诸其戚经营，即张姓也。其人尚精干，惟芙蓉癖，遂鲜振作；一徒彭姓者，忠戆人也，吾颇喜与之谈，道掌故娓娓如数家常，亦四十许矣。廿九年秋，出嘉靖《唐诗纪事》，行款疏落，字作松雪体，纸自如雪，索二百四十金，余以价昂却之，后闻归陈人鹤先生，陈氏南京收书，不惜高值，故所藏独多。自三十年春，北贾麋集白城，均以氏为对象，彼辈利用汇水南北不同，不惜重赀于苏杭宁绍各处搜刮劫后余灰，北来之书，又非以联券折合不可，其值遂甚昂云。保文售予之巨帙，有《通志堂经解》（广东刊），《知不足斋丛书》（最足本），《适园丛书》，《清儒学案》（天津徐氏刊），《四部备要》，《四部丛刊初二三编》，《百衲本廿四史碑》，传集及续补，《湖海诗传》，《湖海文传》等，皆学人之糗粮，典籍之管键，总计全价犹不及五千元，以云今日殆十之与一。惟去春曾购定中华书局本《图书集成》一部，价九百元，后不知何故，竟毁成约，于是翰文乘之，以《集成》局本原价八百元之全书，勒索至九百余元，不得已买之，当时殊引为憾，及今思之，只觉其太廉耳。今暑气候炎歊，为数十年所廑见，每于夕阳既下，徜徉朱雀道上，以散郁陶，则苦茶一瓯，与肆中人上下今古，亦得消闲之趣。一日，忽见上虞罗氏书甚多，询之则自大连寄至者，若《殷虚书契前后编》《三代吉金文存》《楚雨楼丛书》等，皆学人视为珍奇，不易弋获者，而其价动逾千百，亦非寒士所能问津。余于甲骨无趣味，而颇喜金石，到京以来，收得不多，惟有某君出售《周金文存》全书，索价每册只二元，诧为奇贱，亟以廿四番金市之，实来京一快事。《三代吉金》，印刷精美，断制谨严，较之刘氏《小校经阁金石文字》《善斋吉金录》等有上下床之别。容希白氏《商周彝器通考》言之详矣，去岁尾予代某校托松筠阁自平寄一部，二十册，价八百金，北流陈柱尊先生见而欲得，又嫌其值之昂，今保文之书竟高至千二百金。予友余君，亦有金石癖，既以重值买其《殷虚书契》以去，又取此书，玩赏数日而归之，盖囊中羞涩，力有不胜。余拟以分期缴款方式收买，甫生此议，已被某中丞捆载而去，悔无及矣。小品书籍之略可言者，徐釚《本事诗》，初印本也，有叶德辉收藏章，余以二十元得之；《天咫偶闻》，知堂老人所最喜也，以四金得之；《董刻梅村家藏稿》，二十八金，《影印〈西厢记〉》，二十金，罗氏《影印〈草窗诗集〉》十金，皆非甚昂，记以备忘。嘉业堂藏本及印行各书，余代某校收买者，则有《小校经阁金石文字》，《善斋吉金录》，《宋会要》（嘉业本，北平图书馆印），《雪桥诗话》等。

保文南有国粹书局，乱前颇有藏书，毁于兵燹，今虽复兴，而书价奇昂。余喜搜罗地方掌故之书，如《天咫偶闻》《郎潜纪闻》《日下旧闻》《啸亭杂录》《檐曝杂记》《春冰室野乘》诸书，皆日常用以遣睡者。举目河山，不胜今昔，三千里外，尤绕梦魂，某晚于此店解《后旧都文物略》一帙，乃秦德纯长北平市时所辑，虽搜访未备，而印刷殊精，在今日已难能，不意索价至八十金，以爱不能释，终破悭囊付以七十五金，自是不甚过其肆。闻友人云，该肆总店在申，居积殊赢，京肆生涯初不措意，则无怪其拒人于国门之外也。与保文相对者，有艺文，乱后始设，凌杂不堪，主人以贩书南昌为事，初尚有盈，今则数月无耗。其肆无佳品，惟曾售余中华本《饮冰室全集》一部，乃任公集之最全本，按其价四十元八折，今商务中华之书，靡不增至十倍，此可谓奇遇。艺文之邻，有南京书馆，专售商务出版品，其主人前商务宁局伙友也。战后商务新刊不易抵京，赖此店即中央书报发行所为之支撑。余所购者，如《缀遗斋彝器考释》，原价三十五元，后改为七十，市售则加三倍，购时真有切齿腐心之思，然甫三月，余已有倍屣之利可图，今日之事，又岂人意所能逆料哉！他若《〈越缦堂日记〉续编》《〈愙斋集古录〉连剩稿》《影印营造法式》，大典本《水经注》及各种法帖画册墨迹，罔不以加三加四之值购得，而与《缀遗》之事如出一辙云。

自朱雀路过白下路而北，旧名花牌楼（明蓝同公府大门，建筑富丽，后虽以罪毁，仍存是名）。今日太平路，乃战前新书业荟聚之区，中华商务之赭垣黔壁，触目生愁；自物资困窘，纸贵如金，营出版业者，谁复肯收买稿件，刊行新籍，且撰著者风流云散，即欲从事铅椠，亦有大雅不作之叹。职是之故，新刊图籍，价目日新月异，點者咸划去书籍版权页之价目，而随意易以欲得之数，使购者参酌无从，啼笑皆非，太平路最南路东日萃文，肇兴于状元境，亦老肆也，藏书颇有佳本，惜不甚示人；其陈于门面橱窗者，举为下乘，余买书于此店甚多，都不复记忆。去冬岁暮，天末游子，方有莼鲈之思。忽其主事者袁某人，曰有袁氏《仿裴刻文选》一部，精好如新，适余于数日前在莫愁路冷摊得同书首二卷残本两册，一存目录及李善表，一存卷一班赋，而书顶有广运之宝，方山（薛应旂）、董其昌、王世贞诸印，既以常识审之，证为赝鼎，又以其不全也，置之尘封中而已。今闻有全书，不禁怦然心动，乃索至八百元，犹假岁尾需款为词，介之某校，出至六百，袁坚持非七百不可，北中某估，与余稔，曰，可市之，不吃亏也。余摒挡米盐度岁之资而强留之，始知为张氏爱日吟

庐故物，凡三十一册，每册二卷，目录一卷，虽经装裱，纸墨
尚新，因念明刊佳椠，近亦不可多得，如此书战前不过二百
元，绝非可宝，今则诧为罕遘。后此书终以原价为平估窜去，
至今惜之。他若明刻《文章正宗》之类，平平无奇，而索值极
高，殊可恚恨。余曾入其内室，则见明复宋小字本《御览》，
商务初印《古逸》及《续古逸》丛书，皆精佳，惟一时无出手
之意，遂不能与之谈。尤可笑者，某日天雪，以清末劣刊《金
瓶梅》来，索至二百金，余察其离奇古怪之图画，讹夺百出之
字体，咄而返之。昨读周越然先生在《中华日报》所记买此书
之故实，不觉亦哑然有同感也。萃文之北曰庆福，肆尤古，主
人深居不肯出，虽知藏书不少，而未能问津。今秋陈斠玄教授
全部藏书出售，此肆独获其精者，秘不告人，留待善值，欺人
孺子，诚恶侩矣。庆福对面曰文库，林姓，扬州产，乱后营此
小肆，以出租小说糊口，亦稍稍买旧刊及西书，曾以三十元买
《热河志》而以五百金粥之，堪称能手。余见其肆多有国立北
平图书馆西文藏书，殆变中南徙流落于此者，滋可叹息！

乌龙潭

状元境仅存之书坊，自东而西，曰幼海，曰文海，皆扬州籍。幼海索价，胡天胡地，莫测指归，又恒开恒闭，在存亡之间；文海地势较冲要，客岁余买其龙蟠里图书馆藏本不少；龙蟠里者，陶文毅公办惜阴书院之地，前临乌龙潭，右倚清凉山，管异之所记盋山即此，故又称盋山精舍，端午桥在两江任时，买丁氏八千卷楼旧藏，遂扩为江南图书馆，藏书为东南冠。商务印《四部丛刊》，佳本多取诸此，既成而隐其图记藏者，至今馆人诟焉。战前由柳诒徵翁主持，编刊目录，影印刊孤本，盛极一时，自经丧乱，悉付劫灰，尚不如中央研究院诸书，得假他人之手，略存尸骸。其善本或散入坊肆。余前曾得有伊墨卿《留春草堂诗钞》，小字明复宋本《玉台新咏》，皆嘉惠堂故物。文海所售者，如明本《警语类抄》，字体精美，足资赏玩，《弇山堂别集》，有丁松亲笔校记，朱黑烂然，致足宝贵，皆怂恿某校存之，盖公家藏弆，终较闶之私人邸宅为佳也。此店又多太平史料之书，抄本更多，惟影印忠王供辞，余托其寻索，迄未报命。善文书店，在中间路南，主人殷姓，保文堂旧徒，乱后自营门市，余于廿八年秋，以三元贱值买广东刊巾箱本《七修类稿》于此，后更买其《清史稿》，当时为所绐，价百五十金，其后始知市值不过百廿，然今则非五百不可，向恨矇瞳，今诧胜缘焉。又从其买英文书若干册，旧师郭彬龢所藏，估故不识，每册索一元，皆专研希罗古文学者。此等事盖可遇而不可求，非可以常理论者。善文西曰会文，韩姓，亦新设，其人谨愿。书价和平，余每月必买少许，而不甚易得之书，往往彼能求获，如《日下旧闻考》，为研旧京掌故必备之籍，燕估犹多难色，去冬韩由扬州买来，价不过二百八十金，为某校所买。清末名臣奏议及方志诸书，出于此者甚不少。余所得书之更可念者，如《越缦堂诗集》，陶濬宣旧藏也；《十驾斋养新录》，薛时雨故物也。书固不精，前贤手泽可贵耳。越风、喻林一叶两书，在故都价甚大，而此肆则不甚矜惜，得以微值收之。韩为人市侩气较小，亦使人乐就之一因。状元境旧肆，如天禄山房，聚文书店，今皆不存，惟集古一肆，伶俜路北，尘封黯壁，长日无人，徒增观感。萃古山房，原亦在此，且书板甚多，事变前龙蟠里所得段氏《说文》手稿信札等，皆此肆所售，乱后生活无着，书板多充薪炭，或以微值粥人，今其老店主每谈及此，辄歔欷不止。顷另设门市于贡院西街，门可罗雀，闻已应陈人鹤先生之召，为钉书工。余最喜听其谈南京书林故事，有开元宫女之思焉。贡院西街在夫子庙，书坊历历，惟问经堂最大，主人扬州陆姓，干练有为，贩书南北，结纳朱门，以乱前萃文书店之伙友，一变而为南京书业之巨擘。其人不计小利，而每于大处落墨，又中西新旧杂蓄，故门市最热闹。余买书甚多，不能详记：春间彼自江北返，得《越缦堂日记》全帙，向余索新币三百金，旧币四百五十金：余适有某刊稿费来用，力疾买之，而俄顷新旧之比已二与一，余则用新币也。虽然，不稍悔，盖余最喜阅读日记笔记，平日搜罗，不遗余力。《翁文恭日记》，曾有海上某友人转让。索百八十金，以其昂，漫应之，而不日售出，遂悔不能及，今遇此好书，岂可失之交臂耶！周越然先生云：一遇好书，即时买下，万勿犹疑，否则反惹售者故增其值，即上当亦不失为经验。余颇心折此言，且早已实行者。昨余又过其肆，则陆某向余大辩其书价钱之廉，并愿以新币四百五十金挖去，余笑而置之。估人亦狡矣哉！然此事不成，则又以《三古图》一部蛊余，上有伪造文选楼及琅嬛仙馆珍藏图章，索三百金，清印明刻本，市上恒见物也，余亦一笑置之。

买书不能专走坊肆，街头冷摊、巷曲小店、私人之落魄者，佣保寒贱之以窃掠待价而沽者，皆不可放过。莫愁路之黑市，前既言之矣，二三年前，犹可得佳品。近日则绝无。路侧，有曰志源书店者，鲁人陈某所设，其人初不知书，以收破碎零物为业（京语曰"挑高箩"，以其担箩沿街唤买，如北京所云之"打小鼓的"然）。略识之无，同贩中之得书者，辄就请益，见书既多，遂专以收书为事，由担而肆，罗列满架，凡小贩之有书者，咸售于此。故往往佳著精椠。余所得有最初印本《㧑古录》文，裁钉印刷，皆上上，而价只五十金；刘氏《奇觚室吉金文述》，虽翻印数次，而坊间仍无书，亦于是买得；方氏《通雅》，虽不精，只十元；鲍氏观古阁藏龙门造像拓本数册，陈伯萍藏汉魏碑帖多种，咸自此散出。最近陈氏家人更以所弃扇面百余件附售。余过而观，有包世臣、李文田、王先谦、王莲生诸名家手迹，弥可宝贵。索五百金，余方议价间，已为识者窜去，颇自悔恨。惟收得旧拓片数十纸，每纸不逾数角。内有匀斋、宝铁斋旧物二，尚足自慰。又见其乱书中有戴传贤书扇，并张道藩君所藏Kampf素描集等，昔为沧海，今日桑田，大有《〈金石录〉后序》之悲矣。

豆菜桥边一肆，亦以收旧物而设门市者。其人张姓，嗜饮，性畸。逢其醉，无论何物，皆以"不卖"忤人，否则随意付钱，可得隽品。所收书画良多，珂罗板碑帖尤多，以不善经营，数在其肆外告曰："本店无意继续，愿顶者可来接洽。"于是由书肆变而为售酒之店，昨过其地，则酒店又闭，想瓮中所储，不足厌刘伶之欲，此公亦荷锸行矣乎？

凡余所记，拉杂之至，又无名本秘笈，惟是世变所届，存此未尝不可备异时谈资，谅大雅或不以琐猥见訾欤？

（壬午重九于金陵冶山下。）

注：李南涧《琉璃厂书肆记》："……书肆中之晓事者，惟五柳之陶，文粹之谢及韦也。韦，湖州人，陶、谢皆苏州人。……吾友周书昌，尝见吴才《老韵补》，为他人买去，怏怏不快。老韦云，《召子湘韵略》已尽采之，书昌取视之，果然。老韦又尝劝书昌读魏鹤山《古今考》，以为宋人深于经学，无过鹤山，惜其罕行于世。世多不知采用，书昌亦心折其言。韦年七十余矣，面瘦如柴，竟日奔走朝绅之门，朝绅好书者，韦一见谂其好何等书，或经济或词章或掌故，能多投其所好，得重值，而少减辄不肯售，人亦多恨之。……"

又缪氏后记李雨亭、徐苍崖，亦斐娓有致："李雨亭与徐苍崖，在厂肆为前辈，所谓宋椠元椠，见而即识，蜀板闽板，到眼不欺，是陶五柳、钱听默一流。尝一日手《国策》与余阅曰：此宋板否？余爱其古雅而微嫌纸不旧，渠笑曰：此所谓捺印士礼居本也，黄刻每叶有刊工名字，捺去之未印入，以惑人，通志堂、经典释文三礼图亦有如此者，装潢索善价，以备配礼送大老，慎弗为所惑也。"

选自《现代散文随笔选》，上海太平书局1944年版

冶城话旧（节选）

卢　前

自　序

　　《冶城话旧》一卷，民国二十六年作。时，友人张恨水先生创《南京人报》于南京，嘱写笔记，日刊报端。余每周往来京沪，家居不过一二日，酒醉耳热，偶尔命笔，写十数条，随寄恨水。先后计之，约有百则。八月十三日，余以暨南大学招考新生留上海，及事变起，仓皇从杭州间道还京，留十余日，即举室西上。一战七年，至于今日，非当时意料所及。昨晤自勤，得见旧作，追寻往日，恍如梦寐。不知下笔伊始，又何以独先哀江南，岂文章亦有征兆耶？呜呼，当时话旧不过如是，使他日重归，更续此作，则所可记者，奚啻千百。自勤商以单行，未志读者读之，回忆京国，其感慨为何如也？

　　民国三十三年三月，卢前。

玉井咏随园

　　道咸间，白下词人以许海秋先生宗衡为最。先生有《玉井山馆词》，中有"为仲复题随园图"。安公子云："不忍言重到，小仓山翠迷蠡沼。花弄蔚蓝天外影，（蔚蓝天，随园斋额也。）阑干闲了，便一片隔帘月照。谁欢笑，叹啼几惯使春人恼。六朝如梦，一例沧桑，何堪凭吊。　　漫悔经过少，算来犹幸登临早，烽火十年乔木改，夕阳衰草。曾醉听猿吟鹤啸，烟云杳，还想到麓镇东风悄，落红池馆，记得分明，那时春好。"盖随园毁于洪杨兵事，此词则乱后复作，先生尝游息于是，故有重到之语，感喟不能自已。案：《玉井山馆词》刻版，近为仇述庵丈等购得，已增印百数十部广其传，状元境文海山房有之。过小仓山者，手此一编，想见蔚蓝天色，当亦不胜沧桑之感矣。

马陵瓜

偶阅刘元卿《贤弈编》，谓："中国初无西瓜，见洪忠宣皓《松漠纪闻》，盖使金虏，贬谪阴山，于陈王悟室得食之。云种以牛粪，结实大如斗，绝甘冷，可蠲暑疾。"《丹铅余录》引五代郃阳令胡峤《陷虏记》云："于回纥得瓜，名曰西瓜。"其言与忠宣同，以为至五代始入中国。按忠宣使虏，乃称创见；则峤尝之于陷虏之日，而不能种之于中国。其在中土，则自靖康而后；其在江南，或忠宣移种归耳。

江南以土壤之异，所产瓜实远逊于朔方。都下所重，曰马陵瓜，盖明马后陵园种也。以是取之朝阳门外者，袭而称之，凡瓜形长圆者，咸呼为马陵，成循声误，讹作马铃。

旧时，食西瓜毕每雕镂为灯。以马陵瓜形制灯乃不如椭圆者，余因是自幼不爱之，而爱圆瓜，然瓜灯已久矣夫不见矣。

愚园泉石

门西鸣羊街愚园，为金陵名园之一；胡煦斋重修之，土人称为胡家花园。论者以为泉石之胜，不让吴中狮子林。陈伯严史诗云："城中佳胜眼为疲，聊觉愚园水石奇。碧蕊紫蕙春自暖，叠岩复径客何之？闲闲簪履相娱地，历历乾嘉最胜时。残月栖楹鱼影乱，真成醉倒习家池。"此诗仿佛未刊入《散原精舍集》。予儿时常游园中，主人胡碧潋光国，时年已八十余，与话无隐精舍鹿坪间，指点汪梅翁旧日游憩处，未尝不想见当日之盛。匆匆二十年，今园荒已久，碧潋老人墓木拱矣！不知老人生前所撰《愚园诗话》者，今尚存否？使游斯园者，手是一编，虽无花鸟，可以缓眠怡情，亦可供来者之凭吊，知斯园掌故，亦有足裨谈助者也。

成贤街

成贤街，为明国子监所在地（案：南监在今考试院）。今中央大学在此，且仍旧名，亦儒林佳话。予年十四，入南京高等师范附属中学，其时沿两江优级师范旧址，仅有一字房（今伯明堂）、口字房（焚去），斋舍。孟芳图书馆前，洋槐夹道，皆民国十年以后光景也。惟大石桥、附属小学，仍多旧观。梅庵、德风亭、六朝松，此二十年来，亦几阅沧桑矣！

惟成贤街一小土地庙，予见其初改杂货肆，改教育馆、饭店，改南京印刷局；此一角落变迁频繁，所成就之人物亦多。前明去今已远，故不可得考。自十六年至今日，不及十年，而此东方之古大学街（成贤街）乃亦有复杂之历史，惜无人更续《南雍志》耳。

媚香楼故址

李香君媚香楼，初不知其地。民国十二三年，在石坝街发现界石，始知栖亦去钞库街不远。日前如让主课，予因以此命题，调寄《高阳台》，霜厓师立成。词曰："乱石荒街，寒流古渡，美人庭院寻常。灯火笙箫，都唱画苑文章。几栏画壁知难问。问莺花可识兴亡？镇无言，武定桥边，立尽斜阳。　南朝气节东京煎，但当年厨顾，未遇红妆。桃叶欢歌，琵琶肯怒中郎。王侯第宅皆荆棘，甚青楼寸土犹香。费沉吟，纨扇新词，点缀欢场。"论琵琶蔡中郎事，见侯朝宗《壮悔堂集》。此词在吾师为别调，与金陵掌故，不可不知。

库司坊

相传阮大铖石乐园，即今门西库司坊之韦氏园。而库司坊者，亦即《桃花扇》所谓裤子裆。岂当时已名库司坊，而时人以谐音字嘲之，抑原名裤子裆，改作库司坊乎？不可知矣。阮居金陵盖久，牛首山，献花岩，祖坛均曾小住，或谓《燕子笺》即削藁于献花岩者。衡叔得明刊《献花岩志》，近方翻刻。此书当成于隆万间，故不及收集之作。然《咏怀堂诗集》

中于南郊诸胜，颇有题咏。诗之高逸，不让韦孟；五百年一大作乎。日前在库司坊欲寻觅此翁遗迹，渺不可得，案此则可补园墅志所未及。

艺风故居

丹徒柳劬堂师诒徵榜国学图书馆书楼曰"艺风楼"，所以追念江阴缪小山先生荃孙也。张文襄《书目答问》，相传出先生手；时文襄官四川学政，先生方入蜀考金石也。先生居金陵久，故宅在颜料坊，身后藏书略尽，诸子多家困，并此宅亦不能守。此宅今归篆枝堂夏氏。正宅仅四进，后进有楼，而旁宅并有楼相连，南京俗所谓跑马楼者是也。夏蔚如先生（仁虎）尝拟立"南京书库"，聚南京人所著书，其楼即艺风翁旧日藏书地也。夏氏久居北都，此宅托先君为购置者。先君与艺风幼子立券，归为惋叹竟日，曰："名父之子乃如此！"

石观音

门东东花园，徐中山之东园也。附郭旧有湖曰娄湖，今俗讹称为老虎头，误矣。旁有赤石矶，其上即周孝侯读书台。下有石观音。每年六月十九日（旧历），香客麇集于此。七月中旬则移至清凉山。石观音之得名，因寺中石刻观音像一尊，趺坐古井上。相传井中有蛟，为害闾阎，观音菩萨常化身来收伏，其后里人招雕石像，永为镇压。香客来时，每投铜钱入井，久始闻声，井之深可知也。石像极庄严，较小心桥之玉佛古老多矣。

凤池书院

新廊小学旧为津逮学堂，津逮之前身即凤池书院也。武昌张裕钊常讲学于是，张謇、范当世、朱铭盘相偕谒于凤池书院，裕钊大喜，自诧一日得通州三生，时以为佳话。其后秦伯虞际唐任山长，改学堂，先君其准任者也。先是，先君创宏育学堂于望鹤冈宅中，不一年，遂与津逮合。今西安行营侯天士处长成，即津逮高第，保定军官学校出身者也。予儿时常侍先君堂中，记庭前有枇杷树一，先君人讲堂，予即嬉戏树下。由今思之，不觉三十年矣。不知树尚在否？先君见背亦已十有二年！

问礼亭

考试院戴季陶院长，在洛阳得《孔子问礼老子图》石刻，筑问礼亭于院中，以《礼运》篇分韵赋诗。时予以第二次高等文官考试襄试委员在闱中，分得"疾"字。为诗曰："世乱如人病膏肓，不医何由起驱疾。医国良方在六经，经旨惟礼不可失。永明一片石犹存，我常访之游洛日。云昔夫子过柱下，就聘问礼兴周室。国之四维礼冠首，大小戴记有完帙。孝园渊源出家学，见此儒道喜同术。是年移载向南都，树立华林馆之侧。他时郅治跻成康，请视此亭与此石。"孝园者，季陶先生所署，其园在五台山附近。此诗一夕而就，颇为师友所称。录之，备他日谈掌故者知此亭之落，曾有征诗之举而已。

马回回酒家

今日来京师观光者，殆无不知南门外之马祥兴者。马氏在报恩寺对门设肆究始于何时，此有足述者。曰：始于明初者，如皋冒翁鹤亭言之也。或以问于胡夏庐丈。丈曰："肆之初设也，予实书其市招，第不知予果明初人否耳。"余亦尝语诸鹤亭翁："其地为旧报恩寺址。使明时僧伽不食肉，何以有此肆之设？"翁亦为之抚掌笑。

十六年以前，肆舍狭隘，余辈日往来其间，推牛首翁为祭酒，主人大腹便便，帖从复命，所制庖馔，若美人肝之属，皆起于此时；而其价特廉，非如今车马盈门之概也。余所为旧曲，有云踱蹳提壶城外马者，即指此。

雨花台题壁

雨花台侧有泉，许振科；书坡翁句题之，曰"来试人间第二泉"，因俗呼为第二泉也。春秋佳日，座客尝满。犹忆甲子四月，踏青过此，见壁间有铅笔字，为《蝶恋花》一章，全词已不复省记。中有句云："每到春来，尚有垂垂子。"初以为咏阶前石榴树耳。坐中有知其事者，为言三十年前，有当垆人，皓腕如雪，城中年少咸集是肆，饮者之意故不在茗。未几，嫁去，则绿叶成荫，子已满枝矣。是词作者必当日坐中少年，所以有牧之之叹也。其事绝韵，因相约赋之，余归，谱北中吕《朝天子》云：

> 相思须折枝，说甚么垂垂子，垆边不见俊庞儿，这其间多少风流事，映水螺鬟，当门酒肆，早写下红颜薄命词。此时再发痴，又前度刘郎至。二北词人见之，以为不让张小山也。或阿其可好，故如是云。

冶城沧桑

> 槐影扶疏红纸廊，冶城东畔又沧桑。
> 摩挲石愚人空老，忆到金陵便断肠。
> 脱略曾非礼数苛，上宫有女妒修蛾。
> 濮阳金集儒书客，哪得扬雄手载多。
> 觥觥含宪出重阍，传命居然奉敕尊。
> 轻薄子云犹并世，可怜不返蜀川魂。

此三诗，先师学制李先生题《匀斋藏石记》诗也。先是，先生经缪艺风（荃孙）介，充江楚编译馆书局封编纂，月支官钱，实为端方治私书，所谓《匋斋藏石记》者也。艺风方为匋斋撰《销夏记》论列书画，不遑兼为编纂事，乃举沈蕙风（周仪）代之，蕙风择拓本无首尾，漫漶而字迹不辨者，一以问先生，先生遂日耗精消于此书，于蕙风不无介意也。及端方再起，以铁路大臣督师入川，行至资州，为民军所杀。故诗有"不返蜀魂"之句，哀端方亦不能忘情于蕙风也。

民国十三四年间，先生应南雍聘，来京讲学。时时为前言红纸廊，当时文酒之会甚盛。红纸廊者，江楚局故址，在今中央政治学校也。

先生讳详，字审言，江苏兴化人，有《学制斋集》。卒于民国二十年四月，年七十三。前从游已晚，顾先生竺念先谊，每与谈金陵掌故，娓娓穷夜。由今忆到银鱼苍先生寓所，亦令人断肠矣。

柳门避酒

往读赵秋聆《香消酒醒》曲，见《止酒》与《破戒》二章，辄用自笑。盖止之愈坚而破戒亦愈速，计仅避之之为愈耳。因忆杨柳门避酒诗：

> 平生蕉叶量难酬，豪饮何堪大白浮。
> 杜举甘心辞萄部，董逃掉首去糟丘。
> 一卮才属逮巡起，四座难从汗漫游。
> 我自独醒还独往，世人大半醉乡侯。
> 两军旗鼓正相当，大户轰然小户亡。
> 入座人争吞北海，逃名我欲傍东墙。
> 雄兵止合退三舍，虚席何妨空一觞。
> 宴罢欲归归不得，森严约法畏刘章。

柳门，初名得春，字师山，上元人。其诗散落咸同兵手中，张冶秋辗转得之，以授丹阳束允泰，乃合金亚匏（和）、蔡子涵（淋）诗刊为《金陵三家集》。所谓柳门遗藁者也。集中《小青曲》叙冯小青事，作长庆体，可媲美于元白。

白酒坊

白酒坊在聚宝门内，濮友松先生居之。以前所见，能酒者盖世无出先生右者。先生自少时以迄八十以后，无日不饮；每餐约四五两，徐徐自斟，人亦不敢强也。先生常云："或谓酒伤人，我谓酒养人；非酒能伤人，人自伤于酒；非酒能养我，我自养于酒也！"

三四十年来，吾师之以酒称雄者，若郑受之丈成，郑义间世叔师均，皆能狂饮，饮必醉，醉则益酗于酒，说者谓其能饮数斗，实则非能饮者也。盖自人饮酒，酒饮酒，以至酒饮人，所得于酒者殊少，予生也晚，不及见顾石公先生，然如友松先生者，吾必谓之真能饮酒者矣。惟真能饮酒者，必以酒而寿。昔汪大绅有《酒人记》《酒人后记》；若予作《酒人新记》者，必首记濮先生。

两邻寺

予望鹤冈故宅旁有伏魔庵，外家全福巷有常乐庵。两庵皆小寺，各有僧七八人。有年事长者，有年幼者。予幼时，常入寺与诸僧游。知江南寺僧以泰县人为多，且多少年披髯，以僧为业，非欲穷究竟求解悟者。伏魔庵主持演修，常乐庵主持慧开，予皆见其殉身于色。世俗下流小说多言恶僧窖藏少妇事，颇令人不能置信；然予以两寺之主持观之，天地间定有此事。为僧本要六根清净，而僧人转多不能清净六根；是无大智慧人不能为常人，亦不能为僧人也。人生智慧只此一些，为儒成圣，为释成佛，为道成仙。智慧仍此智慧，人仍此人，儒释道殊无分别耳。

程阁老巷

金陵之建筑，修门大约不外八字式、勒马式二种，进门到厅堂，间有旁厅一曰花厅者。三开间或五开间之正房，前有院落，旁有耳房，进数多少不等。有风火墙，亦有用短墙者。若有园，多在宅后进之后。

此种格式，不独与大河以北异，即苏常府属之建筑，亦不甚同。相传为前明遗制，故宅愈旧尺寸愈低，格式愈定。今程阁老巷，程阁老家祥之宅，自晚明至今，三百年中未尝翻造，可以为此式之典型。予数至其宅，见梁上之画，顶板之饰，虽历三百年，日渐尘积，颜色淡脱，然入清以后，无此装修也。宅甚坚固，予常询诸主人，每四五十年始一扫拾。不知治营造学者，亦尝研讨及之未？

津逮楼

坂巷甘氏，邦人谓是凤池之裔。《儒林外吏》所谓"凤老爹"者，即指其人。顾自道咸以来，世以儒术著。《建业实录》，甘氏所刊也。《白下琐言》，又为元焕作。谈南京掌故，不可不及甘氏。

甘氏富收藏，曰津逮楼，金石器物最著，不亚于吴门潘文勤祖荫也。惜在晚清毁之一炬，犹牧斋绛云之劫也。甘氏与吾家世为姻好，汝恭表兄处尚藏有先太史遗墨，盖为姊氏到习《吁天图》作。汝恭叔父黄三丈，又予之姑丈也。丈之二子浏、涛，均曾从予游。汝恭字寿之，浏字览轩，涛字汉波。汉波之二胡，自十余岁有声于乡里，今受中央广播电台聘，司国乐演奏。都之人殆无不知其技者。惜无好事人为甘氏作《津逮楼志》，一述近百年事。

仁厚里

门东仁厚里，吾师王伯沆先生居焉。先生名瀣，一字沆一，晚年号冬饮。先世溧水籍，居金陵已三世。师少有狂名，文字散稿辄弃去，独与吾太姻丈王木斋先生（德楷）善。先生藏书极富，与文芸阁、康南海有往还。每置酒边营宅中，宾客满前，师独嘿然在座，一言出则众悉披靡，木斋先生未尝不敬畏焉。前教授四方，归必谒吾师，师盘问不稍假贷，每谒，必先读书数日以往，否则见师，心益兢兢矣。师之游黄门，已近六十，常语前曰："吾见黄先生，如坐春风中。一种霁月光风气象，不图瀣及见于今日！"呜呼，又孰谓吾师狂哉！师自大病以来，前至，必问近读何书，读书有何心得。窃愿吾师早日康复，俾常请益；不独前之私幸已也。

陋巷诗

革命军初底定江南，时余伏处陋巷。一二故旧，偶然见过，余为赋《陋巷诗》示长沙田君寿昌。诗凡四章：陋巷虫鱼老，故人岸岸至。躅躅城东隅，漫诉心头事。

> 寿昌躅蹬人，魑魅搏以去。
> 命达无文章，何怨天相妒。
> 我有遣愁术，拨灯入台酒。
> 说梦忆浮生，一醉复何有。
> 负手殊自得，山花红照路。
> 同林鸟尽飞，莫向斜阳数。

是牢落之情可想见也。然余自是出游，十年鲜安居之暇，朋从之聚日少，顾旧友以政党纷歧，多亡命者。当时有《闻沫若至兼怀慕韩》之作：

> 群盗横刀跃马日，东海飘零几少年。仿吾（成灏）狷与达夫（郁文）狂，就中郭子何翩翩。美丽（上海酒家）之夜送梁大（实秋），旧雨新欢杂管弦。年年事事压枕梦，过眼烟云散杯盏。静安寺畔遇慕韩（会琦），文采风流亦斐然。寿昌（田汉）招我我未至，窝寐于今见数子。来往黄浦江上风，爱牟独有裴伦志。环龙路口故人居，儿啼索饭囊如水。奋袂长征岭之南，一日声名噪鹊起。愚公载笔醒狮歌，狮不醒今徒奈何？东山同洒苍生泪，攘臂胡为意气多。不见中原春色好，闻鸡共舞鲁阳戈。黑头袖手神州客，危涕携将竟日哦。

　　此诗未存稿，偶从旧书中检得之，不觉其为十数年事矣。近乃辕辙同途，齐驱前进。余虽抱书陋巷，媚古降心，又安得不喜重见今日之盛也。

选自《万象丛书》，1944年版

鸭 史

卢 前

金陵之鸭名闻海内。宰鸭者在今日约有百家。鸭行在水西门外，约三十家。销鸭以冬腊月为多，每日以万计。

鸭之来源，以安徽和县、含山、巢县、无为、全椒为多，六合及本京近郊占极少数。鸭客人（即鸭贩）到京即投行。鸭铺（即鸭店）上行，由行客铺共同议价。

六月之鸭，养大不易，所谓早鸭，因吃麦梢，体质太嫩。腊月之鸭，因天寒亦不易孵育。八月之鸭最好，在桂花开时，故称桂花鸭。十月，冬月，谓之宿漕鸭，以稻喂养，亦甚肥美。

盐水鸭制法。第一，抹以盐，再以盐卤浸之。煮鸭以前，在炉烘干，以白水煮之。置生姜、葱、茴香少许。天热，亦酌用醋，解除腥昧。制烧鸭之法，光烫以开水，涂以糖稀少许，用火炉烤之。

每年过重阳则卖酱鸭。制酱鸭之法，与盐水鸭略同，所有鸭皮上之色，系用麻油与糖熬成之汁涂上。又酱鸭用头等酱油，加五香、桂皮、姜、葱煮之，非如盐水鸭用白水煮也。酱鸭所以美味，以其时气已冷，先一日煮成，次日发卖，故最可口。

板鸭制法亦与盐水鸭同，惟下卤时间较久，置缸中六七日后，始行挂出，谓之吊胚。吊胚约在十月末，冬月初。吊胚之日，为鸭业营业每年最旺盛之资。是时，京沪、津浦两铁路，上下水长江轮船靡不有旅客携带鸭胚者。

金陵近郊之鸭，以姑孰为最，而春华楼尤著。予尝有《浣溪沙》云：

劫后梁台土一抔，秦淮于此水西回，珠峰门外看斜晖。　姑孰清游嗟已晚，我来十月鸭初肥，春华楼额正当眉。

彩霞街金恒兴开业已五十余年，祖若父三代于兹矣。杨泽揆为余邀鸡鸭业理事长左亮卿，谈鸭业及制鸭之法甚详。

泽揆言其祖亦营鸭行，在北门桥设"杨顺兴"。一日，忽有感于宰杀之惨，弃其刀砧于三汊河，上半边门板，候鸭券取尽，即停业。殁年八十三，时称其怀好生之得，故享大年。

鸭券者，由鸭店立券售诸人，人亦以券为馈礼之具。初，券仅作钱三百文，其后银三四角不等。南京沦陷后，鸭券之制遂废。

武定桥宴乐春以烤鸭著，一鸭可以数吃，鸭皮烤，鸭油展蛋，鸭脯炒菜，鸭之骨架煨汤。其所用鸭，皆取自对门之刘天兴，盖宴乐春与刘天兴为一家，并毁于丁丑之变。今日吃烤鸭者，多往夫子庙老宝新矣。

回族厨王瘤子以善制鸭名，购取鸭料，最不惜工本。

国内各地鸡鸭店多以金陵分此相号召。北平便宜坊亦自称南京老店，盖其初为本京人所设。

近年南京亦多用填鸭，以代炖鸭。填鸭系北方制法，非南京旧所有也。

鸭之附业，有鸭血，俗呼鸭腴。鸭心、肝、肫，及脚翅四件销场亦广，皆谓之零碎。鸭肫销上海、香港甚多，而鸭毛为出口大宗，行销欧美，作羽毛纱用，故有以营鸭毛专业者（鹅毛同此）。

鸭店喜用"兴"字为市招，如韩复兴、金恒兴、魏洪兴、刘天兴、濮恒兴、蔡恒兴皆其用著者。大抵回族人占十之九，非回族者十之一。近日又有以板鸭公司名者，则后起之鸭店也。

南京地名有关鸡鸭者，曰鸭子塘，在水西门内；城南程善坊附近有一鸡鹅巷；城北之鸡鹅巷则在北门桥三眼井。

民国以前，鸭论卖，两块脯肉、一块颈、一块骨，共四块谓之一卖。其后以荷叶包之，一包为一份。再后则以碗计。当日一卖，仅制钱七八文，不如今日鸭价之昂也。

油鸡，旧称童子鸡，因取鸡于雏时，故名童子鸡。取鸡肉嫩而油肥者，置套汁中久煮而成。汁本白水，加盐糖少许，煮鸡愈多汁愈浓，套制而成老汁，亦曰套汁，此油鸡之所以得味。亮卿云，油鸡非煮熟的，是浸熟的，可知油鸡之需时矣。

每年过清明，油鸡即停售，重阳后，再上市。十月、冬月者最佳。

挂炉鸭与烧鸭制法略同，亦以供饭馆用，寻常鸭店而不能备。老宝新及老万全、六华春诸酒家所用，皆金恒兴出品也。

鸭之胰白，或称之曰美人肝，为鸭零碎之最。南门外马祥兴以此得名。

琵琶鸭专供夏季旅行之用。去骨存皮，以芦秆撑开，因不易坏，故六月间销行最畅。前一年之板鸭，留在次夏煨汤，可以去火，汤是乳白色，南京人视为美味。

鸭铺不业鹅，卖鹅者多设摊，鸭业多贱视之。

厨制之鸭，如黄焖鸭、香酥鸭、清炖鸭、叉烤鸭，各有其味。此非鸭铺所售。

昔日有侯莘生以能吃鸭名，一饭能尽数鸭，此犹清道人之于蟹。侯每以箸从鸭背一卷而尽揭其皮，此种吃法，或谓之侯鸭。

鸭之重者有三四斤，时值每两国币十二万元，一鸭之代价在今日约三百万元。而全市一日所销鸭通常以两三千只计。是每日之鸭业营业在八九十亿左右（以上包括鸭贩生意）。

倚鸭为生者，在南京约近万人。鸭客人在五千人左右，鸭铺家三千余人，鸭行一千余人。故鸭业在南京为一大业。

此文撰于1948年，见《东山琐缀》，收入《卢前笔记杂钞》，中华书局2006年4月版

织造余闻

卢　前

　　南京缎业与国同运。自"九一八"辽东沦陷，玄缎销场随之丧失。于是缎业乃大衰。在今日言缎，犹白发宫人谈天宝遗事。虽然，缎业关系南京人生计至重。在最盛时，织机万数千张，倚此为生者二三十万人，魏敬生尝邀旧管贝镜秋、蔡鉴秋二君，为予谈此业之梗概，录为一卷，曰《织造余闻》。

　　南京缎业用丝分两种，经丝取自硖石、长安，纬丝取自塘栖、新市，江宁横溪谢村之纬丝亦著名。江北一带，丝价较贱，然不如浙丝也。染玄用陪子、槐米、茶油、粟谷、盖矾、明矾，亦有用猪胰者，赝品则用小粉，惟以陪子与矾为主。

　　种桑养蚕，织造之造端也，惟工作始于"搅丝"。售丝者为丝行，南门沙湾最多，城北则聚于北门桥。取浙丝"摇经"者有经行。"乡货"必先投行。购丝然后"发染"，染丝经亦有专坊，染毕发予"络工"，络成则属"牵接工"，牵罢上机，机上接成，接成则始织。

　　造机者有木工、竹工，又有"打范"工人、"扎扣"工人、"梭子"工人、打线工人、挑牌工人，各司其事。每机织工需二人，重货十五日，轻货亦须十日，库缎谓之重货，轻则裙裯之属。

　　陈作霖《炳烛里谈》卷上"机包子"条云：俗语力任众事

曰包，事兼数人者亦曰包。乾隆中车驾南巡，临事机房，见织工短衣盘辫，气概雄赳，笑曰："此真机包子也。"由是人皆以机包子呼织匠云。

城南人多织玄素、摹本，城北人则善织杂色花缎。民国初元，曾一度改用铁机，未著成效，未几又复木机盛行。

建绒、漳绒，亦产南京，孝陵卫一带织户多为之。其质料仍用丝经，与织缎同。经纬店以收丝之所剩余者，每卖与绒业。

缎业每经偷扣，往往历八道私除，俗称"八贼行"，曰：络经，络线，染坊，摇经，牵经，口机，打线，打范。

逊清时，天青缎销行最广，以用作官服之用，命妇之服亦然。他如二蓝、大红、鸦青，亦并流行。入民国后，仅用作小帽、鞋面，均限于玄色。

近五十年，南京之名号有杨裕隆（门东小膳府）、于启泰（钓鱼台）、魏广兴（门西高岗里），高岗里有"四兴"（魏广兴、王聚兴、刘益兴、张恒兴），他如胭脂巷之张德茂亦著。杨裕隆有缎行之称，其后有黄锦昌，今则有贾晋丰、王振昌。小户尚存卅余家，已不能成号，即所谓机房是也。

于启泰号房分多，仍各业缎，有大于启泰、小于启泰之称，收歇于民国十三年。杨裕隆、黄锦昌皆先停业，魏广兴则闭止于沦陷时。缎有库缎、绒仰、靴素、魁素、大进素之别。民国初年所改良之"剑脚""斜纹缎"，未能盛行。

缎业领袖，昔日有质夫之父，称曰张汉，及鲁某，齐名"张鲁"。其后于启泰主人于小彰、魏广兴主人魏芝房共同主持缎业公所，兴办蚕桑公所。又后则有黄月轩，月轩今已年八十余矣。

缎分十余种，自一万三千头（经线数）到二万三千头；门面自二尺四至四尺四，长自四丈至五丈五尺。

缎价每匹自银三十两至七十两左右，合银币四十余元至百余元，此数为清末民初时之定价，数十年无多更变也。

缎销至日本者，日东洋带子，每年约一千余匹。织锦则销美国，虽亦用丝，在缎业为外行，今中华路张象发号为第一。

红黄色花缎俗名京庄，行销蒙古、西藏，缎业称为花行，以城北祁家为最。

开机无可接，是为"捞范子"，此亦一专门术语也。

"万家机杼声"，盖指门东、门西及南乡一带机民而言。摇经工人多为尧化门、燕子矶人。机业学徒，亦以三年满师，与他业同。

南京玄色缎所以胜于苏杭者，因用秦淮西流水。太湖、西湖水多杂色，惟西流水可以保光，故玄色缎为南京之精品。

自购办原料至出品之日，最速亦需三月，手工业终不如机器工业之迅速也。机工今所存者皆老弱，已不满千人，少壮多已改业。

按缎之成品，凡原料、染料，无一非国货者；所有工作无一非出自人力者，是不独市场民生计攸关，亦社会经济之所系。自毛织品代缎而兴，呢帽皮履代旧帽鞋而起，于是缎业遂不复振。南京自十六年建都以来，市民生计日苦，回忆缎业兴盛之日，恍如隔世！

贾晋丰主人贾老鉴西，今尚健在，是为缎业中之鲁灵光殿，对于织造业兴衰之故，烂熟胸中。他日求教，必有以增益吾闻也。

此文撰于1948年，见《东山琐缀》，收入《卢前笔记杂钞》，中华书局2006年4月版

陵园明月夜

王平陵

时季已届隆冬，陵园的腊梅，争吐清幽的芳香。到这里来玩耍的人，已全不是过去常来的游踪，他们早在五年前跟随抗战中心的移动，暂时离开神圣的首都。他们都抛弃悠闲的生活，为了祖国的复兴，直接间接参加民族解放的战争；而此刻留在这里，优哉游哉，聊以卒岁的一群享乐者，是许多忘记了自己的国籍，在敌寇卵翼下甘作鹰犬的新贵，是秦淮河边的歌女和下妓，是忘记了同胞被惨杀，妻女被强奸，祖宗的坟墓被践踏，仍旧恬不知耻，强颜事仇的奴种；此外，就是成群结队的以抢劫起家的岛国的海盗。这一群卑污的脚印，踏在庄严神圣的祭坛，照例是名山奇卉的耻辱；但是，大自然毕竟是伟大的，陵园的腊梅，灵谷寺的常绿树，从深邃的山谷里流出的涓涓清泉，环生于寺院屋侧的篁竹，以及钟山上伞盖似的青松……这种种自然美妙的点缀，并不因这些鸟迹兽蹄的践踏，减少青翠的光泽，还是喷发触鼻的芳香，怒茁蓬勃的生机。大自然的慧眼，好像已从他们趾高气扬的现阶段，看到他们的消沉没落，就在眨眼即至的将来。便当作忽然添了一批人形的畜类，穿插在豺狼狐狗之中，遨游于山巅水涯一样，既无损于大自然的伟大，就让他们在灭亡之前，暂时满足一下兽性的享乐吧！

环绕于陵园一带的旷地，在七七事变以前，早经市政府当局划分了区域，让富有资产的人们，自由购置。有些已由许多从外国学成归来的建筑师，依照欧美流线型的新图案，精密设计，创造了一个地上的乐园；而属于陵园范围以内的花树、亭榭，随着季候所表现的形形色色，都是陵园管理处的技术师苦心经营的成绩。中山路是一条直达陵园，衔接京杭国道的干路，全用纯粹的最好的柏油，涂抹得光可鉴人；路的两旁，成荫的法国梧桐、洋槐、桃李，把常青的肥硕的叶子，遮塞住路面的隙缝。这一条弯弯曲曲的路，爬上中山陵最高的石级上望下去，就同一条青灰色的巨蟒，蜿蜒地从山洞里游出来似的。各式各样的车辆，发出混杂的叫鸣，像从大森林里跑出无数的怪兽，打陵园前疾驰而过。

游客们沿着中山路的人行道，悠悠自在地散步，一种飘飘然的神韵，可以忘却远足的劳苦；清脆的鸟语，音乐似地从树枝上漏下来，你可以欲行又止，领略一回悦耳的天籁，就是一个人在踯躅，也不会感觉寂寞的。待金黄色的太阳穿过茂密的树叶，箭似地射在平直的路面，幻成水晶一般的闪光时，就知道时已近午了。

沿中山路走着，出了中山门，不到一里多路就是明故宫的残址，古道上，具体而式微的石马石狮，道貌岸然的翁仲，都静默地排列着。它们站在这里，在将近六百年的时期中，从未移动过一步；但一幕幕的人间活剧，不知几经变化，都在它们的眼前闪过去了。从这里可以一直爬到明孝陵的顶点，那是高度仅次于紫金山的一座山峰。在孝陵的左侧，是规模宏大的贵族学校，京杭国道懒洋洋地躺在学校的门前。从学校的后面走过去，是中山教育馆；我们耗资巨万，兴筑数年才告完成的全国运动场，就在馆址的附近，这些建筑物，像群星拱围了北斗似的，拱围着紫金山巅神圣的祭坛。

全国运动场面对着祭坛，如果在春秋佳日，全国的运动员们在这里竞走比剑，开始各种的球赛，就同古希腊举行奥林匹克大祭时，号召全国孔武有力的英雄们竞技决赛的广场。

在陵园的范围内，每一寸土地都是洁净的，一花一木都是芬芳扑鼻，不染一尘的，不论哪一类型的建筑，都代表东方文化最崇高的意义，象征着国父宽大博爱，庄严慈祥的精神，而现在是给撒旦占有着作为施展罪恶的渊薮。重重的黑暗，淹没了人类的良知，使光明照不到这里。本来是地上的乐园，此刻是暗无天日。惨无人道的地狱，无数的牛鬼蛇神，正在黑鼻地狱里欢唱狂舞。

陵园的附近，还有许多私家的住屋，都是战前建造的，现在也给一般凶恶的撒旦拿去藏垢纳污了。就在紫金山的半腰，山峰凸出像怀孕妇快要临盆时的大肚，宽广、砥平，有一条马路连接着四通八达的中山路。从多年的老树林的枝丫里，远远地可以窥见一座壮丽的巨宅，是敌寇刚侵入南京时就动工兴建，预备招待东京、柏林、罗马还有长春这些地方的贵宾的。现在，敌寇已变更了预定的用度，在这巨宅中所招待的，并不是从上列各地到南京去观光的贵宾，而是从河内投奔到敌寇的怀抱，由敌寇一手捧他上台的汪傀儡。

这巨宅的构造，竭尽其出神入化之能事，钢板制成的墙，比紧要的阵地还要坚固，每一个阁，一座楼，一条过廊，都有秘密的机关抵御突来的袭击。自汪傀儡移住在这里面，敌寇又添了一些在防御上认为是十分必要的设备。屋外，重重的电网，弯曲的壕沟，乃至各式口径的炮位……都像经过军事家的擘划，穷年累月所布置的工事。敌寇司令部派出的巡逻、武装的宪警，成日成夜，轮班换次地守住交通的要点。敌寇为了爱护他，已不知浪费几许心血，耗去多少经费，敌寇要做到绝不使有任何的风险，损害汪傀儡的毫发。

这屋子，虽也是属于陵园的一部，但和外界是完全隔绝的，是指定为不准游览的禁地。往来于陵园的人们，只能在遥遥的一角，偷偷地窥看一下屋子周围所摆布的杀人的凶器，起一阵内心的战栗。不经敌寇的特许，谁都无法朝见他们所谓的汪主席；那命令不能飞出屋檐的汪傀儡，要是得不着敌寇的照准，当然也不许自作主张，召见他所能指使的喽啰们的。他在名义上是这里最觉得好听的一个人，在表面上也是最被尊敬的一个人，而实际上是给敌寇当作一件活宝封锁在纯钢打成的箱子里，仿佛是传说的一只活妖怪封锁在西湖边的雷峰塔里一样。

汪傀儡住在那里，尽量地享受着敌寇所赏赐的穷奢极欲的供奉。屋子里一切的装潢，尽是刺激性特别强烈的设备。例如：俗不可耐的大红花按时开放，朱色的绣榻，衬映着湖绿色的绸衾，常有一种不可名状的香气，冲进鼻子里去。人们只须一触到这些奇异的色香，那不可压抑的胡思幻想，就立即怦怦跳动。欲望像鲸鱼似的张开大嘴，要求着满足而不可得，反变为极大的苦恼，寸磔人类的天性与良知；墙壁上，悬挂了些古怪的漫画，是出自日本劣等漫画家之手故意描摹的裸体画——比下贱的春画还要恶劣到十倍的裸体画。那些掌管广播事业的播音员，执行敌寇的命令，在汪傀儡进餐、休息、睡眠之前或者散步游玩的时间，把敌寇急于要提倡的"王道文艺"，扬州调、泗州调、四季相思调、小放牛、苏州滩簧、十杯酒、十八摸……这一类的肉麻难耐的调儿更番播送，意思是要破解汪傀儡的寂寞，却愈益加重他的苦恼；因为这些歌声，是淫乐的，放荡的，有时候又是十分凄凉伤感的，这使他常不免发生身世之悲，急图趁着拙劣的诗兴之被挑起，把难于克服的胡思幻想，乞怜于又腐又酸的滥调，五言、七绝、古诗、长短句等

等，尽情宣泄一回；不过，当他勉强写成一首诗，或填就一阕
《卜算子》《摸鱼儿》的词曲，再仔细吟诵了几遍，考虑若干
次，觉得自己的心事，纵能转弯抹角地吐出一鳞半爪，可是，
受了格律的限制，并没有能爽爽快快地说出。文字是终于无灵
的，就是句斟字酌，内心的烦郁，生活的矛盾，依然存在。他
从签订《日汪密约》，满足了主子的心愿，被主子敕封为汪记
的主席后，关于个人的生活，已可暂时释念，他的主子在这
上面已计划得异常妥帖，决不至于使他在生活上，物质的享受
上，感觉缺少什么的，就是他们天皇陛下的日常供奉，也不会
比他更安逸，更舒适；但是越是生活在万事满足的境遇里，越
是美中不足，总好像还遗失了什么似地不能称心如意。他能在
主子的栽培与保护下，实现了二十年来渴想的主席梦；可是，
他不能做到也同中国古代的帝王似的，环绕在他的左右前后，
罗列着六宫、九嫔、七十二御妃、八十二贵人，以及计数不清
楚的美丽年青的妇女，任凭他的选择，可以随意把羊车牵引到
某一位宠姬的绣阃，作为发泄烦郁的对象，使还有一段作恶的
生命，在骄奢淫逸中度过去；而时时刻刻站在身后，站在他面
前说话的声音，比男人更洪亮，发怒时，比狮子还要有威风的
女人，只有一位常把他严加管束，连呼吸的自由都尽剥夺了的
妻。他自以为是富于情感的人，能写出使自己下泪，使读者动
情的诗，能制作那些带有颓废气息的妙句，也能对着盲目的趋
炎附势者，以及被他麻醉了的众生，声泪俱下，装腔作势，在
台上发表像煞极有内容而实际是毫无意义的话。这些话，在听
的人，不以为是废话，而听完以后，谁也说不出他那感慨淋漓
的声调里，究竟包含了些什么。他十分满意自己有这样一种感
人的、煽动的技术；同时，又天生一副白嫩的脸——是大家公
认为长春不老的美少年的脸蛋儿，因此，当他揽镜自窥，不免

暗自神伤，想起隋炀帝说的两句有名的遗言："好头颅，谁当斫我？"便立刻抽笔舒毫，填词一阕，借以透示难言的苦闷，把认为满意的精句"艰难留得余生在，才识余生更苦……"时刻挂在嘴角，酸楚的眼泪，不自觉地淌在面颊上。这时候，他真需要得到些温柔的安慰，尤其希望听几句像音乐一般的甜蜜蜜的软语，使能把人生的烦郁，暂时抛开一边的；但从妻的嘴里所接触的声音，都是些暗算别人的阴谋，生硬的政治新闻，以及可信不可信的情报，他不知道自己的太太从哪里搜刮到这些乏味的消息。当他看见太太拥起浮肿的横肉，高阔的身材，披了一件只有她的轮廓才算却却合度的黑大氅，慢慢地踱着，走近他的身旁时，常使他心胆俱碎，急图躲避，而又恐违抗她的逆鳞，在盛怒下咆哮起来，于是他就只得在极端憎恨的情形下，假装怡颜悦色的神气，恭聆清诲，听着她津津乐道地发出一大篇高谈阔论；唯唯地承认做这些，干那些了。太太的话，也同军部的敕令，天皇颁下来的诏书一样，他从不敢轻易拂逆的；所以，那些跟随汪傀儡卖身投靠的喽啰们，都已学会了一个升官发财的诀窍，就是，但求能打通汪太太的偏门，能够把自己没有灵魂的活尸，躲藏在她的黑大氅下，千方百计把握到她的喜欢。这样，他们的饭碗，就是钢制铁打的，任何险恶的风浪都能抵挡得住，断不会损坏了一只角落；而且，他们偷活在世上的余生，也就比保了寿险、兵险、水险、火险，一切的险，更要万无一失。老实说，他们如果得着了汪太太的掩护，就是开罪于汪傀儡，又怎么样呢，他还能违抗太太的意旨，迁怒于她所喜欢的人儿吗？正相反，要是喽啰们之中，有这么一个冲撞了汪太太，那他的命运，就算是完结了，就是他们的汪主席存心要爱护妻所不悦爱的人，也是爱莫能助的。汪傀儡极有自知之明，他不仅是敌寇御用的傀儡，而实在是自己的妻所操纵戏弄的玩具。他屡图挣扎，挣脱太太加在他颈项里的锁链。为了这，曾和他无话不说的心腹们从长计议，密谋应付的策略。有些心腹们由于巴结不上汪太太或和她发生利害冲突的缘故，颇想站在汪傀儡的一边。抱着满肚的抑塞，借题发挥一下的；可是，当汪傀儡一见到太太的"仪态"，一听到她可怕的咆哮，那些经过心腹们苦苦考虑所拟定的非常妥当而极有功于汪傀儡的妙策，不但无法实施，竟会彻底遗忘，连影子都记忆不起的。

在首都南京的每一块土地，每一条街巷，每一个城角……中国的爱国志士们是不会使那些奸伪和敌寇安安稳稳地享乐的。这些志士们在铁蹄的蹂躏下，冒着生命的危险，干那"潜水艇式"的工作，不幸，即被鹰犬的爪牙所擒抓，给敌寇绑到雨花台去打靶；甚至抽干鲜红的血液，灌进消过毒的瓶子里，送到野战病院，给受伤的鬼子们当作注射的补剂；或者是酷刑吊打，备受人世的惨苦，而至于丢弃了宝贵的生命；但决没有一个爱国的志士，慑伏敌寇的淫威，屈膝投降，冰结了复仇雪耻的心。南京始终是中国的领土，是中国神圣的首都，留住在那里的中国人，除了敌伪的一群，他们不做奴隶，不作敌寇的鹰犬，他们即使不能表现爱国的举动，他们的心也是光明的，纯洁的，是没有一时片刻忘记自己的祖国的。当敌寇初进城的时候，嗜血的敌寇，在下关火车站，车站附近的山岗上，神策门、太平门外的田野里，就把我们受伤的士兵，徒手的战斗员，逃不脱的老百姓，妇女、小孩，游戏似地杀戮了三十多万。他们经过这一次狂暴的杀戮，觉得中国人还是那么多，在数量上好像并没有减少了一个，才知道中国人是杀不尽的，他们预感到无限的仇恨已在中国人的心坎里生了根，终有一天在他们身上寻求加倍的报复的，他们眷顾到自己的将来，有些骇怕起来了。特别是深居简出的汪傀儡，正不知自己死有余辜的残生，将在何时何地宣告结束。他虽也是四万万五千万人中的一个，但到了自己的一切都已交给敌寇，由敌寇任意支配时，便觉悟到他是中国人中最孤单的一个，最危险的一个。他闷居在那座屋子里，一天到晚，做着荒诞不经的梦，渴望在他的掌心里，真能握持生杀予夺的权力，能够充当名副其实的主席，可以由他来发号施令，为所欲为，如其所愿地毁坏一部历史，再捏造一部历史。这样，千百年后的人类，就无人知道他是一个破坏抗战，出卖民族利益的大汉奸，而也误认他是一位了不起的人物呢！他未尝不想从主子的严密监视下，抬起脖子，呼吸一次自由的空气；可是，那些喽啰们知道他将假托出巡的名义，企图走出变相的牢狱时，他们就会沟通敌寇，尽力阻止：敌寇们便故意在他住屋的周围，放射连珠似的排枪，谎称中国的游击队又来夜袭了，汪傀儡常吓得一佛出世，惟恐自己不能躲藏得更安全，更神秘。那些喽啰们更肆无忌惮，更可以沉浸在赌窟、烟窠，陶醉在夫子庙新开张的舞厅里，实行慢性的自杀了。

他一面痛恨中国的游击队，一面是感恩保护他的主子，以及为了他的安全，进行着"扫荡"中国游击队的鬼子们；他只恨自己并没有什么可以报答主子的恩典。因此，他在喽啰们之中，虽犹撑持自己所应有的尊严，但在主子面前，决不敢摆出神气活现的模样，说明他是主席的身份。敌寇也知道他的底细，绝对无权束缚他们的自由。他们的天皇不过赐给他一个好听的名义，至于在名义下必须配合若干分量的"权力"，天皇没有赐给他。他们在心照不宣中，都默认他是一个徒具人形，缺乏人性的傀儡。

冬天的夜，海似的深了，下弦月扁着身体从紫金山的树尖上寂寞地滚下去，乏力的光线，斜射到高阁，穿进百叶窗，偷窥汪傀儡的卧室。他的沉迷的灵魂，忽被刺醒，使他合不拢睡眼，披衣走起，在屋子里踱了几步。呵哈一声，恍惚中，他久已熄灭了的智慧，像一盏暗黑的灯，骤然一亮，他才彻悟自己在生命的历程里，大部分的好时光，都白白地浪费了。他不知道抛弃多少次改过自新的机会，让自己忏悔前非之余，再做一个堂堂的人。现在，他已活到六十开外了，距离人生最后的终点，一天迫近一天，他为什么不能趁上帝留给他的无限好的余晖，干出一点于国家民族有益的工作，保全自己的晚节，让将来的历史家表示赦宥的论评呢！冷酷的现实，已向他提出最严厉的警告："一切的机会，全都消逝了。"他的自传，已写到煞尾的一页，虽然他的躯壳还是活着的，他的一生，已到盖棺论定的阶段了。面前是坚硬的石壁，证明他已走近人生的尽头，他实在找不出任何理由原谅自己的错误了。那在昏黑中亮起的智慧，使他清楚地照见过去和现在的罪恶，他深感刺痛。

他轻轻打开窗子，瞪大眼睛，从紫金山麓，看到陵园的周遭。看到一块乌云盖着冷静的古城，稀疏的路灯，在夜风中抖动。田野是静穆的，只有山中的树叶瑟缩声，毫无变化地击动他的耳膜。城里冒出的灯光，隐隐地渲染着玄武湖旁的北极阁，像一只巨大的怪兽，将要展开四趾，逃出城圈，向原野里狂奔似的。把北极阁做目标，他还能部分地说明这城市在以前有些什么机关。他在五年前常到的地方，是行政院、铁道部，是丁家桥中政会的议场；那时候，他记得在中政会开完了会，道经外交部时，还要把汽车开进去，坐在虚位以待的第一把交椅上，向那些诺诺承命的属员，询问几句无关痛痒的废话或无可无不可地翻翻堆在案头的例行公事呢！南京高高的城墙，北极阁、紫金山、玄武湖……还同从前一样。

突然，高阁下响起打更的声音，那惊心动魄的号角，从山后敌寇的营部里，呜呜地传来；接着，成队的铁蹄，像担任了夜巡的使命似的，打紫金山麓"切擦切擦"地蹈过去，他警觉自己此刻所栖止的地方，是敌寇卵翼下的南京，并不是五年前的南京呵！当四万万五千万的中国人正和敌寇拼死活的今天，只有他，和他所役使的无耻的喽啰们，悄悄地回到敌寇侵占的南京了，他们回南京，可说是在中国人中最早的一批了。昔日的光华，是渺茫的回忆中偶然一闪的"黄粱梦"，已同吹向空中的肥皂泡，给无情的狂风撕得粉碎。面对着就要到来的悲惨的命运，周身的血液循环起了剧烈的收缩，一颗充满忧闷的心在凄凉无比的寂寞中，感到一阵彻骨的寒冷。他便随手关上百叶窗，机械地转回来，扭亮电灯，走近书架，乱找一回丢在书架上的旧稿。他抽出一首诗，掠一掠有些模糊的视线，粗略地瞟一下，觉得很满意，确实能道尽他的心事，解消他的苦恼。神经质地发出低闷的声音，他若断若续地念下去：

去恶如茹戟，滋有行复萌。
掖善如培花，茫茫不见形。
不生济时意，拐落无所成。
椅枕眼汛澜，中夜闻商声。
愿我泪为霜，杀草不使生。
愿我泪为露，滋花使向荣。
不然为江河，日夜东南倾。

念完了一遍，又一遍，连念了好几遍，默揣隐藏着的诗意，惨酷地笑起来，一面在屋子里徘徊，一面根据他天书似的诗句自言自语：

我要杀尽爱国的志士，无奈越杀越多；

我要栽培尽忠天皇的朋友，

可恨栽培未成，都纷纷逃走。

我效忠于天皇的苦心呵！永不会实现了，我只有痛哭。

半夜里，听被杀者的惨号，我靠枕哭到天晓。

我愿泪化为霜，把志士们斩草除根；

我愿泪化为露，滋养些效忠于天皇的花，皆大欢欣。

要不然，我就只有痛哭。

哭得眼泪汪汪，像江河一般地流，

向东南流，日日夜夜，

流向东洋大海里去。

说完了，他又愤怒似地把这首诗丢在原来的书架上，深深地发出一声阴沉的叹息，随后，就像一条疲乏的蛇，无力地躺在床上。他不愿再从这些方面想去了，尽可能地把支配思想的脑系组织，回复到平静的状态。

他伸直了脚安睡着像死过去一样。月光沿着紫金山麓的树尖，渐渐沉落下去。

选自《湖滨秋色》，商务印书馆1947年5月版

在南京会议见蒋介石

冯玉祥

北伐成功之后，接着就开南京会议，蒋介石用尽种种的方法，使他自己当国民政府的主席。对于以前有功于革命的人，他就一脚踢开，如同军事委员会中有五六十位委员，北伐一成功只留几个人，其余的全排黜掉，这种过河拆桥的办法，大家都不满意。

第一次国民政府委员开会，提案的人是谭延闿，原案是国民政府委员的薪金增加到每月八百元。原案读完后，我发表意见："西北五省旱灾，许多人都没饭吃，若不设法救济，一定饿死很多人。这话已经向大家报告过数次，今天首先应当讨论赈灾的事，那才算得是革命的政府；谁想救灾的事一字不提，倒先提出国民政府委员加薪到八百元。若是我们认为人民是中华民国的主人，我们公务员是仆人，我们能不能看着主人饿死，我们不管，我们自己先来加薪呢？"

我一说完，谭就说："'忠信重禄'，非多加薪金，做事的人不能忠心。"我说："重字你说八百为重，还有人说八千为重，八万为重，要是他不以人民为重，多少薪金也不会忠于国的。"接着就是戴传贤起来说："有人说：我们应当茅茨土阶、筚路蓝缕，我们跟孙总理革命是经过许多困苦艰难的。今天革命总算成功了，我们应当享受一点才对呢。"我说：

"革命成功的话，不很妥当，为了革命，中华民国的人民死了千千万万，你们看到处都是寡妇孤儿，无人闻问，怎么叫成功呢？若说成功，只可说昨天我们是流氓，今天当了什么院长；说到享受的话，范文正公说过：'先天下之忧而忧，后天下之乐而乐。'我们革命的人，应当是人民大众先享受了，然后我们再享受；不应该人民连活都活不下去，我们先来享受。"我说到这里，把桌子一拍："这个案子我是反对到底的！"蒋介石说："既是这样，先把这个案子搁一搁，改日再谈。"结果，西北五省的旱灾是没有人过问，国民政府委员的薪金是偷偷地按八百元发的。

在南京开编遣会议，大家都到齐了，有六七十位。先向总理遗像行礼，完了，蒋介石就领着大家宣誓，誓词是什么？就是要真真实实服从命令。后边有人说：既服从命令，就下令得啦，何必会议呢？蒋把这话都听见了，可是他假装没听见。第一个案子是蒋提的，这案子大意是每个集团军不管人多少只留十二师，其余的人都遣散。

当时有位李先生站起来说："关于军事，我是外行；不过我知道的，我要贡献些意见，若是一个集团军留十二个师的话，一定有的集团军要再招募六七个师才够数，有的集团军得要裁掉十几个师才成。若是这样，怎么能说是公平呢？不公不平，没有不出事的，请大家小心，请大家注意！"接着还有好几位说话，意思与李先生的差不多。蒋要消除异己，他已经下了决心，无论说什么，一定要依着他的提案去办。实在的情形怎么样呢？蒋派人在北平一带新收了十几个师，在另外保存着，这是人人知道的，也就是一件真正不公不平的事。中国之乱，人民得不到平安的生活，就是蒋介石的自私自利的打算弄成的。

　　蒋介石叫南京市政府拆民房，展宽大马路，市政府就在地图上划了两道线，线里的房屋限两星期拆完，不拆的公家替他们拆。南京的老百姓集合了一两万到国民政府来请愿，蒋他们大家不出去，就推我出去给请愿的代表讲话。我说："最好你们另找别人去，若我出去对人民说话，恐怕说出话来得罪朋友。"结果还是推我出去。我对民众们说："市政府要拆房子，假若能够先给你们盖上房子，叫你们再搬出去，那是好的，若没盖好房子，硬叫你们搬出去那就不对。这是中华民国，不是中华官国，人民既是主人，官吏就是仆人，仆人应当为主人做事，应当讨主人的喜欢。现在我说个故事给大家听一听：维廉第一作了德国的皇帝，在法国打了胜仗回国。维廉要把他的花园扩大，正好临近有一个老百姓有三间房子和他的花园相连，可是他不肯卖；维廉要另外买块地同这三间房来换，百姓也不换。维廉皇帝看别人去没办成，他就自己出马同这房主说了许多好话，房主说：'对于大皇帝的话我应当听，但是我父亲有遗嘱教训我不要卖这三间房屋，我要卖了就是不孝之子，那么大皇帝你一定不愿意你的国民作一个不孝之子吧！'维廉说：'你知道我是德国的皇帝，连这小小的事都办不成，还做什么皇帝呢？'房主说：'假如你肯把法治国的招牌砸碎了，你可以叫几个兵把我的房子拆了，不是这样，你就不能动我的房子。'维廉气得不能行，回到宫里，却见毕士麦来给他贺喜说：'大皇帝陛下有这样守法的国民，我们应当来庆贺。'这样维廉的气才消了下去。一个有皇帝的国家，还不敢拆人民的房子，我们是民主国家，若不得我们的同意，谁敢来拆房子呀！"我说完了，民众们就鼓起掌来，后来听见说：蒋介石对于我这次的讲话很不痛快！

　　蒋介石请我到南京的汤山去洗澡，我看那里布置得好极了，门口外边有两个宪兵，院子里边有各种的花草，有一个厨房，来的时候，可以吃点心，也可以吃饭。里面是几个洗澡的池子，这就是蒋介石洗澡的地方，不但民众进不来，就是小官也进不来，大官若与蒋没有关系的也进不来。我们洗完了澡，蒋介石说："常说的话：平、粤、沪、汉这四个地方拿在手里头，全中国就都在他的手中了。"蒋对我说这话是有挑拨作用的，（那时广东是李济深将军，北平是白崇禧将军，上海是桂系的张定瑶将军，武汉是桂系的胡宗铎将军。）我对蒋说："全国的领袖需要肚子里能装得下全国的人，全世界的领袖，肚子里就要能装下全世界的人，只要你自己时时刻刻注意'得民心，得军心'六个字上。又能实在做出来，无论他们占领哪里，无论他们拿了哪里，都是你的臂膀，都是你的兄弟，也都是为你做事的，何必顾虑这些呢？"蒋介石听我说的这些话不对头，就转过话来说："没有什么。"就在这个时候，没有几天，何成濬就在北平发动了驱逐白崇禧的事，不久蒋介石把李济深将军扣起来了。

就是那几天，上海警备司令姓熊的因为贩卖鸦片，和上海的张将军打起来了。

这天晚上，我在蒋介石家中吃晚饭，刚吃完饭，坐在客厅里，古文官长应芬拿着许多电报来找蒋看，蒋问："有什么要紧的事么？"古应芬说："没有别的要紧的，只是熊式辉在上海贩卖鸦片烟土的事闹得很厉害。"蒋说："熊式辉绝不会贩卖鸦片烟土，这是随便胡说。不会有这个事情。"古应芬说："这里有电报是这样说的。"蒋说："有电报我也不信。"古说："信不信是一件事，舆论又是一件有关系的事。"蒋说："什么舆论，舆论，舆论！我拿三百万元开十个报馆，我叫他说什么，他就说什么！什么狗屁舆论！我全不信。"古应芬说："既是你全不信，公事也不用看了。"蒋介石因为我在那里，不好意思，就叫古先在别的房子歇一歇，等一会再看。我站起来说："不要耽误你们的公事，我走了。"我在路上想舆论就是狗屁么？蒋真能说出这样的话来。

我在军委会问他们第一集团军解散军队发多少饷，给多少川资，给省县之公事如何办法。一位姓贺的是中将阶级，他说办法简便的很。我说请你说给我听，贺说：（一）预备火车一列；（二）红绿纸的标语各二百份；（三）军乐队，若无乐队，用本地吹鼓手也好；（四）召集一些民众；（五）把要解散的军队集合在车站上，车站四周架起枪来；（六）先是军官讲话，说今天欢送爱国的革命的军人退伍还乡，不要名，又不要利，这是伟大爱国的行动；（七）接着民众代表也如此说；（八）接着就把军队徒手拥上车去；（九）大家呼口号：退伍军人万岁；（十）汽笛一响就开车了。以上这十条即是退伍的好办法，不用什么钱，没有一个人愿意当兵的。这就是蒋介石用过的好办法，我听了觉得出奇得很。过了没几天果然由蚌埠解散了有三四百人，用那位贺先生说的办法。火车到了浦口，把车站打了又抢了，接着报告说打过下关来了，不到半点钟又报告打进南京城来了，银行都被退伍兵抢光了。又说同宪兵警察打起来了，互有伤亡。不到两个钟头全城大乱起来，最后无法只得调军校学生出去打退伍兵，因此而死的兵和百姓也不少。我那时是军政部长，但是蒋的第一集团军军队是不归军政部管的，你看这件事是多么出人意料之外吧！是不是别有一副心肠呢？我不知道。

有许多伤兵到军政部来告状，他们告的是第一集团军所辖伤兵医院院长，他们告这位院长克扣伤兵的饮食费和用费，数目很大。我叫军法司把那院长找来一问属实，要把那医院院长治罪；院长说他太冤枉。我问他为什么冤枉。院长说："任何院长都弄钱比我多，别的院长没有被告，光告了我。"因为这医院是第一集团军的，所以我就把这院长说的话对蒋说了。蒋说："您不必问了，我自己来查吧！"结果院长并未治罪就算完事。

有一天我正在蒋介石那里坐着谈话，有人说，有一个日本人叫布施胜治的来见蒋。

蒋问我："认识不认识这个日本人？"

我说："认识他，前两天曾在我住的地方见过他，这位日本人写过一本书，说冯玉祥和苏联订的有卖国条约。两天前他又来对我说那本书是因为有人给了他两万块钱，他现在承认错了，要再写本好的书，我对这日本人说：'你写的好与我没关系，你写的坏我也不恼你，总要你自己的良心平安，每一件事件，每一小时都要觉得良心不受责备而已。我也决不告你毁坏我的名誉。'今天这位日本人来见你，你可要小心。"蒋说："日本人这样写出的很多。"

一九二八年九月我在南京三牌楼住，那一天我不见客人，蒋介石同他的夫人带了野餐与一棵很长的人参来看我，我的副官对他说："不见客。"蒋说："你们不要管。"他一直到楼上，蒋说："我们出去吃野餐。"我说南京城外我不熟识，只有陶行知先生办的晓庄师范是在和平门外，这是我所知道的地方。蒋说："好，我们就去那地方。"后来我们在晓庄师范参观，并给蒋介石介绍了陶行知，到了十八年因为陶行知认识我，蒋反对我，也把陶行知的晓庄师范给封门了。

南京开第三次代表大会，所有国民党的中央委员都是蒋自己圈定。我对蒋说：这种办法不好。若是大家随便选也选不掉你。可是蒋不听。结果，蒋的亲信都被圈上。其他多有学问或对革命有贡献的都没有圈上。这样一来党中的朋友们闲话就很多，蒋这种办法使得许多朋友没有法子不攻击他。这是扩大会议成立的最大原因。

选自《我所认识的蒋介石》，文化供应社1949年3月版

新都旧话

赵尊岳

南京以明洪武建元而为国都，永乐北迁，则为陪都，如清之盛京（奉天），仅为制度上之点缀而已。迨崇祯殉国，弘光立而南都复兴，无可奈何之局，等于泡影至有清定鼎，则江宁府治，不过为江苏之省会。况苏抚驻苏州，则并省会之资格，亦不完备。革命之役，为临时都城者，期亦极短。自此至民十五而重建新都，争名于朝，争利于市。昔日之荒凉荆棘者，近且平坦如砥，九逵四达矣。余行役是邦，每览其胜，尤爱掇拾旧闻，综览群籍，以备掌故。就所忆及，略加考订，为新都旧话。倘亦邦人君子茶余酒后所不废乎，摩挲陈迹者其致意焉。

定淮门内，旧有金陵寺。其地为明天策卫故址。殿上旧塑金刚骑白狻猊。俗不识狻猊，呼之曰水牛。山门不塑弥勒而塑真武帝君，与他寺异。盖形家相地之言，谓寺对钟山开面，特朝成火星体，故取克制之义。真武主水以胜火也。

东花园苑家桥，为清初时守园苑老所居。危堤一曲，小屋数楹，窗阃洞开，篱垣周匝，富春花盛，极足流连。旁有酒肆，山肴野蔌，尤复可口。既而废于水患，当年风物，遂不复存。偶读朱述之大令绪曾东园杂句，有云"东风吹绿王孙草，一角桥西苑老家"，每为神往。

香林寺，或云半山园故址。然征之志籍，半山寺在北安门内东北隅，为王安石故宅。香林寺在北安门外，相距甚远，初非昔之半山园也。旧有四足铜鼎，高二尺余，其色如铁，俗称"吃灰炉"。数百年来，谓灰未出，亦未满，则故神其说耳。又有大木椅，以整木刳而成之，可坐数人，有异香，或曰"沈香木"。大悲楼有漆雕九龙供案，则明大内故物。又有吴道子画佛牙、佛骨，则无从征实。历劫以来，凡此神物，不知犹在人间否耶。

半山寺

大士香火，旧以蟒蛇仓石观音为盛。六月间赛会，喧阗达旦不绝，仿佛杭之六桥三竺。自嘉庆年后，烧香者均赴鸡鸣山观音楼，此遂冷落。其时哄传有白发老妇，自蟒蛇仓肩舆至鸡鸣寺进香，倏忽不见，谓为大士化身。其事虽荒诞，要亦兴废自有定数。

南京民居稠密，时有火患。乾隆五十四年，制军高佳公麟书创作水星鼎于聚宝门楼上，以镇压之。其患渐息。鼎为铜铸。其形圆，底足皆铁通，高四尺许，上嵌八卦十六乳，四周各有篆书"水星"二字，其下铭文二百余字。今亦不知投置何许。

《金陵世纪》谓朱雀航非今之镇淮桥，乃古桐树湾。长乐渡处在聚宝门东北。《金陵新志》亦云，在镇淮桥北左南厢后设信府河。救生局正当古长乐渡处，有真武庙。庙门外竖长竿，嵌铁坎卦，上立铁鹳，其大如驴，俗呼为铁老鹳，正对蟒蛇仓赤石矶。矶脉石骨崚嶒，自城外穿壕而入，尽于此，色纯赤。前人因城内屡遭火患，作此厌之。又聚宝门或以罗镜格之，为丑未向以取泄火之义。亦石矶乃正当南离，则以长乐渡为朱雀航，亦非无据也。

阳湖经师孙渊如先生，以五松名园。盖侨居旧内之五松园，以古松五株而得名也。后购皇甫巷司马河师宅，亭台池馆，布置有法，名曰"冶城仙馆"。其后复就旧内菜圃隙地，穿池凿石，逾年而成。门前设书肆，曰"窥园"。入门迤东一带，缭以长廊，曰"小苟陂"。厅事南面，曰"廉卉堂"。东北隅室三楹，后种芍药曰"留余春馆"。西北临塘一榭，曰"鸥波舫"。旁通高台，钟阜在望，曰"大观台"。西南隅竹篱茅舍，曰"蔬香舍"。宾朋燕集，岁无虚月。五亩之名，遂与五松并传。其后孙殁，赁为茶肆，园林遂废，令人想望不置。

孙渊如先生居冶城仙馆时，方辑《古文苑》。一日为高堂称庆演剧。有《上天台》一剧，宾白，姚不负汉，汉不负姚。时全椒吴山尊在座，戏曰：此二语文义简古，似汉魏人口吻，君何不采入《古文苑》乎？坐客皆大笑。是年六月，山馆中盆莲开并蒂花，色红，其大如盏。书院月课因以并蒂莲赋命题，并以"瑞不虚呈修德应之"八字为韵。是科秋闱后，太公正寿值八旬，重宴鹿鸣，诚哉其为瑞应矣。

金陵督院司道署，仅大门有狮子。唯城守营副将头门、大堂、宅门三处皆有，而形相大于他处。其地为明岐阳王李文忠故府。制度不同，相沿未易耳。照墙后有大塘，夏日无蛙，或云张真人尝驻足于此，恶其聒噪，以法厌之，则庶为神话矣。

钟山书院大门右空地，有大铁锚二，又陷于地。一叉在上，相传是马三宝下西洋故物，不知何从至此。盖其地本东护龙河，水出升平桥。数百年前，尚通舟楫，未可知也。每中秋游人蚁集。妇人摸弄之，可以生子，呼为摸秋，令人绝倒。石城门外河滩，有铁锚数十，类有大于此者，按明顾起元《客座赘语》载，城之西北有宝船厂。永乐三年三月，命太监郑和等行赏，赐南洋诸国。宝船共六十三号，适当其地，则所传不为无证矣。

清凉山旧有宫氏园。凿洞穿池，金鱼数十尾，游泳其中，令人神怡。上建三层高阁，背山壁立，曲磴盘旋而上，春花争发，真有如荼如火之概。今成废井矣。宫氏宅与园对。康其先墓，亦在宅旁。墓上松柏葱茏，百余年物。有术者谓曰，若要发，光逼逼。怂恿伐去，家遂消歇。二语不知何本，然盲师之害人深矣。

六朝石刻传世者，以吴天玺纪功碑为最古。石裂为三，旧在县学尊经阁下。乾隆间，拓本甚多。嘉庆毁于火，遂不可多得。其后，太守余公重勒于府学明伦堂。又嘉庆火劫，并尊经阁所庋之明南雍书板《十三经》《廿一史》《通典》《通志》《玉海》，亦一炬而尽，惜哉。

四象桥晒场路隅，有石将军庙。嘉道间奸民借以惑人，诡称灵异。祷祀日众，车马塞途，香火达旦。数月间，起造木栅，树立牌坊。滨河一带，旗杆至千余。敛钱分肥，官不之禁。既而联司马恶其惑众，投石将军，于河以旗杆木植为八府塘栅栏。其事始寝，妖风亦息矣。

钟楼及倒钟厂二钟，乃明初所铸。吕修府志，谓为景阳故物。非也。又志据元赵世延《钟山万寿寺碑记》云，聚铜数万斤，铸大钟，疑即此钟，讵知元铸之钟。在太平兴国寺，见《梵刹志虞集碑记》，赵世延并作钟铭，今灵谷寺钟楼是也，岂可混耶。

天界寺大殿右偏有铜铸大佛，椅高二丈有奇，四面合掌露。其半体，明代所造。后农夫又于殿旁菜圃，掘得一铁佛，头大可数围。寺僧装塑木身，长丈余，供于铜佛头之后。按《梵刹》云，天界寺之右，有铁佛寺，此其遗欤？

宝光寺在雨花台东麓，刘宋时名天王寺。梁废为昭明太子果园。南唐保大中更建奉先禅院。后葬昙师起塔，名宝光塔。元为普光寺。明正统间，改为宝光寺，后接雨花台。其顶方平如砥，面对天印山，形势颇聚，或谓为雨花台带结。大殿后壁画达摩尊者坐像，高及二丈，阔亦如之。衣摺七笔而成，魄力浑劲，俗呼为七笔头祖师。康熙间人手笔，今亦不易踪迹矣。

袁子才之随园，天下习闻之矣。本为织造隋尚衣寓园。袁得之，仍以随名。山环水抱，极画图之妙，城中名园，无出其右。有自撰一联云："不作公卿，非无福命都缘懒。难成仙佛，为爱诗书又恋花。"又自集唐句云："放鹤去寻三岛客，任人来看四时花。"其"小栖霞"三字，尹望山亦有联题之。至今清凉山麓，一望平芜，令人殊有梁园之感。

皇甫巷旧有邢氏缘园在宅之右。方池数亩，绿柳盈堤，冶城山色，如在襟带，并有扇摺矮垣，屈曲纡斜。循而走者，有迷路出难之况。惜主人早殁。邢氏之先，为徐氏主。袁子才宰江邑时，会燕新进诸生于此。迨归邢氏，袁又往游，题一联云："胜地怕重经，记当年丝竹燕诸生，回头是梦；名园须得主，幸此日楼台逢哲匠，着手成春。"王梦楼所书，亦双绝也。

前明都会所在，街衢洞达，洵为壮观。由东而西，则火星庙至三山门，大中桥至石城门；由南而北，则镇淮桥至内桥，评事街至明瓦廊，高井至北门桥官街，极其宽廓，可容九轨左右，皆缭以官廊，以蔽风雨。今为居民侵占者，多崇闳之地，半为湫隘之区矣。

茅君别院在朱门乡之牛脊山，一作牛迹。有西汉永光五年碑石，虽损折可摩拓者，尚有数十字。江宁金石，此其最古者矣。

金陵世纪，秦淮与清溪相接处，其流通内桥、景定桥，经清平桥绕旧内宫墙南流入淮。又云，清平桥西通内桥，按今四象桥即清平也。

焦状元巷为明焦文端所居。旧有五车楼，为藏书之所，已毁。唯门宇崇闳，在前清间"太史第"三字尚存。若仓巷转西，有朱状元巷，或谓为朱之蕃故宅。秦状元巷在江宁县署东，涧泉殿撰未达时故居。

铁塔寺仓有铁剪，俗呼为"飞来剪"。相传仓中多失米，谓其作祟，必祭之。灵谷寺亦有铁剪，其制较大。老僧云，为镇蛟之物。蛟性畏铁，故设此。然山中屡有蛟患，其言亦不确。报恩寺塔前亦有此物，谓之千斤举重。登高必搭架引绲，以此坠下者，造塔用之。此说较近理矣。

石城门至通济门长街，数里铺石，极方整而厚。洪武间令民输若干予一监生，谓之监石。数百年来，摧毁殆尽。近则修治道路，更无需于此矣。

明初建立都城。凡十三门，钟阜、清凉、金川，俱闭往来。通衢三山之外，以聚宝为最盛。其门槛高二尺许，长一二丈，色黝如铁。相传为活子午石，外国贡物，每日自子至午长一分，必万人践之始磨灭，则神话也。城极高，凡二层，各有七洞，与东西水关相埒，初富民沈万三所造。官听照壁后，有砖塔一座，覆以小亭，相传为埋聚宝盆处，见《余冬序录》等记载。观其名门之义，殆不诬耶？

聚宝门西南隅，旧有万竹园，明魏国公别墅。《白下余谈》云，齐王孙业案顾起元《客座赘语》载，齐王孙同春园在沙湾饮马之间。《江宁县志》云，在城西南隅，后为陶氏宅。据此则同春应在今小门口库司坊，非万竹园矣。清初邓氏卜居于此。近尚有存者，其题门曰："二分水行，一半城郊。"城外适与赛虹桥相近，薄暮时曩有白鹭数百成群，栖止林间，咿哑不绝，俗谓为旺气所聚，百鸟朝凰。然近兹已不之见，则朝阳鸣凰之盛，其去而之他耶？

诸葛祠在信府河军师巷，相传和吴破魏时，武侯驻节于此，后归救生局。高楼三楹，南窗夜启，塔灯在望，颇称僻静。后有人于庭中栽树，掘地六尺，见石板二方。下有穴，深不可测，遂亟掩之。其不波之古井乎？

作假山自李笠翁后，以阳湖戈姓为最工。孙渊如经师多奖假之。五松五亩二园及冶城仙馆，尽出其手。一丘一壑，结构天成，大小不同，各具胜趣。穿池以枇糠灰、石灰、黄土，研之极细，三合为一，铺而捶之，坚整如石，经久不裂。视用锡板、石板者，巧拙迥别。然言兵之后，废池乔木亦终，徒叹奈何而已。

梅花以隐仙庵为最古，乃六朝遗迹。聚宝门外能仁寺一株，色淡红而素心枝多下垂，呼为覆水。梅寺已败圮。花开时，游人多自远来。近则巨干已不复花，绿毛幺凤，无枝可栖矣。

报恩寺旧有藏经板，明初颁赐，令广印行。其目录条规，具载《金陵梵刹志》，是为南藏。他处或残或缺，均诣寺补印。宏觉、灵谷、鹫峰所藏，均此本也。道咸间崇封寺主持敬玺，请印北藏全部，费至数千金。丛林北藏，仅此一部。迨岁月如流，沧桑屡换，报恩经板，不知犹在人间否也。

马鞍山有三。一在定淮、清凉二门之间，俗呼"小匡庐"，有大悲岭。《六朝事迹类编》纪之，去城十里，西临大江与石头接是也。一在钟山灵谷寺之东，八功德水从山下通出，见《灵谷寺志》。一在江宁西南三十五里，见《乾道志》。今牛首之西有马鞍山，由吴山西来，朱先生元英墓后过峡处，盖即乾道所载者也。

名山多为僧占。唯雨花台吕祖庙、朝天宫飞霞阁二处，高踞峰巅，万家烟火，一览而尽，最为胜境，羽士主之。虎踞关之隐仙庵，丹桂盈庭，乾河沿之，不二庵白莲满沼，以及灵应观小桃源等处，皆当年游览胜地。昔李笠翁云，遍庐山而览胜者，皆佛寺也。道观唯简寂而已。释、道应作平等观，何世人厚于僧而薄于道如此，诚哉为知言。

秦桧墓在木牛亭，出聚宝门七十里，又名牧龙亭。元兵渡江，屯墓侧，兵士践溺，呼为"秽墓"。明万历间曾被发掘，今已湮没无传。其后裔犹有居其地者，皆改徐姓矣。杨诚斋有《宿牧牛亭秦太师坟庵诗》七律一首，是其明证矣。

金陵产稻，与他处同。观音门一带，粒长而白，谓之观音籼，作粥最良。南门外谷里府之金牛洞，上下数里，色红而味香，做饭耐人咀嚼，谓之到地南乡，皆谷中之特异者也。

元至元中，西僧杨琏真珈毁会稽南宋诸陵，断理宗头，漆为饮器。琏败归内府，九十年矣。洪武二年正月，诏宣国公李善长求之，得于僧汝讷所，命瘗聚宝山，立石表之，见《贝清江文集》。今方正学祠后梅冈有石冢。其形如樽，与长干塔相对，或谓即其处。

旧俗妇人以黑绸包头。绸缎廊谈见所、奇望街汪天然两家，皆以是著名。汪天然自明迄今，世守其业。门前招牌八大字，赫然在望。庭中有大石盆，贮清水。相传昔时来买者必令以盆水浸之，示其无欺。迨世风丕变，妇流竞效新饰，以至今日之摩登化。包头固早已废弃。谈、汪两家，亦遂早歇业矣。

清胡任舆状元坊，香楠木所建，极为宏壮。至嘉道间，二百年来犹存之。陈会元、秦状元，均未建坊也。他若十庙之英灵坊，鼎新桥之建安坊，城北之单牌楼，双三四牌楼，土街口之芦政牌楼，漠西门之牌楼，徒有其名而无其实。又利涉桥侧有牌楼，题"桃叶渡"三字。镇淮桥有牌楼，题"巷舞衢歌"四字，久毁于火。近则市政设施，一行新制，凡此障碍物，多付芟夷，不易问其根址矣。

淮清桥旧有集，刘梦得、韦端己联云，"淮水东边旧时月，金陵渡口去来潮"，极称工雅。然桥已屡建，联遂失去。父老见之者，犹辄资为谈助云。

台城一段，犹建业遗址，俯临后湖，登眺最胜。城下向东有门堵塞，俗呼为"台城门"，或谓即"古北掖门"，为广莫门旧址。按台城即吴苑，晋成帝咸和中修缮为宫，周八里，乃在都城之后，别为一城。刘宋于台城东西开万春、千秋二门，向所谓广莫者，为都城。北门在十二门之内，非台城也。今台城向东之门，盖万春门之故迹。明初开拓城基，因旧址而成之。安得指为北掖，而以广莫当之乎！

南唐御街在天津桥南，直对镇淮桥，至南门台省相列，夹以深渠。东西有锦绣坊。西锦绣坊即在应天府街金陵世纪。今江宁府治为应天府旧治，地名府西大街，当即西锦绣坊。其东有街通。旧王府初有过街楼，名文昌阁，后毁于火。道光间移建凤池书院于此，及今并书院遗址，亦不易考矣。

蟒蛇仓石观音像，倚山凿石而成，为梁光宅寺故址。像下有石孔，以竹探之，深不可测，或所谓郗后窟耶。朝阳门下观音寺，本灵谷下院，见《梵刹志》。殿后有石壁高二丈，广如之。背刻"水晶屏"三大字，孝感熊赐履书。正面刻大士像，光泽可鉴，如坐琉璃中，追琢之工，妙绝千古。又麒麟门外坟头地方道旁，有大碑一段，横卧于地，长五丈许，阔一丈。碑头作盘龙形，未凿成。土人于碑上曝稻，可容三十余石。相传明初所遗，将以备孝陵用者。盖当时因举重难运，故置之耳。于今灵谷又在重修运动会场址，拓地无数。种种遗迹，不易复寻。石屏依旧，宜无慨然。

淮清桥之东清溪祠，旧祀青溪小姑，南朝甚着灵验。《舆地志》称，青溪岸侧有神祠是也。隋平陈，斩张丽华、孔贵嫔于栅下，南宋时并祀之。《六朝事迹类编》已称祠有三妇，迨后祠额犹存，仅小屋一楹，塑男子像，优伶祀之，名曰"老郎神"。谬妄愈失其真，至今则并此且勿存。然读王渔洋《分甘余话》，秦淮、青溪上有张丽华祠作二诗，则其祠清初犹存也。

道光间，南京大风雷雨。红纸廊仁昌质库招牌杆，自上及下，劈为数段。其顶抛至古城隍庙前，相去半里。府学大成殿柱，火自内发，当即扑灭。县学泮宫牌楼左角，亦被击毁。此外大树拔干，犹不绝书。视今水灾，亦同属仅见者焉。

金陵地势，北高而南卑。取黄土者皆在永庆寺五台山一带。城南土色皆黑，黄者少。人家穿井，下及三丈，犹见砖石，知前代为平地，日积月累，久而至此。高岸为谷，深谷为陵，岂虚语哉？

原载民国二十年（1931）《旅行杂志》第5卷第10期

瞻仰复兴中的首都

陈其英

一 阔别十年

江山历劫愁无限

记者于二十五年五月间离开南京，现又旧地重游，相距刚十年，一切的一切，变迁之大，皆非当时意料所及。此次旅京期间虽仅短短一周，唯系专事考察，自市区以至郊外，大部分都走遍。将前后情形互相对照，一时思潮起伏非千言万语所能表达。兹将现实情况，约略记之。

记者生平最喜旅游，国内大都市多半到过；南京尤为常到地方，计前后旅居二年余，印象最深，感想最多！自然以南京一地有高山、有长江、有平原，为锦绣河山之缩影，至值得流连！尤以历史悠久，古迹众多，文化制度，在在足供考察凭吊。而历代兴废，为民族盛衰所关，更可启发爱国思潮，促人猛省！记者于二十六年十二月间旅居武汉，聆到南京陷落消息，当时万分难过！如此锦绣河山，实不忍为敌蹄所蹂躏。现在胜利凯旋，虽颓垣断壁，满目苍凉，在精神上仍是最快慰的一件事！唯前事不忘，后事之师，我们要维护首都，须要维护整个之河山，应如金瓯不能有丝毫残缺。明王守仁先生有"守在蛮夷岂石城"之句，愿国人三复深思！

二　龙盘虎踞

最具形胜之国都

南京以钟山龙蟠，石城虎踞，最具形胜，为吾国现代最适宜之国都。本来每个大都市，都有其优点，而南京特殊优点较多。

（一）**形势**　南京据长江下游，城濒东岸，周七十六里。幕府、乌龙诸山屏列于外；北枕狮子山，南控雨花台，东倚钟山。城内西有清凉山，北有鸡笼山对峙，玄武湖、秦淮河映带左右。下关与浦口隔江相对，扼南北水陆交通枢纽。有杭州湾两岸为外廓，以实业计划中之东方大港为国际贸易门户，而以上海及象山港为左右夹辅，是陆都而兼海港，形势天然。

（二）**沿革**　南京在上古为扬州境域，至战国时始名金陵；秦名秣陵；三国时孙权建都于此，改名建业；东晋继之立都，改名建康。历宋、齐、梁、陈四朝（史称南朝）均为国都，故称为"六朝胜地"。明太祖建都于此，改称天府。至成祖北迁始名南京。太平天国又都此称天国。民国成立临时政府以南京为国都。民国十六年国民革命军北伐，统一全国，遂定为国都，并设南京特别市，直隶国民政府行政院。至二十六年底沦陷，国府西迁重庆陪都，现在抗战胜利，国府将还都南京。中华民族数千年来遭遇外患，多赖南京为根据，以撑持东南半壁。抗战八年，卒使敌人在南京签字投降。故南京之民族意识最为浓厚。此后中兴民族，发扬国光，南京实为最适宜之根据地。

三　市政设施

安得广厦千万间？

自去年八月胜利以后，南京市即首先复员。市府组织仍与战前一样。市长为马超俊氏继任；自市府以至各局人员多为旧人；驾轻就熟，一切行政设施，易收事半功倍之效。唯经此次大破坏后，百废待兴，一切均须从新做起。当务最急的，是：

屋荒严重　南京战前房屋，炸毁的炸毁，破坏的破坏，所存仅一半，本来供原有人民居住，尚感不足。现在人口激增，最近已逾八十万，以致房荒极为严重，欲找一幢房屋，即出金条如上海一般，亦不可得；旅馆时告客满，如无亲友可以暂时寄住，一进市区，住的问题，会使人走投无路。现国府已拨款七十万万元，为民众及公务员建筑住宅。市政府经着手计拟，闻第一次兴建平民住屋五千所，分期完成。现在有人主张将鸡鸣寺一带城墙拆除，利用城砖建屋，最低估计可容十五万人居住。

记者对此主张甚表赞同。本来国防建设，应守在四夷，若任敌骑长驱直迫城下，再为拼命抵抗，是策之最下者。况当原子时代的今日，以前所谓砺山带河，金城汤池，已失去军事上的重要性，反为平时交通上、经济上发展之障碍物。若干城墙，应该拆除，似无何疑义。

市区交通　市区各干道经重新修理，整齐洁净，市容为之一新。市郊马路正在积极整修中。唯市区面积甚广阔，现时仅有京市火车由下关至中华门外；公共汽车由下关至新街口，及由新街口至建康路。火车需一小时余一次，公共汽车车辆又甚少，致非常拥挤。此外须靠人力车、马车为代步工具，市社会局虽曾规定价格，但以近来物价波动过剧，索价甚昂，往往一小段路，人力车起码需二百元。住在南京的人，难免了"行路难"之叹！火车增加班次，公共汽车增加车辆，增开路线，实属刻不容缓。

教育文化 记者旅京一周间，曾参观国立临大、国立一中及公私立小学十余家。临大系借用私立金大校址，补习班与先修班，及第一、二、三临中均未放寒假，继续上课，确是好现象。

小学正在布置开学，计全市公私立小学六十余校。原来学龄儿童既多，返都复员人数又逐渐增加，以市立小学每班名额有多至八十余人，尚未能尽量容纳，致不少学童有向隅之叹！市府似应从速设法扩充。

市立公共图书馆及江苏省立国学图书馆等已在积极整理，不日可望公开供人阅览。报纸有《中央日报》《和平日报》《大公报》《中国日报》《青年日报》《救国日报》《朝报》等十余家，内容电讯新闻无何大差异；社论以各报立场不同，主张未尽相同。今后希望各报能从质的方面加以充实；报纸家数似可不必增加。

园林管理 首都之建设应于庄严中带有美丽，故园林管理亦至关重要。现南京除设置陵园管理委员会外，并设有市园林管理处，管理各公园、路树、广场及荒山造林。一切美化首都的工作正在积极开展中。

四　风景不殊

山形依旧枕寒流

南京风景确是雄壮而美丽，使人流连。抗战八年，风景不殊，山形依旧。唯胜迹颇多破坏，兹将考察所得，择要述之。

（一）**中山陵园区**　一出中山门外，气象便焕然一新，精神为之大快。陵园大道是前时一般的洁净，林木是非常工整；由陵前大牌坊上至祭台，麻石大道和石级都一尘不染。在祭堂前远眺，南京气魄的雄壮，作为首都没有丝毫遗憾。灵谷寺国民革命阵亡将士纪念墓和纪念塔，依然庄严地屹立。谭延闿墓道及纪念堂稍有损坏，尚待修葺。明孝陵虽然萧条冷落，仍是十分洁整。陵前梅花山现时红梅正盛开，白梅初开一半，绿梅正含苞待放，阵阵芬香，袭人欲醉。山上是汪精卫埋骨地，坟前原有长条麻石大道，都给新土填没了。石板是搬在大石像前堆着。

闻每年此时——梅花时节，一般伪文人、伪官僚，都来这里饮酒赋诗，借以"追悼怀念"。现在只剩斜阳荒草而已！廖仲恺墓依然如故，前往观瞻者甚少。

（二）**南区**　第一公园、明故宫、古物陈列所等胜迹，早为敌人摧毁，将基地并入飞机场。

夫子庙变迁甚大——当另记述——周孝侯读书台、白鹭洲公园都甚冷落，游人稀疏。

雨花台在抗战前已划入军事区域，胜迹多已摧毁；胜利后在开山取土，将来形势当大有变动。唯现时雨花石子俯拾即是，价值至廉。

牛首山宏觉寺、金刚殿、四大天王殿是全倒塌了。大雄宝殿尚存屋瓦，聊蔽风雨，山中并无一人，荒废较任何地方为甚。山距中华门二三十里，路又崎岖不平。记者所乘人力车于返程时车轮脱轴，不能再坐，步行二十余里，在此一周中，以此行为最吃力，仍不感觉失意。江表牛头，双峰屹立，形势天险，不愧天阙之称。记者直登山巅最高峰，四顾苍茫，至为畅快！

（三）西区　朝天宫——文庙现经修理得十分整洁，建筑雄壮，屋宇宽敞，为京市各旧建筑物中所仅见，现仍驻扎军队。龙蟠里薛庐现为临时一中第一院校舍；乌龙潭宛在亭倒塌后，仅存遗址；浙江烈士祠、曾公祠、沈公祠等及驻马坡武侯祠等均于沦陷期间为敌人拆毁。清凉山是名副其实的十二分清凉。扫叶楼危危欲坠，尚供人品茗。

朝天宫

莫愁湖湖面更窄，曾公阁、湖心亭均倒塌了！胜棋楼与郁金堂依然存在；各类联刻，美不胜收。赵戴文先生的长联，仍时为游人传诵。一切的一切，可说只余清水半瓯，曾窥艳影；危楼一角，凭吊夕阳而已！建国粤军烈士墓仍是那样荒凉，唯在墓前远眺，清凉山环列湖北，湖水如镜，风景殊不错。

（四）北区　鼓楼、大钟亭依然存在；北极阁前经改建为天文台，胜迹无复存在。鸡鸣寺无何破坏，可供登临品茗，唯豁蒙楼尚为某机关借作职员宿舍。台城、胭脂井仍如前时，徒供人凭吊而已！

玄武湖公园，虽经八年荒废，现又整理得整齐洁净，茶亭、游艇俱备，因之游人较多。波光荡漾，晴岚掩映，处处引人入胜。五洲名称现又改为：梁洲、翠洲、菱洲、环洲、樱洲，较为雅致而有意义。

（五）燕子矶区　燕子矶突出江上，三面壁立，形如飞燕。登矶头远眺，长江千里蜿蜒；俯视江流澎湃，呈为奇景。幕府山、观音岩，与沿岩山头，二、三台各洞形势依然，无何变迁。由下关至燕子矶公路，正在大规模修理中。

燕子矶

（六）栖霞区　栖霞寺、舍利塔、千佛岩仍如前时，无何损坏；唯西峰虎山一线天等处胜迹经敌人开矿，致被毁去。寺前明镜湖、彩虹桥已破烂不堪。

五　秦淮旖旎

绿水桥边多酒家

提起南京，谁也忘不了秦淮河。虽然河身那样狭窄，河水又混混浊浊，旖旎风光早随着时代逐渐消逝，现在不仅像半老徐娘般，或者可说是鸡皮鹤发般的老太婆。可是年老心不老，并不甘寂寞，依然涂脂抹粉，穿起簇新的西装，与豆蔻年华少女互争风头，确是时代滑稽剧。夫子庙虽仅余棂星门空架子，但一片瓦砾场正适宜九流三教用武地方，一切杂耍，应有尽有。秦淮小公园改建永安商场，为京市四大商场中首屈一指的大商场，各式各样的货物，纷然杂陈，可与上海四大公司相媲美。贡院街酒家之多，国内任何地方都比不上。入夜，各式汽车排列如长蛇阵。前时戏院、茶楼、歌场仍保持原有阵线；现在又增加舞厅、咖啡馆。黄昏后，霓虹辉映，一切歌声、琴声、爵士音乐，和酒香、咖啡香、肉香、脂粉香，交织成一幅极乐园图景。文德桥边，明远楼前，艳影婆娑，多少带点神秘性。人们为了找刺激，寻欢乐，只知搂搂纤腰，步步探戈，可以陶醉一切。谁复记念人间何世，国土东北角尚阴霾密布？商女后庭，千古同慨！

六 一点意见

谨贡献市政当局

记者此次旅京考察一周，所见当然很浅薄；不过愚者一得，不无可供参考之处。

（一）市府现大规模在雨花台取土，在幕府山麓取石为建筑材料，将来或许要拆除一部分城墙。希望事前有详细计划，规定地区，对于古迹及具有形胜之岩石等仍须妥为保存。

（二）中华门外雨花台及凤山天界寺附近，尚多前代碑碣及石人、石马等古物，埋没于田野荒地间，应速为调查，收集在一处，以供作学术、考古等之参考。对于被摧毁之古迹遗址，如驻马坡武侯祠、浙江烈士祠等，仍应妥为保存，并加标注。

（三）日人在五台山上所建神社及菊花台公园，似应从速整理，改建公园，以免废弃。

（四）玄武湖、莫愁湖、秦淮河均应从速疏浚，并于湖中分别养鱼、种植荷菱；市区荒地颇多，应从速植树。此不但可培养风景，同时可增加市库收入。

（五）由下关至燕子矶沿岩山一二十里，山峰起伏，至具形胜。如于燕子矶开辟为公园，江边增辟游泳场、凉棚，并加亭林设备，可为逭暑胜地。

原载民国三十五年（1946）《旅行杂志》第20卷第3期

栖霞山纪游

蒋维乔

栖霞山本名摄山，在江宁太平门外四十里，以山多药草，可以摄生，故名。又以山形似伞，一名伞山。南齐时明僧绍隐居摄山，舍宅建栖霞寺，后人因以名山。唐高宗御制明征君碑，碑阴有"栖霞"二大字，可以为证。吾友黄君任之作《栖霞山游记》，乃云："南唐隐士曰栖霞，修道于此，故名。"按《江宁府志》五十一卷"人物门"云"王栖霞一名敬真，居茅山修道；唐主加号真素先生"，是南唐隐士栖霞，乃居茅山而非栖霞山，栖霞山之得名，实因明僧绍之建寺始，与南唐之王栖霞无涉。黄君之言，盖未之深考也。余在江宁，先后两游栖霞，今追纪之。

民国十二年十二月二十二日，晨起赴下关；乘八时十分慢车行；经神策门、太平门、尧化门三站，即抵栖霞站下车，时方三刻也。栖霞站离栖霞山二里半，步行半小时至。山有三峰，而中峰独秀，东西二峰拱抱之。寺在中峰之麓，即南齐时明僧绍舍宅所建，至今屡经兴废，非其旧矣。入寺门，有池颇宽广，名石莲池。唐高宗所制明徵君碑，圮卧于地，碑文则完好如新。寺之大殿，只有基址，洪、杨乱后，尚未兴复。至后殿旁屋，小憩啜茗。寺僧出为招待，余嘱令小童引路登山。循寺左西峰而上，有舍利塔，为隋文帝所造，高数丈，有五级，

镌琢颇工。塔前有接引佛二尊，其后为千佛岩随石势高下凿
龛，中琢佛像，或一尊，或三尊，或五六尊，或七八尊。大者
高丈余，小者四五尺，雕刻精工，于美术上有殊胜价值。按江
总《栖霞寺碑》：明僧绍之第二子仲璋，为临沂令，于西峰石
壁，与度禅师镌造无量寿佛！齐文惠太子及诸王等，皆舍财施
于此岩阿，磨琢巨石，影拟法身。此千佛岩之所由来也。岩之
顶有一龛，贮金佛，曰飞来佛。又有纱帽峰，块石突起，顶平
如纱帽，故以名峰。循西峰之涧而上，度春雨桥，得一泉，名
白鹿泉。相传昔时天旱，土人逐白鹿至此，得泉，因以为名。
再上数十武，石壁间镌"试茶亭白乳泉"六大字。亭则唯余荒
基，泉亦久涸，只留其名。自此而上，至半山，有平坡，昔时
驻兵处，尚余残垒。旁得一池，曰饮马池。望见最高峰之顶，
红墙宛然，导者曰：此三茅宫也。鼓勇登之，约六七里，至其
巅，则豁然高旷。前视诸山如培塿；后临大江之黄天荡，风帆
点点如叶；江之两岸，筑围为田，作方罫形，弥望皆水田也。
久居城市中，至此胸襟开拓，尘虑尽涤矣。宫中供三茅真君
像，有一老道居之，客来则汲水煮茗。余在此稍憩，十一时，
自最高峰而下。有岩石奇峭如截，中通一线，曰天开岩。岩之
左有小屋，中贮禹王碑，字皆峋嵝文，乃大禹治水成功，书于
南岳衡山者，明代杨时乔重刻于此。复曲折而下，至一平原，
导者曰：此清高宗之御花园，然亦无遗迹可寻，唯见石壁上镌
"云片"二大字。对面山石嶙峋，高高下下，有二大石夹立，
中通一径，自径斜行而上，得一线天。一线天者，有一大石如
圆锥形，中空若龛，顶通天光，故名。自此而下，将至山麓，
有巨石矗立，下临小涧，旁有石桥可通，名桃花涧。过涧数十
武，有石层叠直立，高低如浪，名叠浪岩。自岩折回，至西峰
之麓，有泉名珍珠泉，甚清冽，取之不竭。寺中饮水，悉取于

此。十二时，回栖霞寺。登山由寺之左，循西峰而上，归时则由寺之右，循西峰而下。在寺午餐，且向寺僧索《栖霞山志》阅之。午后二时，乘陕车回南京。

民国十五年十一月二十一日，自宝华山归，宿于栖霞寺。翌晨，赴甘家巷访梁碑。归后复游千佛岩。寺之景象，与前不同。昔年仅有殿旁小屋数楹，今则殿后藏经楼已成；大雄宝殿亦正兴工建筑；殿之右有新造碑亭，明徵君碑，已兀立其中。唯千佛岩之石像，寺僧因爱护之故，悉以水门汀涂附之，且以朱施唇，以墨画眼目，致遗像原形完全失去，殊为可惜，甚矣，寺僧之无识也。西方三圣殿中，有一石观音头。据寺僧言：此在千佛岩为人窃砍以去者，为日本人某所得，藏于家。曩岁遭大地震，某之左右邻居，悉被毁，唯某之家宅无恙。夜梦石观音显灵云："余乃栖霞寺千佛岩中之大士也。今护持汝家，汝应将余头归原处。"某遂发愿，于某年月日，送还寺中云。

选自《因是子游记》，商务印书馆民国二十四年（1935）版

记首都两名湖

朱　偰

莫愁湖

莫愁家住石城西，月坠星沉客到迷。
一院无人春寂寂，九原何处草凄凄。
香魂未散烟笼水，舞袖休翻柳拂堤。
兰棹一移风雨急，流莺千万莫长啼。

——张籍

　　莫愁湖之名，以其异常香艳，而又富有诗意，故宋元以来，即驰名宇内。湖在南京水西门外，相传南齐时卢家少妇莫愁居此，故以为名。考莫愁旧有三说。梁武帝《河中之水》歌云"河中之水向东流，洛阳女儿名莫愁"；又《乐府解题》曰"古歌亦有莫愁洛阳女"，是莫愁为洛阳女，此第一说也。《唐书·乐志》云："莫愁乐者，出于石城乐，石城有女子名莫愁，善歌谣。石城乐和中复有忘愁声，因有此歌。"《古今乐录》亦曰："莫愁乐亦云蛮乐，旧舞十六人，梁八人。"宋乐史《太平寰宇记》因之，遂有莫愁湖之名。是莫愁为石城女，湖在金陵，此第二说也。洪迈《容斋随笔》云："莫愁郢州石城人。"又《乐府》清商曲西曲《莫愁乐》云："莫愁在何处？莫愁石城西。艇子打两桨，催送莫愁来。闻欢下扬州，相送楚山头。探手抱腰看，江水断不流。"此所谓莫愁，亦指楚之莫愁，然则莫愁系竟陵之石城女而非金陵之石城女，此第三说也。按文学上之传说，本飘忽靡定，如游丝悠扬，浑无定着。莫愁究在何处，又何必深考哉？

郁金堂

密水西门二三里，杨柳菰蒲，汀洲相属，遥望荷叶田田，盖已至莫愁湖矣。有胜棋楼，系明中山王别业。楼上正中，供徐鹏绘中山王像，英姿飒爽，浩气犹存。相传明祖与中山王弈棋于此，诏以湖为汤沐邑，故至今湖租尚归徐氏云。两侧楹联，琳琅满目，其佳者云："王者五百年，湖山具有英雄气。春光二三月，莺花合是美人魂。"楼后传系郁金堂故址，供有莫愁小像，上扁横额，题"是耶非耶"。堂上重帘深垂，帘外垂杨万缕，菡萏清芬，暗香袭人，真有"重帏深下莫愁堂，卧后清宵细细长"之感。

曾公阁

郁金堂左为曾公阁。洪杨乱后，曾国藩督两江，修复胜棋楼，并收买姚姓别墅荒基，点缀亭榭。曾常往来其间，有"江天小阁坐人豪"之句，后人因名其阁曰曾公阁。登临而望，钟山龙盘，石城虎踞，近睹清凉环翠，远眺牛首烟岚；而江北诸峰，郁郁苍苍，秀出云外，景至佳胜。阁前临湖，多种芰荷，游鱼唼喋，出没可数，莲藕清芬，随风传来，诚消暑之胜地也。

玄武湖

澄潭千顷接平芜，郁郁山川拥帝都。

孝武旌旗扬伟烈，高皇版籍树宏模。

荻花枫叶愁何许，月榭风亭今在无。

犹有台城恨不足，六朝劫后重沧胥。

宇内名湖，与余平居关系最深者，厥为玄武湖。民国二十五六年间，余寓玄武门二十四号，出门即玄武湖。山光水色，掩映柳丝菰蒲间，四时佳景，咸在目前。入蜀以后，辄忆念名湖不置。"荻花枫叶愁何许，月榭风亭今在无。"即此种情绪中流露之作也。兹就印象所及，略写玄武湖如左。

武帝旌旗在眼中

玄武湖在历史上，曾一度作为练习水师之地。想象当年，舳舻千里，旌旗蔽空，诚另有一番景象。湖本名桑泊，因燕雀为前湖，故又称后湖。宋元嘉中黑龙见，因名玄武湖；孝武帝大阅水军于此，因号昆明池。自吴宝鼎二年引水入城，湖名始著。晋大兴二年始筑北堤，以壅北山之水。宋元嘉二十二年，复筑北堤，南抵城东七里之白塘，以肆舟师；又立三神山于湖上，作大寰引水入华林园。在六朝时，湖逼台城，侯景之乱，决湖堤灌城。盖水通长江，灵潮汹涌，与今日不可同日语也。

百年版籍重山河

宋天禧中，改玄武湖为放生池。熙宁九年，王安石奏废湖为田。至元复浚为湖。明太祖贮天下图籍，置黄册库于此。凡天下黄册（户口统计册）、鱼鳞册（田亩统计册），皆收藏其中，以湖为禁地，不许往来。吴伟业诗所谓"六代楼船供仕女，百年版籍重山河"是也。中有洲五：西北曰旧洲，西南曰麟洲（即今所谓澳洲），上有郭璞墓，世号郭仙墩。又有莲萼、龙引、新趾诸洲。近所谓五洲公园是也。

风景素描

后湖东枕钟阜，南尽覆舟，西则长垣迢递，北则幕府观音诸山，连障叠翠，方圆凡三十余里。炎夏启节，则红裳翠盖，亭亭矗立，田田荷叶，弥望极天；白帝司时，则枫叶荻花，萧瑟水际，山色映紫，湖光浣翠。盖四时皆饶美景，而以秋色为尤胜。自首都沦陷，玄武湖亦蒙腥膻，月榭风亭，零落殆尽，枫叶荻花，相对无语。回想南都盛时景象，诚令人感慨系之矣。

原载民国三十五年（1946）《旅行杂志》第20卷第10期